Les Anges

Tome 1

OUBLIER

Collection dirigée par Franck Spengler
Ouvrage dirigé par Valérie de Sahb
Graphisme de couverture : Laetitia Kalafat
Mise en pages : Nord Compo
Lecture et correction : Alice Yonnet-Droux
Visuel de couverture : © Shutterstock / Viorel Sima
Dessin des ailes : © Nathalie Cadeau

34-36, rue La Pérouse
75116 Paris
www.hugoetcie.fr

ISBN : 9782755637090
Dépôt légal : avril 2018
Imprimé en Espagne

Tina Ayme

Les Anges

Tome 1

OUBLIER

Hugo Poche

NEW ROMANCE®

À ma mère. À Marie-Pierre Fayolle,
France Gourdain, Nathalie Cadeau.
À toutes mes lectrices et toutes celles
qui recherchent encore l'amour.
Puissiez-vous le trouver et le garder.

PROLOGUE

Mia

Il y a une petite île dans le Pacifique, située à quatre heures de vol de la côte californienne, qui fait partie des États-Unis. C'est là que je suis née. Sous la pluie tropicale et les vents d'Amérique centrale. Elle est verdoyante, avec un cœur de forêt presque aussi sauvage que les forêts du Brésil. Avec une côte plus ensoleillée que la Sun Belt et un lagon aussi limpide et clair que le sont mes propres yeux. Le nord de cette île est la zone la plus peuplée, la plus moderne, avec ses villes côtières très vivantes, aux immeubles bien moins grands que ceux des mégalopoles connues, avec ses quartiers pavillonnaires innombrables, ses maisons chatoyantes et ses jardins fleuris, et son pluviomètre qui explose régulièrement.

Mais moi, c'est dans le Sud que je suis venue au monde. La partie de l'île que les indigènes appellent le *Sud sauvage*. Bien sûr, il y a des villes modernes et très bien, là-bas. Mais elles sont moins grandes, moins colorées et moins pavillonnaires. Ici, si on n'est pas en ville, les habitations sont semées le long des routes, éparpillées, comme les cailloux que le Petit Poucet a semés derrière lui pour retrouver son chemin. Il faut faire au moins cent mètres pour passer de l'une à l'autre.

Le Sud c'est tout le contraire du Nord ou des plaines, la pluie y tombe trois fois moins que partout ailleurs, et l'air est étouffant les trois quarts de l'année. Une chaleur moite et un soleil éclatant font la loi.

Les paysages, sur les hauts plateaux, sont secs et arides, avec des broussailles brûlées et des falaises rocheuses qui se jettent dans une mer plutôt houleuse.

Voilà, c'est là, en bas de la colline Kaloa, sur l'île de Mary Island, dans une petite maison semblable à un mobil-home, par une nuit de tempête tropicale, que j'ai vu le jour.

Ne vous y trompez pas, mes parents étaient heureux. J'étais le fruit de leur amour. Ils étaient jeunes et insouciants. Ma mère était encore une belle jeune fille, amoureuse et passionnée.

Puis ils ont eu des rêves, d'autres rêves et tous les trois, nous avons quitté l'océan Pacifique pour faire le tour du sud et de l'ouest des États-Unis. D'un à cinq ans, j'ai vécu dans onze États différents. Puis maman est tombée enceinte de ma petite sœur Arizona. Malheureusement, un jour, alors que nous venions de nous installer en Californie, mon père est brusquement décédé, nous laissant seules, nous les trois femmes de sa vie.

Ma mère n’a plus bougé, comme si ses envies d’ailleurs s’étaient éteintes avec lui.

Et j’ai grandi… non, poussé, oui c’est ça, poussé, dans la petite ville de Carmel-by-the-Sea au sud de la péninsule de Monterey, avec l’océan Pacifique qui me séparait de l’île de ma naissance. Île dont je n’ai gardé aucun souvenir en grandissant.

Mais aujourd’hui, j’y retourne. Bon gré, mal gré.

Je m’appelle Amy Gilmore.

Et c’est sur cette petite île perdue dans l’océan Pacifique que je vais tenter de me construire. Ou plutôt de me reconstruire. Mais ce n’est pas là que tout commence, laissez-moi vous raconter mon histoire.

Attention, si vous êtes sensible, à fleur de peau, si vous préférez les histoires chamallows et guimauve, si vous n’aimez pas vous endormir en pleurant, si vous avez peur du noir, des fantômes et des monstres qui se cachent sous votre lit et dans vos placards, changez de livre. Lisez autre chose.

Mon film d’horreur favori, c’est ma vie.

CHAPITRE 1

Man Down

Mia

– Un D ? Un D en biologie ?! Non, mais tu te rends compte que tes notes sont catastrophiques au moins ? Tu n'iras jamais à Berkeley avec des résultats pareils ! C'est ce que tu veux, non ? Regarde-moi quand je te parle, Amy Gilmore !

Ma mère hurle, crie encore et encore en brandissant mon bulletin au-dessus de ma tête. Comme une épée de Damoclès.

Mes yeux se perdent derrière elle, par la fenêtre de la cuisine, dans la rue déserte de ce mois de novembre, bordée par les cyprès immenses. Elle crie et je n'écoute plus. Sa voix se fait lointaine.

Je suis consciente que mes notes sont catastrophiques et que je n'irai pas à la faculté de Berkeley. Que serai-je demain ?

Oh maman. Si tu savais maman. Si tu savais comme je m'en fiche des C en chimie et des D en biologie. Comme je me fiche de la vaisselle sale dans l'évier et du prochain anniversaire de la cousine Léa. Si tu savais maman comme rien ne compte. Si tu savais comme je me meurs.

Oui je meurs, parce que mon envie d'être là m'a quittée. Oh, maman, si tu savais ce que j'endure. J'aimerais te le dire, pour que tu me prennes dans tes bras en me serrant très fort, pour que tu me dises que ce n'est pas ça la vie et qu'un jour, oui un jour, le bonheur frappera à ma porte.

Parce que je n'y arrive pas. Et j'ai si peur, si peur de me perdre un peu plus en chemin.

Tu ne sais pas, maman, ce que je dois faire tous les jours, ce qu'*il* m'oblige à faire dans les toilettes du lycée à l'heure du déjeuner. Quand les autres dévorent leurs pommes et leur fromage, moi, je me fais broyer le cœur et l'âme. Tu ne sais pas ce goût de sang et de dégoût dans la bouche qui me donnent la nausée ni la peau morte sous mes ongles que j'essaye de faire disparaître tous les soirs sous la douche et le sang qui s'écoule de moi encore et encore. Tu ne sais pas, maman.

Alors oui, je me fiche des C et des D, parce qu'ils ne me sauvent pas et ne rendent pas les matins moins noirs ni les nuits moins sombres. Et j'ai peur, maman. Oui, j'ai peur de me perdre en chemin.

– Tu m'écoutes ? Amy !

Mon regard rencontre celui de ma sœur, debout derrière ma mère, descendue en entendant tout ce tapage. Elle me fixe de ses yeux clairs, semblables aux miens. Je baisse le regard, incapable de soutenir ses prunelles.

J'ai l'impression qu'Arizona est la seule à lire en moi comme dans un livre ouvert. Elle voit mon âme et connaît mes plus noirs secrets. Depuis le premier jour, elle a compris et elle a su. Pourtant elle n'a jamais rien dit et ne m'a jamais tourné le dos.

– Amy, il faut que ça cesse.

Oui, maman, il faut que ça prenne fin. Je vais y mettre un terme ce soir, j'ai ce qu'il faut. Je vais y arriver et surtout je ferai tout pour ne plus le laisser me détruire.

***

Je n'ai jamais été très superstitieuse. Ma famille est croyante et j'ai été élevée dans la certitude qu'il y a un dieu qui nous observe et absout tous nos péchés. Et même si je ne suis pas très pratiquante, l'idée que tout ce que je peux faire de mal se sait tout là-haut m'a toujours travaillée.

Ma grand-mère, elle, est très superstitieuse. Et maman l'est aussi.

Il ne faut jamais mettre le pain à l'envers sur la table, jamais, au grand jamais ! Ne surtout pas ouvrir le parapluie dans la maison. Mieux vaut baisser la tête et ne pas regarder le chat noir qu'on croise au détour d'une rue le soir. Attendre minuit passé pour rentrer à la maison ou rentrer avant, et, surtout si c'est après minuit, passer la porte à reculons pour laisser dehors les esprits qui nous suivent et ne pas leur laisser la possibilité d'entrer. Ne pas passer sous une échelle, faire attention à ne pas briser son miroir de poche sous peine de se coltiner sept ans de malheur, garder les trèfles à quatre feuilles dans un coin de son agenda pour qu'ils portent bonheur, faire très attention aux vendredis 13 ; si on peut éviter de sortir de chez soi ce jour-là, vaut mieux éviter, oui, vaut mieux…

J'essaye de me faire mentalement une liste de tout ça, de dénombrer tout ce que ma grand-mère et ma mère prennent toujours à cœur et qui nous exaspère Arizona et moi.

Bon Dieu, je devrais les écouter plus souvent. Aujourd'hui plus que jamais. En ce jour de malheur.

Déjà, en me levant ce matin, j'étais plus sereine et plus calme que d'habitude. Même ma sœur l'a remarqué. Alors que maman, elle, était sur les nerfs. Parce que nous sommes un vendredi 13 et qu'elle n'aime pas ce jour.

Nous, ça nous arrange. Elle nous autorise à manquer les cours et à rester à la maison. Je ne peux pas être plus heureuse que lorsque ma mère consent à ce que je n'aille pas au lycée. Chez moi, je ne crains rien, rien du tout. C'est mon havre de paix. Au milieu des peluches de mon enfance, de mes livres, des dessins qui recouvrent mes murs, de ma musique, je me sens bien. *Il* ne peut pas m'atteindre ici.

Puis, en plus du fait que nous sommes un vendredi 13, comme pour annoncer mon malheur imminent, en marchant vers mon sacrifice quotidien ce soir-là, vers ma condamnation et le châtiment que je m'impose journellement, j'ai croisé un chat noir assis sur la clôture de mademoiselle Hemings, notre voisine acariâtre qui selon Arizona « sent *le vieux château* ». Il m'a regardée intensément de ses pupilles jaunes, dilatées parce que la nuit tombe déjà sur l'insignifiante petite ville de Carmel, colorant le ciel d'orange et de vert, derrière les maisons qui projettent leurs ombres menaçantes sur la grande rue.

J'aime les chats, les ai toujours aimés et lui ai donc fait signe de s'approcher pour pouvoir le caresser. Il m'a fixée encore un moment avant de détaler. Alors j'ai continué mon chemin de croix. Mon téléphone était dans ma poche. J'étais en confiance pour une fois.

Oui, deux signes comme le vendredi 13 et un chat noir auraient dû me mettre la puce à l'oreille. Mais bon, quand on ne connaît de toute façon que le malheur, quand on pense que le pire est déjà en train de nous arriver, on ne fait pas attention à ce genre de petits signes. Un malheur de plus ou de moins dans ma vie, ce n'est pas grand-chose, hein ?

C'est ce que je pensais. Mais maintenant, une heure après, j'ai changé d'avis.

Mais que faire alors ? Demi-tour ? Impossible. Je pourrais fuir au bout du monde que cela ne serait pas suffisant. Et puis ma mère et ma sœur sont là, je ne peux pas les laisser. Pas mon Arizona.

Pourtant, je devrais.

– *Tu devrais, Amy… Tu devrais partir…* me serine la voix de ma grand-mère.

Je suis sûre qu'elle me donnerait ce conseil.

Fuir… loin très loin de tout ça, loin de lui, loin de moi-même…

***

Maintenant de retour de l'enfer, je marche dans la grande rue bordée par les maisons à colombages aux toits pointus. Il n'y a pas un chat, même plus le chat noir de malheur. Peut-être que c'est moi le mauvais présage, pour lui. Il paraît que les félins sont des animaux doués d'une intelligence supérieure, qu'ils pressentent le malheur avant qu'il arrive. Ce chat a dû me sentir venir et a fui le monstre qu'il a perçu en moi.

Une brise froide, venant tout droit du Pacifique non loin, et portant l'odeur saline de la mer, soulève mes cheveux et caresse mes joues. Un vent d'hiver en ce soir de novembre. J'ai froid et je suis glacée jusqu'à l'os. À cet instant, les flammes de l'enfer sont glaciales et non brûlantes. Mais j'ai comme l'impression que cela va changer.

Je lève la tête et regarde les astres au-dessus de moi. La nuit est claire et le ciel dégagé, comme si on avait actionné le variateur d'intensité pour faire briller les étoiles. Elles luisent si intensément et il y en a tellement que c'est à se demander si ce n'est pas Dieu Lui-même qui a décidé d'allumer toutes les lumières pour bien se rappeler mon visage lorsque je me présenterai devant Lui et qu'il Lui faudra me juger pour mes crimes. Il ne fait aucun doute que j'irai en enfer et que l'ange du mal se frotte déjà les mains en pensant à tous les châtiments qu'il m'infligera. Oui, sûrement.

Je remonte l'allée de ma maison, bordée d'eucalyptus qui laissent leur odeur flotter jusqu'à mes narines.

Les larmes s'échappent toutes seules de mes yeux. Je suis dans un état d'hébétude, encore choquée par ce que je viens de faire. Mais alors que j'arrive devant chez moi, je ne peux m'empêcher de pleurer.

Je suis un monstre. Au secours, maman, sauve-moi de moi-même…

Je pousse la porte non verrouillée et pénètre dans l'entrée. Il fait chaud à l'intérieur et un parfum de bœuf rôti flotte jusqu'à moi. Ma mère a encore préparé un super repas et je vais le gâcher. Le bruit de la télé allumée dans le salon me parvient. Ma sœur doit être devant une rediffusion de *Late Night with Jimmy Fallon*[1] : son émission préférée.

Avec le cœur qui bat des records de sprint dans ma cage thoracique, je m'avance jusqu'au living-room comme un automate.

Arizona est assise devant la télévision et se met du vernis sur les ongles des pieds, parce que maman n'aime pas qu'elle s'en mette sur les ongles des mains. Trop jeune, qu'elle dit.

Et ma mère dresse la table en parlant au téléphone avec Émilie, sa meilleure amie.

---

1 Émission de télévision américaine populaire diffusée sur la chaîne NBC et présentée par l'humoriste Jimmy Fallon.

– Mais oui, Em, je ne sais plus quoi faire pour la remettre sur le droit chemin, elle m'écoute à peine…

Je reste plantée là, à les regarder en pleurant, les yeux brûlants et les mains tremblantes.

Mon pull en cachemire bleu clair est taché de vermillon, mes baskets sont écarlates. J'ai la mâchoire qui me brûle parce que j'ai le menton éclaté et le sang goutte de ma main droite, par terre, sur le parquet ciré et tout neuf. Ça sent la mort et j'ai un goût de fer dans la bouche. Le sang chaud et encore frais s'écoule sur mes doigts et vient s'écraser au sol. J'ouvre mon poing serré sur la paire de ciseaux qui tombe au sol dans un bruit sourd faisant sursauter ma mère et Arizona.

Elles lèvent toutes les deux les yeux vers moi.

Le téléphone de ma mère glisse en s'écrasant sur le parquet comme les ciseaux ensanglantés et elle porte ses mains à sa bouche en écarquillant les yeux, horrifiée.

Ma sœur me regarde, perplexe, le vernis au bout de son pinceau gouttant par terre comme le sang sur mes mains.

– Amy… qu'est-ce que… qu'est-ce qu'il se passe ? demande ma mère doucement en retirant ses mains et en s'agrippant à une chaise en bois.

Je tremble comme une feuille. La peur est en train de me paralyser. Quand je parle, ma voix vacille aussi.

– Maman… je… j'ai fait une bêtise…

Les yeux d'Arizona s'embuent instantanément.

Elle est futée ma petite sœur. Du haut de ses quatorze ans, elle comprend vite.

– C'est du sang, Mymy… ?

Je hoche la tête, les mots s'étranglant dans ma gorge, et me laisse glisser sur le parquet en éclatant en sanglots.

– Je ne voulais pas… c'était… un accident… maman…

Ma mère se précipite et s'agenouille face à moi.

– Qu'as-tu fait malheureuse ? Amy… Qu'est-ce que tu as fait ?

Elle me secoue par les épaules et se met à pleurer.

Mais Arizona la repousse vivement.

– Si elle l'a fait, c'est qu'il le méritait ! Il n'arrête pas maman ! Il n'arrête pas de lui faire du mal ! Tu ne comprends pas ! Il lui fait mal, tout le temps !

Ma petite sœur se jette sur moi alors que mes larmes se transforment en torrents puissants. Elle me serre dans ses bras, maculant son pyjama du sang qui me couvre. Nous nous étreignons fortement.

– Ne pleure pas Mymy, c'est fini, je ne les laisserai pas t'emmener. Et personne ne te fera plus de mal, tu entends ? Personne !

Ma mère aussi s'est mise à pleurer à chaudes larmes. Elle se rapproche de moi et pose une main sur ma joue et mon menton ouvert et ensanglanté.

– Il te faisait du mal…

Mais elle n'attend pas que je réponde et continue.

– Je le savais… je savais qu'il se passait quelque chose. J'aurais dû le voir…

Mais il est trop tard. Dehors, le silence de la nuit est déchiré par le bruit assourdissant des sirènes de police.

Ils viennent, pour moi.

CHAPITRE 2

Le souffle coupé

Mia

Ville de Carmel-by-the-Sea,
côte Californienne, États-Unis.
Un an et demi plus tard

– Amy ! Dépêche-toi ! Nous sommes en retard !

La voix perçante de ma mère me parvient du rez-de-chaussée.

Je soupire et fourre avec hargne Peggy, ma peluche cochon rose, dans ma valise arc-en-ciel qui déborde déjà.

J'ai dix-neuf ans et vais vivre toute seule pour la première fois et tout ce que j'emporte dans mon sac, ce sont mes souvenirs d'enfance et un peu des affaires d'une adolescence avortée.

J'ai tellement peur de quitter mon havre de paix, mon chez-moi, là où j'ai grandi, que je prends tout mon temps. Depuis ce matin, je traîne et retarde le moment fatidique le plus possible.

Cette année, j'ai voulu m'enfuir, me barrer, tout laisser, au moins un millier de fois. Je l'ai tellement hurlé à ma mère qu'elle a fini par m'écouter et acheter un billet pour m'envoyer loin d'ici. De toute façon, ma sœur et elle n'ont pas le choix non plus. Elles doivent partir également. Même si nous n'allons pas dans la même direction.

Partir…

Bon sang. Je vais quitter cet endroit. Maintenant que le moment est venu, que c'est concret, j'ai les jetons.

– Mymy, tu es prête ?

Arizona passe la tête par la porte de ma chambre. Sa chevelure est arc-en-ciel comme ma valise, parce que maman l'a autorisée à faire un *rainbow hair*[2].

Après l'année sombre que nous avons passée, rien ne vaut un arc-en-ciel dans la maison.

– J'arrive.

Je m'assieds sur ma valise pour tenter de la boucler. Je ne sais pas si niveau poids ça passera, mais de toute façon, il n'y a rien, absolument rien là-dedans, que je puisse enlever.

Ma petite sœur m'observe, le visage fermé, comme souvent. Je soupire. Je déteste ça, quand elle est malheureuse. Je préfère souffrir mille morts plutôt que la voir triste.

– On se verra à Noël. Maman a dit qu'elle ferait tout pour qu'on puisse y aller…

---

2 Technique de coiffure consistant à se teindre les cheveux de multiples couleurs.

– Je sais, ne t'inquiète pas, je vais bien.

– Tu dis ça tout le temps.

– Parce que c'est vrai.

Non, en fait ce n'est pas vrai du tout, ce n'est plus vrai depuis longtemps, mais comment lui expliquer ça ? Puis, je ne veux pas l'inquiéter. Ni elle ni maman. Chez les Gilmore, les femmes sont fortes. On ne se plaint pas, on ne s'apitoie pas sur soi-même.

– Tu vas me manquer.

Je refoule les larmes qui menacent et attrape ma valise pour la mettre debout. Inutile de répondre à ça.

Arizona prend mon étui à guitare pour le porter et nous descendons. Megan, ma mère, nous attend dans l'entrée en jouant avec ses clés nerveusement. Je la vois qui jette un coup d'œil dans son sac, sûrement pour vérifier pour la énième fois si elle a bien pris mon passeport et mes papiers.

Quand elle voit nos visages décomposés, elle lâche ses clés dans la poche de son blazer et nous ouvre les bras. Sans nous consulter, ma sœur et moi nous y précipitons. Et nous nous étreignons comme souvent ces derniers temps. Il ne fait aucun doute que chacune de nous retient le trop-plein d'émotions qui menace de nous engloutir.

C'est dur de partir.

– Bon, allez… Cet avion ne nous attendra pas !

Un dernier regard pour ma maison, qui ne ressemble déjà plus à celle que j'ai connue à cause des cartons qui s'empilent et des meubles recouverts de grands draps blancs, et nous sortons.

Je traîne ma valise jusqu'au coffre du break de ma mère en me cognant au passage au panneau *Sale*[3] planté dans la pelouse du jardin. Par ma faute et à cause de tout ce que j'ai provoqué, la maison doit être vendue.

Je m'installe à l'avant, mon sac de toile usé sur les genoux, alors qu'Arizona grimpe derrière, prenant ma guitare avec elle.

Mon cœur bat à tout rompre dans ma poitrine. Pour essayer de me calmer, je fouille dans la poche de mon sac et trouve mon tube d'antistress. J'en fourre un sous ma langue et ferme un instant les yeux en sentant le goût chimique du petit cachet se répandre en moi et me détendre. Quand je les rouvre, j'observe ma mère, à travers le pare-brise, qui referme la porte du garage. Sur la peinture blanche de la porte coulissante un gros *Bitch*[4] est tagué en rouge. Maman n'a jamais voulu que je dessine par-dessus avec mes bombes. Le mot est défraîchi et la peinture a coulé depuis. Mais cette insulte constamment sous nos yeux, car indélébile et refaite tous les mois par de malveillantes personnes, nous fait mal. En tout cas, elle fait mal à ma mère et ma sœur. Moi, je suis au-dessus de ça. J'ai encaissé pire. Bien pire.

Au revoir la maison. Au revoir Carmel. Au revoir Amy Gilmore. En quittant cette ville, ma vie, ma famille, je deviens Mia.

---

3 À vendre.

4 Pute.

***

Mary Island, dans l'océan Pacifique.
Quatre heures plus tard

– Il n'est pas encore là ?

Je soupire et croise les pieds devant moi, sur ma valise.

À l'autre bout du fil, ma mère baisse le son de la radio. Elles doivent toujours être sur la route, direction Phoenix, chez ma tante. Car c'est là qu'Arizona et elles vont vivre, cette année au moins.

Dix heures de trajet entre Carmel-by-the-Sea et Phoenix. C'est plus de deux fois ce que j'ai fait en avion pour venir jusqu'à Mary Island.

– Non, maman, ça fait une heure que je poireaute. Luke m'a oubliée, c'est sûr.

– Mais non chérie, je lui ai dit que tu arrivais à 14 heures, il le sait.

– Il oublie toujours tout. S'il n'est pas là dans trente minutes, je prends un taxi.

C'est vrai, Luke Gilmore a une mémoire comme une véritable passoire. Tout le contraire de feu son frère, mon père, décédé depuis mes cinq ans.

– Attends encore un peu. Je vais essayer de le rappeler. D'accord ?

– OK… je grommelle avant de raccrocher.

Je lève la tête vers la grosse horloge qui surplombe l'entrée principale de l'aéroport Amerigo

Vespucci : il est 15 h 15. Je suis sûre qu'il m'a oubliée, mon idiot d'oncle. Après tout je n'ai rien demandé, moi, j'aurais pu prendre un taxi toute seule, mais c'est lui qui a insisté pour venir me chercher. Et il n'est même pas là.

Le petit aéroport grouille de monde. C'est la fin août, les gens reviennent de vacances. Bientôt, les élèves retourneront en cours. Pas moi. Enfin pas vraiment. Après que j'ai eu mon diplôme de justesse et, surtout, après tous ces événements depuis un an et demi, aucune faculté n'a voulu de moi. Certainement pas Berkeley.

Je ne serai jamais prof comme je l'ai rêvé. Jamais.

– Hey !

Quelqu'un donne un coup de pied dans mes Dr. Martens. Je sursaute et relève les yeux.

Un mec plutôt crasseux avec des dreadlocks et habillé en treillis militaire me hèle.

– T'as du feu ?

Il me montre sa cigarette.

Je secoue la tête pour dire non. Il me fixe longtemps dans les yeux et fronce les sourcils. Je sais bien que mes prunelles claires comme de l'eau cristalline intriguent et impressionnent toujours les gens. Encore une caractéristique des Gilmore. Ma mère est tombée amoureuse de mon père à cause de la beauté de ses yeux. Ma sœur et moi en avons hérité.

– Bah, t'es plus dans la merde que moi, me fait-il en s'éloignant et en secouant la tête.

Non mais il y a de ces tarés, ici…

Je soupire et tire sur ma capuche pour me protéger du regard des autres, comme d'habitude. Selon maman, dans cet endroit, personne ne me reconnaîtra. Et puis en plus, j'ai changé le châtain clair de mes cheveux contre un brun plus soutenu. Bien sûr, ça jure un peu avec mes yeux, mais tant pis, je ne veux prendre aucun risque. J'ai besoin de me faire oublier. Et cette petite île du Pacifique, d'où est originaire mon père, est parfaite. Ici, je suis inconnue et c'est l'idéal pour le projet « nouvelle vie ».

Je vais tout recommencer à zéro. J'en ai la chance. Il faut juste que je trouve quoi faire, comment m'occuper, puisque les grandes études ne sont pas pour moi.

En attendant, il pleut de nouveau. Cette île est connue pour avoir un pluviomètre qui explose régulièrement. Et pourtant nous ne sommes pas dans la saison des pluies.

Avec nervosité et agacement, je fais tourner ma bague autour de mon index gauche. Un anneau simple en argent orné d'un petit rubis rouge.

Au regard désapprobateur d'une dame qui passe avec son spitz en laisse dans une main et une valise monogrammée dans l'autre, je me sens de plus en plus misérable. En fait j'ai l'air d'une clocharde, affalée par terre, contre les portes coulissantes de cet aéroport, avec mon sac en toile déchiré, mes vêtements noirs et ma dégaine à moitié gothique. Je le sais et c'est sans doute pour ça que l'autre là est venu me demander du feu.

Je commence sérieusement à perdre patience, Luke…

En plus, mon iPod n'a plus de batterie et mon téléphone, à peine. Je tire de ma poche mon portable qui sonne encore. Maman.

– Ouais.

– Il ne répond pas. Écoute, tu as les sous sur toi alors prends un taxi. Je t'envoie l'adresse par texto.

– Ouais. OK.

– Je t'aime chérie.

– Je sais, je t'aime aussi. À plus tard.

Je raccroche en soupirant et range mon téléphone.

Je m'apprête à me relever quand quelque chose attire mon regard. Non, plutôt quelqu'un : lui.

Il est assis de l'autre côté, sur un banc vide, à moins de dix mètres.

Jeans, T-shirt, veste en cuir, chaussures, tout est noir chez lui. Ce qui me fascine instantanément, ce sont ses mains. L'une qui craque un briquet-tempête et l'autre qui protège la cigarette, qu'il a portée à sa bouche, du vent qui souffle. Oui, ses mains. Parce qu'elles sont tatouées. L'une, d'une rose entourée de lierre, l'autre d'un oiseau en plein vol. Moi qui dessine depuis toujours et qui suis une grande fan d'art en tout genre, je reconnais là le coup d'aiguille d'un maître en la matière. C'est magnifique.

Il faudra que je songe à m'en faire faire un, un jour, de tatouage.

J'ai vaguement le temps de me demander s'il en a ailleurs. Sûrement. S'il en a sur les mains, il doit en avoir au moins sur les bras. Mais couvert comme il est, je ne peux pas le savoir.

Il tire sur sa cigarette avant de recracher la fumée lentement. Ce mec est plus âgé que moi, c'est certain.

Il est assis comme s'il se fichait royalement du reste du monde, les jambes grandes ouvertes et un peu penché en avant. Il sort son téléphone pour jouer avec. Il a une multitude de bracelets en cuir attachés à ses poignets. Aucun bagage ne traîne à ses pieds, j'en déduis qu'il ne revient pas comme moi d'une destination étrangère.

Il est grand, très grand, musclé aussi, et surtout incroyablement beau. D'une beauté à couper le souffle, celle que possèdent les gens au regard dur, à la mâchoire carrée et au visage impassible comme si ça ne leur arrivait jamais de sourire ou d'être gentils. Une splendeur insolente qui vous fait vous sentir misérable à côté d'eux. J'en ai presque le souffle coupé. Il est plus joli garçon que tous les mecs qui ont été avec moi en classe, autrefois.

Il a des cheveux bruns, qui ont l'air doux, bien plus que les miens en tout cas. Des mèches assez longues et une coiffure dans un style coiffé-décoiffé très étudié.

Je me sens négligée tout à coup, mais j'ai l'occasion de renaître loin de tout, de devenir une nouvelle personne. Peut-être que je devrais me redonner forme humaine et revoir mon style.

Un long soupir sort de ma gorge. Et voilà, ça recommence. Je suis si manipulable et influençable qu'il me suffit de croiser quelqu'un de mieux que moi pour me remettre totalement en question. J'avais promis à maman et au docteur Tran que j'arrêterais ça. Il faut que je vive pour moi, sans me focaliser sur autrui. C'est parce que j'avais cette mauvaise tendance que je me suis laissé détruire et enfoncer. Ça ne doit pas recommencer.

Quand il tourne la tête pour sourire à une fille de l'autre côté de la porte, j'en ai le souffle coupé. Finalement, si, il sait sourire.

Il est diaboliquement parfait : ses dents sont éclatantes de blancheur, ses canines pointues et il a des petites fossettes en coin qui changent tout.

La fille qui louchait sur lui en rougit instantanément et baisse la tête. Pauvres de nous. Pauvres petites femmes frêles et fragiles que nous sommes, à nous laisser embobiner par un sourire mielleux.

J'ai pitié d'elle. Moi, je ne rougirais pas. Je me suis déjà laissé prendre une fois, et ça m'a détruite complètement. Je ne tomberai plus jamais dans le piège, aussi sublime et tentant soit-il.

Le bel inconnu retourne à son téléphone et à sa cigarette en secouant la tête comme s'il riait à sa propre blague non formulée.

Il porte un anneau à l'oreille droite. Il est magnifique, mais ma mère serait horrifiée si elle le voyait. Tatoué, percé, ténébreux, tout ce que ma gentille et classique petite maman déteste.

Je me lève doucement, incapable de le quitter des yeux. Après tout, je ne risque rien à juste l'observer, non ?

Cette pensée me traverse au moment même où, malheur de malheur, il lève la tête et son regard croise le mien. Immédiatement, je baisse la tête, comme si j'avais été brûlée au laser l'espace d'une demi-seconde. À vif.

Zut, zut, zut et zut ! J'avais dit que je ne baisserais pas les yeux et que je ne rougirais pas !

Il faut que tu apprennes à ne pas te laisser impressionner Amy... Mia... merde, quoi !

Depuis ma tendre enfance, les gens, ma famille, mes amis, des inconnus, me serinent que mes prunelles, comme celles de ma sœur, sont tétanisantes parce que très originales. Un bleu-gris limpide et très clair qui capte le regard et l'attention tout de suite. Mais celles qui me font face sont encore plus stupéfiantes que les miennes. Il m'observe ouvertement, le visage impassible. Ses yeux sont verts. Vert d'eau. D'aussi loin que je puisse en juger. Et ils jurent incroyablement avec la noirceur de ses cheveux.

Je comprends qu'elle ait rougi, cette fille. Moi, je dois m'en empêcher et c'est presque un challenge.

Quand je décide de relever le regard doucement, je ne l'intéresse déjà plus. Il s'est levé et rejoint le trottoir pas loin alors que dans un ronronnement sourd, une moto s'approche sur la bande d'arrêt minute. Ce véhicule est un véritable monstre de mécanique et on peut voir sur la carrosserie noire les mots *Harley Davidson* peints à la main dans un style très rock.

Une fille aux longs cheveux bruns se gare sur le bas-côté. Elle a la classe, c'est indéniable. Avec sa veste de motarde en cuir et ses bottes montantes. Beaucoup de gens l'observent alors qu'elle coupe le moteur et fait de grands signes à mon bel inconnu.

Mon bel inconnu... Redescends sur terre Mia. Déjà, tu n'as pas besoin d'un « bel inconnu », d'ailleurs tu n'as pas du tout besoin d'hommes dans ta vie.

Elle n'a pas retiré son casque alors je ne vois pas son visage. Il s'avance, jette sa clope pour l'écraser du pied et prend le casque que la fille lui tend à bout de bras. En moins de deux, il s'est équipé et monte derrière elle. Comme beaucoup de gens, je me suis arrêtée pour les regarder. Serait-ce sa petite amie ?

Dans un grondement sourd, la moto redémarre et ils s'éloignent.

Je les suis des yeux jusqu'à ce qu'ils disparaissent de ma vue en empruntant la voie rapide.

***

Après avoir attrapé un taxi, excédée d'attendre un oncle qui ne viendra jamais, je parcours la route du nord où se trouve l'aéroport, jusqu'au sud de l'île, en longeant la côte ensoleillée.

Il me faudra encore deux heures et demie de route pour arriver à Kaloa.

Dans le taxi, je commence à somnoler. Je n'ai pas beaucoup dormi la nuit dernière avec le stress que je me suis mis.

Mais c'est l'arrivée d'un texto qui me fait ouvrir les yeux. Ce n'est ni ma mère ni ma sœur. Le numéro n'est même pas enregistré dans mon répertoire téléphonique.

Alors, fan de Ben Harper ? Et c'est juste pour faire style, ta guitare ?

Mes yeux s'écarquillent. Non mais c'est qui, ça ?

Automatiquement, je tourne la tête vers mon étui à guitare posé à côté de moi et le vieux sticker de Ben Harper à moitié déchiré qui y est collé.

Je réponds très vite, le cœur qui commence à palpiter.

C'est qui ?

La réponse ne se fait pas attendre.

On ne répond pas à une question par une autre, Sweetheart[5]*.*

Je fronce les sourcils.

Sweetheart ?

J'ai eu tellement de messages d'insultes depuis un an, tellement de mauvaises blagues, tellement

---

5 Surnom signifiant petit(e) ami(e), bien-aimé(e).

de gens qui m'ont manipulée que je n'ai pas envie de jouer à cache-cache avec qui que ce soit. C'est la troisième fois que je change de numéro, j'en ai marre de recommencer à chaque fois.

Mais alors que j'hésite à répondre pendant plusieurs minutes, je reçois un autre SMS.

Soit t'es pas très futée, soit tu le fais exprès. Ton numéro est marqué en grand sur ta valise (qui soit dit en passant ressemble à une valise d'ado attardée qui n'a pas fini de grandir). Tu te rends compte du nombre de personnes qui ont eu ton numéro personnel, entre le moment où tu as pris l'avion et celui où tu as atterri ici ?

Je me pince l'arête du nez en essayant de calmer mes nerfs. Maman a écrit mon numéro et l'adresse de Luke en gros sur un papier qu'elle a collé à grand renfort de scotch sur ma valise. Au cas où elle se perdrait. Avec ma mère les « au cas où » sont monnaie courante. Ainsi donc, quelqu'un a eu mon numéro en m'observant ou en me voyant passer. Il faudra que je l'arrache très vite.

Oh, mais en fait… Cette personne vient de me traiter d'ado attardée !

Je réponds, les nerfs à vif.

Et toi, tu l'as eu où et à quel moment ?

Son texto me fait presque bondir de mon siège.

On s'est croisé il n'y a pas une heure. Bon alors, fan ou juste pour le style ?

Il y a une heure ?! Est-ce que… c'est… lui ?! L'inconnu du banc ?!

Non, impossible. Un millier de questions se bousculent dans ma tête. Mais comme je ne trouve rien d'intelligent à dire, je décide de répondre sans plus poser de question.

Fan de Ben Harper.

En fait, en tant que musicienne amatrice, je suis surtout admirative de son jeu à la guitare, moins de son style de musique en général.

C'est bien ce que je pensais.

C'est-à-dire ?

Mais j'ai beau attendre, plus aucun SMS ne vient. Pendant l'heure de trajet restante, je relis tous les messages au moins dix fois en me torturant l'esprit.

Mais il ou elle ne répond plus.

J'aimerais que ce soit lui et me maudis intérieurement d'avoir ce genre de pensée.

CHAPITRE 3

Gatsby sur les Hauts de Hurlevent

Mia

– Z'êtes sûre que c'est là ?

Le chauffeur bourru observe, aussi surpris que moi, la maison en bois blanchi qui se dresse devant nous.

C'est une grosse blague, une super grosse et mauvaise blague.

Je n'ai pas un humour très développé en plus. Ces dernières années, mes zygomatiques sont restés bloqués en bas. Arizona dit que je tire, toujours et constamment, la tronche.

Mais là, c'est à ma mère que je pense. Si elle était là, je l'étranglerais.

– Je crois oui, je réponds au chauffeur en sortant mon téléphone.

J'ai à peine le temps de relire l'adresse que m'a envoyée ma mère avant que la batterie de mon portable ne me lâche brutalement. Génial.

2513 Helene Grove, Lac Kaloa, 85 1467 KT.

Il y a une petite boîte aux lettres rouillée par le temps, dont le drapeau est baissé et sur laquelle apparaît une adresse à peine visible. C'est bien ici, aucun doute.

Quand je pensais à l'île où ont grandi mes parents, je n'imaginais pas ça.

Autour de nous, il n'y a que des arbres, des herbes hautes cramées par le soleil, et sur la droite un peu plus loin, un immense lac brillant sous la lumière aveuglante de l'après-midi.

Déjà, je n'aime pas vivre près de l'eau. L'eau, ça fait toujours craquer le bois des maisons. Et je n'aime pas les maisons qui craquent.

– Bon, si vous z'êtes sûre…

L'accent de ce chauffeur est vraiment insupportable.

Il dépose ma valise à côté de moi et je prends ma guitare sur mon dos pour ne pas poser l'étui noir dans la poussière.

Ici, tout est sec et aride. Ma mère m'a envoyée vivre dans le trou du cul du monde.

La maison qui se dresse en face de moi me fait limite flipper. Archaïque, elle est magnifique pourtant, avec sa véranda ombragée, ses fenêtres roses, détonnant avec la façade blanche défraîchie. Elle a résisté au temps. Il y a un étage et les volets sont clos. Elle est bien trop grande. Je ne peux pas vivre dans une baraque comme ça toute seule.

Un curieux mal de ventre me prend.

Je voulais cette indépendance. Je n'ai pas le choix. Je ne peux plus imposer ma présence étouffante et encombrante à ma mère et ma sœur. Elles ont souffert autant que moi, si ce n'est plus, de mes conneries. Il fallait que je m'éloigne pour les protéger.

Mais je n'imaginais pas que je serais si terrorisée à l'idée de vivre seule, au bout du monde. Au fin fond d'une île très moderne, mais dans la seule maison du siècle dernier encore debout.

Je fourre mon téléphone dans ma poche en maudissant intérieurement ma mère et en résistant à l'envie de prendre mes jambes à mon cou.

Un peu de courage, Amy... Mia !

Il va falloir que j'apprenne à penser en tant que Mia Gilmore et non Amy Gilmore.

Je regarde autour de moi. Mon voisin le plus proche est à plus de quatre cents mètres. Le toit de sa maison dépasse de derrière les arbres en haut de la rue.

Donc en gros, si je crie, s'il m'arrive quelque chose, il n'y a personne, même pas un foutu chat, pour m'entendre ?

Le taxi s'éloigne en laissant une traînée de poussière derrière lui.

Mon mal de ventre se répand dans tout mon corps. Ma mère a versé la caution pour les deux premiers mois de loyer, ou plutôt, elle a envoyé l'argent à Luke. Est-ce que c'est lui qui a loué cette maison pour moi ?

OK.

J'ai intérêt à me bouger et trouver du boulot pour aller vivre en ville d'ici deux mois. Il est hors de question que je reste ici plus longtemps que ça.

Un bruissement attire mon attention. Je tourne la tête vivement.

Ce n'est qu'un énorme chat, rayé de gris et de noir, avec des yeux jaunes saisissants.

– Salut, toi.

Il me regarde un instant, assis sur ses pattes arrière, avant de filer par la droite de la maison, vers le lac.

Tirant ma valise avec moi, je le suis à distance et aperçois alors une Jeep grise garée.

Oh ! ben, je ne suis pas toute seule. Elle appartient bien à quelqu'un, cette voiture.

– Hé ho ! Y'a quelqu'un ?

Le chat détale.

Avec difficulté, je fais le tour de la bâtisse. L'arrière me fait ouvrir des yeux ronds. C'est limite si je n'ai pas fait un bond de quarante ans dans le temps. Cette partie-là est bien plus avenante. Contrairement à celle de devant, la porte de derrière est moderne et la façade de ce côté a été repeinte. Ça sent la peinture fraîche d'ailleurs. La véranda, ici, est plus petite et entièrement couverte, mais elle a au moins l'avantage de donner sur le lac. La vue est imprenable.

J'ai l'impression de me retrouver face à la *Mare au diable* de George Sand. Un paysage à couper le souffle sous le soleil éclatant du jour qui doit se transformer en paysage angoissant une fois le soir venu.

Il y a un hamac et des fleurs sous la véranda. Je soulève ma valise à deux mains et la porte en haut des marches.

– Hé ho !

Une tête brune apparaît au même moment au travers de la porte-moustiquaire. Je sursaute et recule instinctivement. L'homme s'avance et pousse la porte pour me faire face.

– Amy ? Tu es déjà là ? Merde… j'ai oublié…

Pour l'avoir vu dans nombre d'albums photos, je reconnais immédiatement Luke, le petit frère de mon père. Et surtout, oui, surtout, nous avons les mêmes yeux.

– Salut. Tu m'as oubliée.

Il passe les mains dans ses cheveux en grimaçant.

– Excuse-moi, gamine, j'ai eu la tête ailleurs ces derniers temps. J'ai… ouais, j'ai oublié l'heure…

Je soupire et pose mon étui à guitare contre la façade de la maison.

– Tant pis, je suis là de toute façon.

Je l'observe, un peu sur la réserve. On ne s'est pas étreint ni fait la bise. Je crois qu'il est aussi gêné que moi. C'est la première fois qu'on se rencontre en vrai. Puis, en plus, je ne suis pas à l'aise avec les hommes, vraiment pas.

Mon oncle est grand, très grand, avec une dégaine à la Scott Eastwood dans *Chemins croisés*. T-shirt moulant ses muscles, jeans et bottes, il ne manque plus que le chapeau de cow-boy sur ses cheveux mi-longs. Il arbore aussi des tatouages sur les deux bras et ses doigts sont noirs, couverts de cambouis. Il est mécano et ça se voit.

J'essaye de ne pas le détailler, mais c'est impossible.

Je n'ai vu personne de la famille de mon père depuis son enterrement, quand j'étais « gamine », comme il dit.

– T'as vachement grandi…

Il triture sa barbe naissante, gêné, et moi je fais tourner ma bague autour de mon doigt.

– Ouais.

Que dire de plus ?

Il écarte les bras.

– Bon, ben… Bienvenue à Kaloa.

Je me retiens de hurler. Je ne veux pas vivre ici !

– Je vais vivre là ? je demande, en profonde contradiction avec mon moi intérieur.

– Oui. C'était plus pratique. La maison en haut de la rue c'est la mienne. Ta mère voulait que je garde un œil sur toi. Mais comme tu ne voulais pas vivre chez moi…

Je détourne le regard.

En effet, je n'ai pas accepté la proposition de ma mère d'aller vivre chez mon oncle. Vivre avec un homme, qui est dans la pièce à côté quand vous dormez, vous douchez, mangez, tout, hors de question. Parent ou pas. Je préfère encore crever de trouille toute seule ici. J'ai moins peur des fantômes que de la cruauté des êtres humains.

– Le loyer n'est pas très cher. Il n'y a que la partie de derrière qui est habitable. Le reste de la maison est en travaux pour rénovation, les propriétaires veulent la vendre d'ici l'année prochaine.

– OK.

Luke m'ouvre la porte et me laisse passer devant.

– C’est un meublé. C’est assez sommaire, mais plutôt bien pensé.

Je jette un regard étonné autour de moi. L’entrée donne directement sur un petit salon, assez haut de plafond et baigné du soleil qui passe par les grandes fenêtres. Il y a une moquette bleu nuit au sol. J’enlève immédiatement mes chaussures et les laisse près de la porte. Je ne supporte pas le désordre ni la saleté, et dehors c’est tellement sec que je ramène tout ce qui est collé sous mes semelles. Quelle idée de mettre de la moquette dans un endroit comme celui-ci ! Faut être vraiment con. Luke regarde, tout honteux, ses bottes pleines de poussières qui sont en train de tout dégueulasser.

Il a néanmoins raison. La décoration est assez sommaire, mais bien pensée. Je suis choquée car contrairement à ce que je pensais, tout le mobilier est moderne, laqué et verni. Ça enlèverait presque du charme à la maison, je trouve.

Il y a un canapé convertible vert pomme, une table basse faite de palettes de bois, un meuble avec une télévision et un bureau ainsi qu’une bien trop petite étagère. J’ai dans mon sac tous mes cahiers et mon matériel à dessin, puis je comptais acheter de nouvelles bombes. Il n’y aura jamais assez de place pour tout ranger. Il va falloir que j’investisse.

– Là, c’est la cuisine. J’ai mis quelques trucs dans les placards et le frigo. Il y a du lait, des céréales, du pain, du jambon, de la confiture, des œufs… enfin des trucs, quoi. Et demain, je t’emmènerai faire des courses, si tu veux.

Je suis Luke dans la pièce d'à côté. Une petite cuisine tout équipée avec four et lave-vaisselle.

Oh, ça, c'est le top !

Il y a aussi un lave-linge et même une table à manger en bois avec des tabourets en forme de capsule de bière. Plutôt sympa, même si ce n'est pas exactement le style que j'aurais choisi.

– Et là, c'est la salle de bains.

Nous ressortons et il me montre la salle d'eau. Il y a une douche, des W.C. et un lavabo, rien d'extraordinaire, mais tout a l'air propre et rangé.

– OK, mais… elle est où ma chambre ?

– Ah, j'allais y venir. Par ici.

Il grimpe aussitôt sur l'escalier pentu menant à une mezzanine se trouvant au-dessus du salon.

En haut, sur un plancher en bois massif, il y a un matelas et des couvertures. Une énorme suspension avec des formes géométriques sert de luminaire. Tout est décoré dans les tons vert pomme, bleu céruléen et rose flashy. Les formes géométriques et le style décalé de la pièce m'inspirent déjà pour mes futurs dessins. Je sens que je vais passer beaucoup de temps sur ce matelas. On peut même tenir debout sous le toit, à condition de ne pas faire plus d'un mètre quatre-vingt-dix. La seule chose qui me fait peur est l'absence d'une barrière de sécurité. Heureusement que mon couchage est loin du bord, sinon je me retrouverai sur le sol du salon.

Luke m'aide à rentrer mes affaires.

– Le gars du câble doit passer demain matin pour t'installer le téléphone et Internet. Ça ira ?

Je regarde autour de moi. C'est plutôt cosy. Si je ferme bien la porte à clé, ça devrait aller.

– Ça devrait aller, je répète tout haut.

Mon oncle hoche la tête.

– Si tu as le moindre souci, mon numéro est affiché sur le frigo. Tu as ton portable en attendant ?

– Ouais.

– Bien. Sinon, tu viens frapper à la maison, ce n'est pas très loin. Euh, quoi d'autre… Il y a un bus qui passe en haut de la rue toutes les demi-heures et qui se rend au centre-ville. Le temps qu'on te dégote une voiture. Demain je bosse, mais je t'ai trouvé des trucs à faire. Alors… tu passeras dans l'après-midi me voir au boulot. Je t'emmènerai aussi faire tes courses. Le garage est au bout de l'avenue principale sur Paradise Valley St. Tu crois que tu vas t'en sortir ?

Je souffle, excédée. Je n'ai plus dix ans tout de même.

– Ouais, ne t'inquiète pas.

Je ne veux pas me montrer impolie, mais je ne sais pas trop quoi lui dire de plus.

– Bon. Voilà tes clés, gamine.

Il me tend un trousseau et prend ses outils sur la table basse pour sortir. Je le suis et m'assieds sur les marches de la véranda, pieds nus, alors qu'il grimpe dans sa Jeep.

On se salue de la tête et il baisse sa vitre pour me faire un au revoir de la main avant de s'éloigner.

Luke est une des rares personnes à qui ma mère confie tout. Il est au courant du pourquoi et du comment de ma venue ici. Je me demande sincèrement ce qu'il pense de moi.

Une fois partie, je me retrouve seule avec moi-même et un silence assourdissant, brisé seulement par l'air du vent dans les arbres et le chant de toutes sortes d'oiseaux que je ne connais pas.

Voilà, je dois faire face au vide incroyable de ma vie maintenant. Je ferme les yeux et laisse les rayons du soleil me caresser le visage.

Respire, Mia.

Il y a comme un vent de liberté qui souffle sur moi. Je dois en profiter. J'ai de la chance d'être là, beaucoup de chance.

J'ouvre les yeux et fixe le lac scintillant. Puis, au-delà, sur la colline. Il y a des arbres qui se dressent fièrement vers le ciel. Je me sens un peu comme Catherine dans les *Hauts de Hurlevent*[6]. Je suis chez moi.

---

6 Unique roman d'Emily Brontë publié pour la première fois en 1847.

Isaac

– Zac…

Du plus profond de ma léthargie, je crois entendre mon nom. On m'appelle.

– Isaac !! Putain !!

J'ouvre brusquement les yeux sur le plafond de ma chambre. Les brumes du sommeil flottent encore dans la partie grise de mon cerveau. Un rayon de lune filtre par le rideau et c'est un bruit sourd qui attire mon attention. Quelque chose cogne contre ma vitre.

Avec énervement, je passe mes mains sur mon visage pour me frotter les yeux avant de regarder mon réveil : il est 1 heure du matin et ça ne fait pas deux heures que je dors.

– Zac !

Je reconnais la voix de Miguel qui m'appelle dans l'obscurité.

Ces enfoirés ne me laisseront jamais tranquille.

Je me redresse et me penche pour ouvrir le volet de la fenêtre sur lequel mes potes lancent des cailloux.

En voulant m'incliner, je reçois un projectile en pleine gueule. Bon sang ! Je me masse le front.

– Aïe !

– Oh putain, désolé… c'est pas moi, c'est Ash.

Ashton envoie un coup de coude dans les côtes de Miguel.

Ces derniers, ainsi que M.J., se tiennent sous ma fenêtre. Comme souvent. Sauf que là, ce n'était pas prévu qu'on se retrouve.

– Mais bon sang ! Vous foutez quoi ? J'ai pas dormi depuis plus de vingt-quatre heures. J'avais dit pas ce soir !

Miguel, avec son air plus que sérieux, écrase sa clope sous le talon de sa botte de moto et frappe du poing sur le bois de la maison.

– Mec, il se passe un truc. On ne pouvait pas te laisser dormir. Il faut que tu voies ça…

– Quoi ? Arrête de taper sur la baraque, tu vas réveiller tout le monde…

Je sais que mon meilleur ami ne prend pas grand-chose au sérieux, mais quand il le fait, c'est que ça l'est vraiment, sérieux.

– Il faut que tu voies par toi-même…

Je soupire, mais ils ont tous des têtes de morts-vivants, alors peut-être que je devrais les suivre.

Après avoir refermé la fenêtre, j'enfile des vêtements à la hâte et sors silencieusement de la maison en passant ma veste.

Les gars sont tous à pied, donc je suppose qu'on ne va pas loin.

– Il est où Gabriel ? je demande à la volée.

Gabriel est le cinquième de notre bande officielle.

– Malade, depuis hier. Il a la crève ou un truc du genre.

– Par une chaleur comme celle-là ?

Une bourrasque de vent froid me fait regretter mes paroles. Bon, OK, il ne fait peut-être pas si chaud. Malgré les vingt-huit degrés en journée, les nuits restent encore fraîches en ce mois de septembre[7].

– Où est-ce qu'on va ?

Je n'ai pas la réputation d'être patient.

– Avec les gars, on allait chercher les restes de shit qu'on avait planqués derrière le granit de McAllister quand on a vu un truc démentiel. On n'a pas pu s'empêcher de s'approcher et… putain, mec, il faut que tu voies ça…

Le ton affolé et les trémolos dans la voix d'Ashton m'intriguent de plus en plus. Il ne se passe jamais rien ici d'habitude. Alors quoi, bordel !?

Nous remontons la pente, le faux plat qui mène au cimetière à moins de cinq cents mètres.

Les arbres projettent leurs ombres menaçantes sur nous et sur le petit sentier caillouteux que nous avons l'habitude d'emprunter.

Quelques minutes plus tard, arrivés en haut, il nous faut encore marcher le long des premières sépultures éclairées par la lune pour parvenir au bout de l'entrée sud, pas loin de la tombe du vieux

---

7 À Mary Island, les saisons sont inversées. Il n'y a que l'été austral de novembre à juin et l'hiver austral de juillet à octobre à peu près.

McAllister. Avant sa mort, nous allions souvent voler dans son jardin : des pommes, des poires, des outils, tout ce qui pouvait nous servir. Pourtant, il nous manque, ce vieux schnock ronchon qui nous gueulait dessus tous les quatre matins.

Alors quelle meilleure idée que d'utiliser sa tombe comme cachette pour le shit ? Puis le cimetière, c'est presque notre quartier général, ce n'est pas loin, c'est nickel.

L'odeur de la vase et des algues me pique le nez. Le clapotis des poissons qui sautent dans l'eau la nuit me parvient aux oreilles.

Nous contournons les immenses peupliers derrière le mur de pierres pour avoir une vue sur le lac en contrebas. Le grand lac de Kaloa. Le lac maudit.

– Regarde là… me fait Miguel en tendant le doigt vers l'autre rive.

Je lève les yeux et mon cœur saute un battement.

La maison abandonnée de l'autre côté n'est plus inhabitée. De la lumière filtre par les fenêtres.

– Putain, c'est quoi ça…

– Tu penses bien qu'on a flippé, dit M.J. Alors on s'est renseignés. C'est une des nièces de cet enfoiré de Luke, qui s'est installée là. Elle loue une partie de la maison. Une meuf qui s'installe là…

– Ça va faire causer, renchérit Miguel. Ils vont tous en reparler. Ou… *elle* va en reparler, pour un peu qu'elle soit curieuse…

Je plisse les yeux et fixe la lumière qui brille de l'autre côté du lac. Elle est jaune et pas verte, mais à la fixer je me sens un peu comme Gatsby dans *Gatsby le Magnifique*[8].

Sauf que cette fois il n'y a pas de miss Daisy en face, juste une petite chieuse qui a décidé de s'installer là où elle n'aurait jamais dû.

Je parle d'une voix calme, sûr de moi.

– Eh bien, on n'a plus qu'à faire en sorte qu'elle ne l'ouvre pas et qu'elle ne fourre pas son nez dans nos affaires.

– Et comment on fait ?

Mes poings se serrent. Comme si j'avais besoin de ça en ce moment. Encore quelqu'un à écraser.

– On va commencer par lui souhaiter la bienvenue.

---

8 Roman de l'écrivain américain Francis Scott Fitzgerald, publié en 1925 aux États-Unis.

CHAPITRE 4

Sons of Anarchy

Mia

– Tante Eleanor est grave chiante…

À l'autre bout du fil, Arizona baisse encore le ton. La maison est assez petite chez ma tante dans… l'Arizona. Oui, Arizona est partie vivre en Arizona. Ça me fait esquisser un sourire.

– Elle l'a toujours été.

– Oui, mais là c'est pire, se plaint ma sœur. Et vas-y qu'il faut manger à telle heure, vas-y qu'il faut enlever ses chaussures quand on passe la porte d'entrée… Non, mais elle a cru que c'était une mosquée ici ou quoi ?!

Je ris doucement. Arizona exagère toujours tout. En plus, je me demande si elle ne dit pas tout ça pour que je ne me sente pas mal de vivre toute seule.

– Ne sois pas désagréable Ari, elle est déjà très gentille de vous laisser squatter.

– Quand elle a divorcé d'oncle Jamie, maman aussi l'a laissée squatter notre canapé, et ce durant un an. Donc elle peut bien nous supporter un peu. Bon et toi, tu vas faire quoi aujourd'hui ?

Je coince mon téléphone entre ma joue et mon épaule douloureuse d'avoir tenté de soulever mon énorme valise pour la porter à l'étage, en vain : trop grosse, cela m'a été impossible. Je me suis d'abord dit que c'était dommage qu'oncle Luke ne soit plus présent pour m'aider, puis j'ai eu un élan de lucidité. Toute notre vie, ma mère, ma sœur et moi avons dû nous débrouiller toutes seules alors ça ne changera pas aujourd'hui. Je peux tout faire seule, il me faut juste du courage ou une bonne dose d'adrénaline.

– Je vais aller voir Luke à son garage. Le type du câble est passé tout à l'heure, j'ai Internet maintenant. C'est ça que je voulais vous dire. On pourra se voir sur Skype.

Le téléphone coincé entre la joue et l'épaule, j'entreprends de rincer ma tasse et de la remettre en place. Il faut que je m'achète du thé au plus vite. Le café le matin, ce n'est vraiment pas mon truc.

– Oui, on fera ça, me répond ma sœur. Bon, je te laisse. Je vais faire les courses avec maman.

– Ça marche. Je t'aime.

– Je t'aime, Mymy.

Nous raccrochons en même temps.

J'essuie ma tasse et la range avec les deux autres sur l'étagère, avant de replier le torchon à vaisselle et de le reposer à côté de l'autre, plié de la même manière.

Mes gestes, à la limite de la psychorigidité, me figent sur place quand je m'en rends compte.

J'essaye de me corriger, mais les vieilles habitudes sont tenaces.

Personne ne te dira rien si tu ne ranges pas bien les serviettes, Mia. Personne.

J'attrape rageusement les torchons et les froisse avant de les balancer sur la table. Là ! Un peu de bordel ne fait de mal à personne.

Je file et prends mon sac et mes lunettes de soleil pour sortir avant d'être tentée de faire demi-tour pour ranger correctement les torchons. Après avoir fermé à double tour, jc contourne la bâtisse.

Finalement, je me sens bien aujourd'hui. Après une nuit assez agitée, pour ne pas changer, je me suis rendormie au petit matin, me faisant même surprendre par le gars du câble.

Cette nuit sous les toits de ma nouvelle petite maison s'est révélée moins effrayante que je ne le pensais. Enfermée à double tour et avec la lumière, ça va.

En remontant la rue, je passe devant la demeure de Luke. Elle est bien entretenue, mais tout aussi perdue que celle où je vis. Avec un porche immense, sous lequel se balance au gré du vent un vieux rocking-chair en bois. Je le vois bien assis là, avec sa bière et sa cigarette.

Luke ressemble à mon père. Est-ce qu'il joue de la guitare, lui aussi ? Ce serait cool.

Quoi, Mia ? Tu t'imagines faire des bœufs avec lui le soir sous sa véranda ? Redescends un peu sur terre.

J'attends l'autocar en haut de la rue en triturant nerveusement la bague à mon index. Il ne tarde pas à arriver. Il n'y a personne dans le transport en commun. Je dois vraiment vivre dans le dernier quartier habitable de Kaloa.

Le centre-ville n'est pas si loin pourtant. Dix minutes à peine en bus.

À l'approche des immeubles, du goudron fumant sous la chaleur, des bruits des voitures, de la ville tout simplement, je me sens renaître. De la vie… Enfin…

Paradise Valley est la plus grande allée du centre, je n'ai aucun mal à la trouver. Gilmore Car possède une vieille façade rouge toute défraîchie, reconnaissable parmi toutes celles flambant neuves des magasins de l'avenue. J'ajuste mes lunettes de soleil et remonte mon sac déchiré sur mon épaule.

Une odeur forte me saisit quand je passe l'entrée grande ouverte du garage : celle de l'essence. Une fragrance que j'adore.

Oui, c'est bizarre, mais elle me rappelle mon père. Il avait une vieille Dodge Charger noire. La même que celle que Vin Diesel hérite de son père dans ce film de voitures, ce gros blockbuster du cinéma américain. Et il passait son temps à la bichonner. Ça sentait toujours l'essence et l'huile de moteur. À sa mort, ma mère l'a vendue.

– Amy !

Luke m'interpelle depuis son bureau de verre, le téléphone collé à son oreille. Je blêmis.

Zut. Il le fait exprès ou quoi ?!

Heureusement, les deux mécanos qu'il emploie sont trop affairés sous des voitures pour faire attention à moi.

Je me dirige vers lui et pousse la porte. Luke raccroche au même moment. Il porte son bleu de travail dont les manches sont nouées à sa taille et un marcel blanc qui laisse apparaître ses bras tatoués et musclés. Il est intimidant. Si je ne le connaissais pas, j'aurais certainement eu peur de lui.

– Luke. C'est Mia, s'il te plaît. Pas Amy.

Il grimace.

– Merde. J'avais oublié. Excuse-moi, je ferai attention… Mia.

Je pose mon sac sur la chaise devant moi et la photo qui trône sur son bureau me saute aux yeux. Un portrait de ma mère. Elle est super jeune dessus et fait la moue. C'était sa meilleure amie, avant, mais tout de même c'est bizarre, ça. Il suit mon regard et prend aussitôt le cadre pour le poser sur une étagère derrière le bureau.

– Oh, c'est une vieille photo, ça… Euh… D'ailleurs, tu as des nouvelles de Meg ?

– Oui. On s'est parlé ce matin. Arizona et elle vont bien. Elles s'acclimatent, quoi.

– Et toi ? Tu t'acclimates ?

La façon qu'il a de me parler en baissant constamment les yeux me met en confiance. Il est aussi gêné que moi. Tant mieux. Nous sommes à égalité, donc.

– Ça va. Le gars du câble est passé et j'ai eu Internet. La base.

Il hoche la tête et fouille dans ses papiers. Je ne suis pas sûre qu'il m'ait vraiment écoutée. Je continue quand même à parler.

– Il y a une supérette ici ?

– À cinq minutes. Tu peux prendre le bus en face si tu veux. Sinon je t'emmène quand j'ai fini.

Hors de question de compter sur lui pour tout.

– Oh, s'il y a un bus, je le prendrai.

Deuxième hochement de tête. Il doit être aussi solitaire et réservé que moi.

– Megan m'a dit que tu avais un penchant très fort pour… l'art.

Allons bon. Parfois, je tuerais ma mère d'exposer aussi facilement ma vie.

– Mouais…

– Je t'ai inscrite à des cours indépendants à la faculté de Constance. C'est seulement le mercredi et le vendredi après-midi, mais je me suis dit qu'en attendant de trouver du boulot, ça t'occuperait. C'est seulement pour deux semestres.

La nouvelle me prend au dépourvu. Des leçons ? D'art ? À Constance ?…

Minute, papillon.

– Mais je n'ai pas les moyens de payer.

– Ne t'inquiète pas pour ça. C'est arrangé.

Comment ça ? Et par qui ?

– Tu ne m'as pas payé des cours, Luke ?!

Il rougit un peu et se gratte nerveusement le haut du crâne.

– C'est rien. Tu es un peu perdue ici. Je me suis dit que ça t'aiderait à te faire des amis.

Sérieux ? Il sait pourtant que je n'ai pas d'amis, que je suis limite asociale. Il sait que j'ai du mal avec les autres après ce qu'il m'est arrivé.

– Tu ne me dois rien, Mia. Je veux juste que tu t'en sortes. Je n'ai encore rien trouvé pour toi. Je veux dire, comme boulot. Mais ça viendra. En attendant… il y a un centre vers Fenway qui accueille des jeunes en difficulté. Il propose toutes sortes d'animations incroyables. Je me suis dit que tu pourrais y faire un tour. Je connais Elena, une des accompagnatrices. Elle a accepté de te rencontrer et de te proposer des activités.

Je n'en reviens pas. Moi, jeune en difficulté ?! C'est la meilleure celle-là.

Il me tend un plan de la ville et une adresse.

Je m'efforce de rester polie et de ne pas la lui renvoyer à la tête.

– Merci, dis-je avec obligeance.

– Tu iras ?

Je mets du temps avant de hocher la tête. C'est bien pour lui faire plaisir. Vraiment pour lui.

– J'irai.

Il m'explique ensuite où trouver un supermarché, me donne un journal avec les petites annonces et je m'empresse de sortir aussi sec.

La feuille rageusement serrée dans les mains, je me dirige vers l'arrêt de bus de l'autre côté de l'avenue.

Non mais quel idiot ! Il m'a prise pour qui, hein ? Je ne suis pas « en difficulté », moi ! Je suis juste… un peu perdue…

En soupirant, déprimée, je me laisse tomber sur le banc de l'arrêt d'autocar à côté d'une fille.

Je retire mes lunettes de soleil et les mets sur ma tête façon serre-tête. Et à la place, je prends mes lunettes de vue pour les placer sur mon nez. Mon léger problème d'hypermétropie me pousse à en porter, parfois. Même si je n'aime pas les mettre. Ça fait trop studieux. Je ne suis pas studieuse. Je ne le suis plus depuis un moment et ne veux pas donner cette image de moi. On a bien trop longtemps pensé que j'étais une petite élève docile et travailleuse et rien d'autre. Personne n'a essayé de voir plus loin. Personne.

Ne pas se focaliser sur ce que pensent les autres, Mia. Aurais-tu oublié ?

Je parcours du regard les petites annonces, mais le coin ne déborde pas de boulots intéressants. Ou alors, s'ils le sont, ils sont hors de ma portée. Pas assez de diplômes, pas assez qualifiée.

La fille assise à côté de moi fait sans arrêt claquer les bulles de son chewing-gum. Ça me rend dingue. Je suis à deux doigts de me lever pour m'éloigner quand un feulement sourd se fait entendre.

Je lève la tête pour voir une moto noire déboucher à ma droite, un peu plus loin, et tourner lentement pour se garer près de quelques autres que je n'avais pas remarquées.

Des mecs, la vingtaine, sont rassemblés en face d'un café à la devanture bleue. Il y a des filles aussi. Tous plus âgés que moi, aucun doute là-dessus. Je dirais entre vingt et vingt-cinq ans.

Peut-être des étudiants ? La faculté supérieure de Constance Grey n'est pas loin. Il n'y a que deux universités sur cette île, celle de Saint-Raphael dans le nord et celle de Constance dans le sud. Les étudiants souhaitant continuer à vivre sur l'île n'ont pas vraiment le choix. Mais au moins, ils ont la chance d'avoir deux des facultés les mieux cotées de l'Ouest américain ; l'une, pour son programme de recherche médicale hors normes, et l'autre, pour toute sa diversité culturelle et artistique : art dramatique, design pour théâtre et film, cinéma d'animation, études en électroacoustique, inter-médias et cyber arts, scénographie et production, sculpture, peinture moderne et dessins graphiques, médias d'impression, photographie… et j'en passe. Bref, le rêve. Un rêve auquel je n'aurai jamais accès.

Même si c'est hyper sympa de la part de Luke de m'avoir inscrite à des cours indépendants.

Souvent, je me dis que si je voulais faire toutes les études qui m'avaient tentée à la base, une vie n'aurait pas suffi. Il m'en aurait fallu neuf, comme aux chats. Mais apparemment, même dans une vie, je ne vais pas faire de bonnes études. J'ai moi-même saboté toutes mes chances.

Relax, Mia. T'as plus le choix de toute façon.

Mes pensées reviennent aux motards, tous à l'arrêt et garés sur le trottoir. Sans doute un groupe d'amis. J'ai l'impression d'assister à une scène de film tellement je n'ai pas l'habitude de voir ça. Ils sont tous joviaux et rient aux blagues des uns et des autres. Ils parlent fort, s'envoient des piques et des injures. Certains sont clairement en couple. Et ce qui me choque, surtout, c'est qu'ils sont tous magnifiques. Tous sans exception. Beaux, voire même… brillants. Oui, c'est bizarre comme adjectif pour qualifier quelqu'un, mais c'est ce qu'ils sont : brillants. Parce que tout le monde a concentré son attention sur eux et qu'ils ont quelque chose qui attire le regard. Un truc, comme on dit. Une espèce d'hormone miracle de beauté brute. Ils sont tatoués et presque tous habillés de noir et de cuir. Mais pas exactement comme dans *Sons of Anarchy*[9], non, parce qu'ils sont jeunes et rasés de près. Parce que les filles respirent la sensualité et ressemblent à des pin-up des années cinquante avec leurs bandanas dans les cheveux et leurs chemises en jean ; les garçons ont des allures à la John Travolta ou à la James Dean, mais modernisées.

J'hésite à sortir mon portable pour les prendre en photo. C'est surréaliste. Un tableau à immortaliser, ça c'est sûr.

L'un d'eux coupe son moteur et enlève son casque.

Oh mon Dieu !

J'écarquille les yeux de surprise. Il s'agit de l'inconnu de l'aéroport. Je retire mes lunettes par réflexe, pour le regarder.

Allons donc… nous vivons dans la même ville…

Cette fois, il est bien plus impressionnant, assis sur son énorme engin.

---

9 Série créée par Kurt Sutter, mettant en scène un club de *bikers*.

Je ne m'y connais pas et ne sais pas de quelle marque il s'agit. J'en ai rarement vu de semblables. C'est un roadster. Il est noir mat ; en comparant la couleur à celle de mes bombes de peinture, je dirais Black carbone. Seule la fourche est dorée, ainsi qu'un petit liseré sur les jantes. Les seules touches de clinquant. Avec des roues énormes, des phares tout ronds et une allure qui intimide. À distance, je ne peux lire que l'autocollant sur la partie gauche du carénage avant : *Speed*.

Elle attire le regard. Un réservoir imposant et une assise assez petite me font dire que même si on peut monter à deux dessus, c'est une moto pour soi, une moto pour une seule personne. Une moto pour être libre. Sa ligne générale la distingue entre mille, entre toutes celles garées à côté, d'ailleurs, avec un aspect effilé et une gueule de voyou. Elle est racée. C'est une moto de rebelle. Une moto pour lui.

J'en oublie mon journal et l'observe. Il a ôté son casque et passe la main dans ses cheveux. Il porte une veste en cuir noir, avec des boucles et des fermetures de bronze. Un vrai blouson de biker.

Quand il se dirige vers ses amis, son casque sous le bras, en retirant ses gants, j'en ai les yeux qui brûlent de le fixer. Sa démarche est assurée, masculine et virile. Il est sûr de lui et ne baisse les yeux devant personne. Ce type-là a l'habitude de dominer le monde. Ou, du moins, de dominer les autres et son entourage. Rien que lorsqu'il arrive, toute l'attention se concentre sur lui. Les mecs le saluent avec empressement et le bousculent un peu pour jouer. Il rit.

De loin, ce rire vient me chatouiller les tympans. Il est frais et un peu rauque. Il doit avoir la voix grave et cassée.

Les filles s'agglutinent comme des abeilles autour de lui pour l'embrasser et lui tendre leur bouche rouge écarlate.

J'envie leur légèreté. Je ne suis pas comme ça et n'ai jamais eu d'amis. Je n'avais que Summer. On se retrouvait pour boire des milk-shakes chez Jo et fumer en cachette derrière le pub. On passait des soirées à refaire le monde et à parler de nos avenirs respectifs. À jouer de la guitare et à chanter nos morceaux préférés jusqu'à en avoir la gorge déchirée. À se faire des blagues pourries et à en rire ensemble. Mais c'était il y a longtemps, avant que ma vie ne prenne un tournant plus radical.

Aujourd'hui, je me retrouve seule et un peu pitoyable.

Hé ho ! On avait dit pas de déprime ! T'as dix-neuf ans, ou trente-neuf ? Merde !

Quelquefois, j'aimerais faire taire ma conscience.

– Beau spécimen, n'est-ce pas ?

Je tourne vivement la tête vers la fille assise à côté de moi. Jusque-là, je ne l'avais pas bien regardée.

Je jurerais me retrouver face à Michelle Rodriguez[10].

---

10 Actrice américaine d'origine portoricaine et dominicaine.

Origine latine, avec une longue chevelure brune et une peau bronzée. Elle est musclée et un peu carrée d'épaules. Elle porte des bottes noires à boucles métalliques et un short ultra-court en jean. Et comme les filles de l'autre côté, elle a un bandana dans les cheveux et des lunettes de soleil papillons.

Elle me sourit, avenante, en faisant encore claquer la bulle de son chewing-gum.

Je bredouille, complètement intimidée.

– Je… je ne m'y connais pas… en moto. Mais ellc est jolie, oui.

Michelle Rodriguez bis éclate d'un rire sonore en se tenant le ventre et je vois le piercing de sa langue.

– Je ne parlais pas de la moto, idiote, mais de lui !

Elle a pointé du doigt le garçon.

Mon visage devient écarlate.

– Oh.

– Oui, oh. Il te plaît ?

Elle me fait un clin d'œil malicieux et le rouge de mes joues s'accentue.

– Quoi ? Non, pas du tout…

– Oh allez, quoi, tu peux me l'avouer. Zac plaît à tout le monde.

Zac… C'est donc son nom.

– Zac comme Zachary ? je demande, faisant rire de nouveau la fille. Ou comme Zac Efron ?

– Zachary ?! Oh My God ! Non… certainement pas. Zac comme Isaac Miles. Tu ne connais pas Zac ?!

Elle a clairement l'air surprise. Ben non, je ne le connais pas, je n'ai pas cet immense privilège.

– Tout le monde le connaît, s'empresse-t-elle d'ajouter.

– Je ne suis pas d'ici.

– J'imagine bien.

Elle me tend la main.

– Laure-Alice O'Brien. Tu peux m'appeler L.A.

– Mia.

Je lui serre la main. Si on ne me demande pas mon nom, autant ne pas le dire. Je ne veux pas éveiller la curiosité des gens.

– Tu cherches du boulot ? m'interroge-t-elle en désignant les petites annonces que je tiens toujours.

– Oui.

– Tu devrais aller voir Vince au Rubis. C'est au bout de l'avenue. Il cherche quelqu'un pour travailler à mi-temps.

Travailler dans un bar ? Moi ? Je n'ai même pas l'âge de boire de l'alcool, alors en vendre…

– Je ne suis pas sûre d'avoir l'âge, révélé-je, honteuse.

– Ce n'est pas pour servir. Je vois bien que t'as pas vingt et un ans. C'est pour le nettoyage, la plonge…

– Oh.

– Vas-y et demande Vince. Dis-lui que tu viens de la part de L.A.

– C'est gentil. Merci.

Elle me fait son plus beau sourire et se lève au moment où l'autocar arrive. Je monte et vais m'asseoir alors qu'elle le contourne. Par la vitre, je la vois traverser la route et rejoindre le groupe de motards.

Elle les connaît ! Bon sang, elle les connaît !

J'ai à peine le temps de l'apercevoir qui se jette au cou de Zac en riant avant que le bus ne tourne à l'angle de la rue.

***

Pendant tout le temps que je fais mes courses, l'image de cette bande de motards nc quitte pas mon cerveau. Allez savoir pourquoi.

Je refais mon panier dix fois. Thé, oui, une multitude de variétés parce que j'adore ça, bonbons à la menthe, lingettes désinfectantes, bombe anti-acariens, spray antibactérien : la panoplie de la parfaite cinglée, comme dit Arizona. Mais même si j'essaye de me corriger, ce n'est pas gagné. Puis quelques petites choses pour mon nouveau chez-moi et pour faire à manger, aussi.

À la fin, mon sac déborde et rentrer avec en bus ressemble à un véritable chemin de croix.

Une fois descendue du bus, j'emprunte la route jusqu'à chez moi : un passage en terre, sinueux et pentu. Je manque me tordre la cheville à plusieurs reprises. Alors que j'avance péniblement, accablée par le poids démesuré de mon sac, je suis surprise par une moto qui s'arrête brusquement à ma hauteur.

Bon sang !

Mon cœur appelle à l'aide. Ventricule gauche : respire. Ventricule droit : demande de l'air d'urgence.

Crissement de pneus et grondement sourd. La poussière du sol se soulève devant moi et je tousse alors que l'inconnu relève la visière de son casque. Mais ce ne sont pas des yeux verts ni la même moto. Celle-là, c'est une Kawasaki. Plus compacte que l'autre.

Le motard me perce de ses deux onyx noirs, profonds et immuables. Putain, je pourrais me désintégrer sur place.

Les battements sourds de mon sang à mes tempes ont redoublé d'intensité.

Je vis seule au bout de cette rue. Luke n'est même pas là. Mon corps pourrait facilement disparaître dans le lac en bas. En plus, il est trop grand ce mec, trop carré. Je ne fais vraiment pas le poids.

Sa voix déformée par le casque qui m'empêche de voir entièrement son visage me parvient en sourdine.

– Je t'aide à porter ça ?

Je déglutis difficilement.

– Euh… non. Ça ira. Merci.

On se fixe un instant. Mes yeux me brûlent.

Il fait grincer ses gants sur les poignées et donne un coup d'accélérateur faisant gronder sa bête. Je pourrais détaler en courant si je n'avais pas ce sac énorme avec moi.

– Tant pis pour toi.

Il rabat sa visière aussi vite et démarre brusquement en me laissant tousser dans la saleté qu'il a soulevée.

Avec précipitation, je dévale la rue pentue. Putain, mais c'était quoi, ça ?! Et puis d'où il sort, lui, d'abord ?

J'arrive devant la maison blanche, échevelée et rouge d'avoir couru avec ce poids dans les bras. Mais quand je pose le pied sur la première marche des escaliers, un bruit à faire se dresser les poils sur les bras me fait sursauter. Je glisse en arrière et lâche le sac de mes courses qui s'éparpillent au sol. Poussant un cri perçant, je me retrouve le cul dans la poussière et le dos complètement pété.

Bon Dieu ! Je me suis cassé les vertèbres, c'est sûr…

Avec plus de peur que de mal, je relève les yeux vers ma porte d'entrée. En fait, c'est un bruissement d'ailes qui m'a foutu la trouille. Et il y a de quoi. Mon cœur bat à tout rompre dans ma poitrine. Je porte la main à ma bouche pour m'empêcher de vomir.

Au milieu de la porte, une chouette vivante est clouée, les ailes grandes écartées. Ses yeux marron et perçants me fixant avec détresse. Les clous la transpercent de part en part. On l'a crucifiée. En dessous, sur le bois de la porte, une seule inscription couleur rouge sang. D'ailleurs, vu comme elle dégouline, je me demande si ce n'est pas réellement du sang.

Il est marqué : *Get out.*[11]

---

11 Dégage.

CHAPITRE 5

L'ange Gabriel

Mia

Il fait chaud. Je lève le regard vers le terrain où les joueurs évoluent sous un soleil de plomb. Il m'observe et sourit. À travers son casque d'acier ouvert, le quarterback *me fait un clin d'œil et je rougis jusqu'à la pointe des cheveux. Ses yeux bruns ont un éclat particulier que je ne m'explique pas.*

– Amy… murmure une voix à mon oreille. Fais attention. Il est dangereux.

– Non !!! Laisse-toi faire ! De toute façon, tu es déjà à moi.

Un rire méphistophélique résonne à mes oreilles. Une main se referme autour de mon cou. Je me débats et m'étrangle. Ça sent l'urine, le détergent et le sang. Je voudrais vomir, mais il faudrait pour ça que je puisse ouvrir la bouche. La douleur dans mon corps semble s'être étendue et gagne même mon cerveau. Je flotte en dehors de moi-même et baigne dans mon propre sang. Puis il fait nuit. Cette fois, ce n'est pas mon sang qui goutte sur le carrelage, mais le sien. Mon cœur redouble de vitesse dans ma poitrine. Il va exploser.

Au secours ! Maman !

Le cœur au bord de l'explosion, je me redresse vivement.

Mes pieds sont emmêlés dans les draps. Et même si je ne porte qu'un débardeur blanc et une culotte en coton, je suis en sueur.

Un cauchemar. Ce n'était qu'un cauchemar, Mia. Respire.

Aucun rayon de soleil ne traverse la fenêtre de toit au-dessus de ma tête pour venir inonder la pièce. Ma chambre est éclairée par la veilleuse mais il fait encore nuit dehors. Mon réveil digital à cristaux liquides affiche près de 5 heures.

Je tends la main pour repousser mes cheveux collant à mon front. Encore une nuit cauchemardesque. La sensation de ce poids sur ma poitrine ne me quitte pas. Elle ne me quitte jamais. La peur. La culpabilité. Le dégoût de moi. Et surtout, surtout, la tristesse.

En soupirant, je repousse les couvertures et m'accroche au mur pour descendre dans le salon sans tomber de l'escalier.

Un bruissement d'ailes me parvient du carton que j'ai laissé dans la salle de bains. Je jette un coup d'œil à l'intérieur. La pauvre chouette, que j'ai déclouée hier à grand peine de la porte d'entrée, gît au fond de la boîte. Elle pousse un râle aigu, faible signe de vie. Les vers de terre que j'ai posés devant elle rampent encore sans avoir été mangés. Je n'ai rien, pas même du désinfectant pour soigner ses blessures. Arizona aurait pété un câble si elle avait vu ça. Les animaux blessés sont sa plus grande faiblesse. Mais moi, je ne peux rien pour cette pauvre chouette qu'un imbécile a décidé de sacrifier pour me faire peur. Les gens sont pitoyables. Peu importe qui est l'auteur de cet acte immonde, je ne me laisserai pas intimider. Ici, je n'ai rien fait à personne. Je ne vais pas me laisser tourmenter. Puis les blagues de ce genre ne me font ni chaud ni froid.

Allez, bouge-toi, Mia !

Le meilleur moyen de commencer ma nouvelle vie, c'est d'apprendre à relativiser les choses. Je ne peux plus laisser mes émotions ni mon passé prendre le dessus sur le reste.

Le temps de me brosser les dents et de boire mon thé *Jardin de Darjeeling*, je me repasse en tête pour me motiver les petites phrases préférées d'Arizona.

> « Dans la vie, le meilleur moyen de réaliser l'impossible est de croire que c'est possible. »
>
> « Dans le monde, il n'y a pas d'un côté le bien et de l'autre le mal, il y a une part de lumière et d'ombre en chacun de nous. »
>
> « Cours, Mia ! Cours ! »

Oui, la version « Cours, Forrest »[12] adaptée à mon propre cas est assez risible. Entre *Harry Potter*

---

12 Référence à une scène « Cours, Forrest ! Cours ! » du film *Forrest Gump*, de Robert Zemeckis.

et *Alice au pays des merveilles*. Ma petite sœur et moi-même avons toujours été de grandes rêveuses.

***

Vêtue uniquement de mon collant en lycra noir et de mon soutien-gorge de sport assorti, je tire mon tapis de gym sous la véranda et m'installe en position du lotus.

Le yoga, depuis un an, c'est mon dada. Voilà la seule chose qui m'a aidée à me recentrer sur moi-même.

Il fait doux et une lueur orangée se dessine derrière les arbres au-delà du lac noir où se reflètent les dernières étoiles.

Une brise aux effluves d'algues et de poisson vient me chatouiller les narines alors que le chant des oiseaux qui se réveillent frôle mes tympans. J'adore ce moment. Là, je me sens bien, seule avec moi-même.

Un stylo glissé dans mes cheveux en chignon, je ferme les yeux et laisse mes pores s'ouvrir et mes pensées se perdre. La méditation profonde n'est pas encore mon fort, mais le ressourcement est salutaire.

Une demi-heure plus tard, le soleil s'est levé et la température grimpante me fait quitter la véranda.

Après une douche, je mets du temps à choisir ce que je vais porter. Si je dois me rendre dans ce centre pour jeunes en difficulté et à ce bar pour du boulot, je dois faire la part des choses. Entre la barmaid trop sexy et l'adolescente paumée, je dois trouver le juste milieu.

Je passe d'abord un petit top blanc et une jupe corolle mi-longue. Trop sage. Même si, avec un temps pareil, je pourrais presque porter toute l'année des jupes comme celle-ci ou des robes.

Dans le miroir, mon reflet me donne la nausée. Trop grosse. Mes hanches trop pleines mériteraient d'être coupées à la scie. Et mes seins, plus petits que ne le voudrait la mode actuelle, me dégoûtent.

Hors de question de mettre ça. Je finis par passer un jean et le chemisier en flanelle rose que ma mère m'a offert à Noël dernier. Les seuls vêtements que j'ai qui ne sont pas noirs. Il va sérieusement falloir que je fasse les magasins.

J'enfile une paire de ballerines classiques et fais une queue de cheval à ma tignasse brune, avant de sortir.

En ville, un petit tour par la pharmacie pour un kit de secours, et je file à ce centre pour jeunes. Après tout, je n'ai rien d'autre à faire et me vois mal rester enfermée chez moi à ruminer toute seule.

***

Le quartier de Fenway est facile à trouver et le centre Brown, encore plus.

Loin des stéréotypes d'immeubles délabrés accueillant ce genre de site, celui-ci est impressionnant de modernité. Avec une entrée contemporaine, sous des arches de bois d'acajou et des bureaux dans la même matière. Au mur sont accrochées des photographies de quartiers populaires avec des gens de tous horizons, des punks, des gothiques, des Brésiliens en tenue traditionnelle, une adolescente avec son bébé et une petite vieille assise au pied d'un arbre, comme si elle avait poussé là il y a des centaines d'années. Tout en noir et blanc avec seulement quelques couleurs par-ci, par-là. J'adore.

On dirait presque une galerie d'art.

Une fille patiente sur une chaise en faisant sauter un bébé sur ses genoux et un gars est allongé de tout son long sur les bancs d'attente en ronflant légèrement.

Je m'avance vers l'accueil derrière lequel, sous le bar en acajou, un garçon joue avec son portable, les pieds croisés sur le bureau devant lui, dans un *je-m'en-foutisme* total. Il ne ressemble pas à un accompagnateur ou je ne sais quoi. En plus, il est trop jeune. La vingtaine.

Je retiens mon souffle en apercevant un casque de moto posé sur le plan de travail. Merde.

Ils sont tous motards dans cette ville ou quoi ?

Il porte un T-shirt blanc qui moule parfaitement sa musculature d'apollon et d'où s'échappe une encre noire sur sa peau hâlée. Son col en V échancré me laisse voir un sablier piqué sur le milieu de son torse avec des ailes d'ange, dans le style égyptien.

Trop tatoué. Trop beau. Trop intimidant.

J'hésite à faire demi-tour. Il ne lève pas les yeux quand je m'approche et me racle doucement la gorge.

Qu'est-ce que tu fais, Mia…

– Salut, m'entends-je dire.

Pas de réponse. Il continue à pianoter sur son téléphone et à se balancer sur sa chaise.

Mon sang bat sourdement à mes tempes. Pourquoi les mecs me font-ils tous cet effet ?

Non, pas tous les garçons. Seulement les garçons trop grands, trop forts, trop imposants. Seulement les garçons trop beaux.

– Salut. Euh… je viens voir Elena…

Sa voix fait courir des frissons sur ma peau quand il me répond.

– Si t'es en cloque, faut remplir le dossier là, et si c'est pour le foyer, faut revenir à 13 heures, ça ouvre pas avant.

Il pose sa botte noire sur la pile de formulaires, sur le comptoir à gauche.

À aucun moment, il n'a levé les yeux pour me regarder. Je serre les dents d'énervement. D'abord, je ne suis là que pour faire plaisir à Luke, alors si c'est pour qu'on me traite comme ça…

– Non, je ne suis pas enceinte, c'est juste…

– Bonjour !

Une grande blonde passe la porte du bureau et me salue, enjouée.

Elle doit bien avoir la cinquantaine, mais c'est une belle femme avec un style casual-chic. Son sourire est très avenant. Je le lui rends. Il se dégage d'elle une impression de sécurité.

– Bonjour.

Elle tape sur les pieds du garçon qui les repose distraitement par terre, trop absorbé par son téléphone. Elle retire ses lunettes pour me regarder.

– Je suis Elena Fitz, la coordinatrice principale du centre. Je peux vous aider ?

– Oui, je viens de la part de Luke Gilmore, le mécanicien.

– Oh ! Luke ! Oui bien sûr, vous êtes sa nièce, Mia Gilmore, c'est ça ? Celle qui habite dans la maison sur le lac Kaloa ?

L'apollon blond vacille sur sa chaise et son portable rebondit dans ses mains avant de s'écraser dans un grand fracas sur le sol de marbre blanc.

La femme et moi ouvrons de grands yeux.

Il lève les siens sur moi, la bouche ouverte, et me dévisage sans pudeur. Je suis tétanisée par son regard céruléen, mais je pense qu'il doit l'être autant par le mien.

– Venez avec moi, Mia, m'enjoint Elena en tendant le bras par-dessus le comptoir. Ne faites pas attention à mon fils. Gabriel a toujours été inconvenant avec les jolies filles.

Son fils ? Évidemment. Elle est belle. Les chiens ne font pas des chats.

Elle se retourne vers lui, alors qu'il a lâché mon regard pour rattraper son portable et remboîter sa batterie, et lui fait de gros yeux.

– Occupe-toi de Molly, tu veux ? Au lieu de faire l'imbécile.

Il ne répond pas et me fixe.

Je détourne les yeux et passe de l'autre côté pour suivre Elena. Elle me parle de Luke et je n'écoute qu'à moitié.

Et tandis que nous nous éloignons, j'ose un ultime coup d'œil par-dessus mon épaule. Son fils nous observe et parle doucement, le téléphone collé à l'oreille.

Ma tension ne redescend pas d'un cran. Si je dois avoir affaire à lui tous les jours, ça ne va pas le faire.

***

– Vous pouvez revenir demain matin et voir comment ça se passe. Peut-être que ça vous plaira ?

Elena essaye vraiment de me mettre en confiance, mais je reste tout de même sur mes gardes.

Après une heure à faire le tour des bâtiments et à voir ce qu'elle a à me proposer, je n'ai toujours pas changé d'avis. Le social ce n'est pas pour moi. Je ne me sens pas à ma place ici. Il y a des cours du soir, des aides pour les jeunes en réinsertion, des activités… Comptez pas sur moi pour participer à tout ça.

– Écoutez… je ne suis pas sûre d'être faite pour tout ça…

– Pourquoi ? Parce que tu n'as aucun problème ?

Exactement. Mais je ne réponds pas de peur de paraître trop prétentieuse.

Elle me sourit et pose une main sur mon épaule.

– Je comprends parfaitement, ma belle. Mais peut-être y en a-t-il d'autres que tu pourrais aider ici ? Nous avons un atelier « art de rue » les lundis et vendredis matin. Peut-être pourrais-tu donner un coup de pouce à Jenny et Gabriel ? Gaby !

Elle se retourne et crie en direction de la porte de son bureau. Celle-ci s'ouvre immédiatement, me faisant sursauter. Comme si l'autre attendait là, derrière, depuis tout ce temps.

Respire. Respire. Respire…

– Mademoiselle Gilmore va t'aider avec Jenny. Tu la brieferas vendredi matin. Je compte sur toi pour t'occuper d'elle.

Le garçon me fusille des yeux avant de gratifier sa mère du même regard.

– Comme si je n'avais pas assez à faire comme ça !

– Je suis sûre que mademoiselle Gilmore ne te posera pas de problème. Maintenant, est-ce que tu veux bien la raccompagner, s'il te plaît ?

– Quoi ? Elle ne se souvient déjà plus de la sortie ? grogne-t-il, mauvais.

Je soupire et rajuste mon sac.

– Ça ira, je trouverai, merci.

Mais sa mère s'excuse auprès de moi et insiste.

– Gabriel Romeo Fitzgerald !

– Ça va ! Merde…

Il marmonne en fourrant ses poings dans ses poches et s'écarte pour me laisser passer. Je salue Elena et me dirige vers la sortie à toute vitesse.

Ah Luke, je te jure. Même plan foireux que ceux de ma mère.

Mais quand je pose la main sur la poignée de la porte du centre, une autre main se pose devant moi en appuyant dessus pour m'empêcher d'ouvrir. Une main avec un poignet tatoué de lettres gothiques.

– Qu'est-ce que tu veux, toi ?

Je ne lève pas les yeux. Sa voix me tétanise.

– Comment ça ?

– Pourquoi tu t'es installée dans cette baraque ? Tu fous quoi à Helene Grove ?

La surprise me fait lever de grands yeux innocents vers lui. *Comment ça ?*

– La maison sur le lac ? Ce n'est pas moi qui ai choisi de vivre là. C'est mon oncle.

Tu te justifies, Mia, tu te justifies.

Apprendre à se défendre : objectif numéro un. Ne pas se laisser intimider : objectif numéro deux.

Je ne suis pas une chochotte et ne vais pas laisser ces gens me faire peur. Même si, maintenant, je me demande si c'est lui ou un autre qui a cloué cette pauvre bête sur la porte d'entrée.

– Qu'est-ce qu'il y a avec cette maison ? Qu'est-ce que ça fait que je vive là ?

Il retire sa main de la porte et plisse les yeux.

– Tu devrais juste te casser. Ce n'est pas un endroit pour une fille comme toi, c'est tout.

Je trouve le courage de répliquer.

– Je ne vais pas partir. J'y suis bien.

Il se rapproche et me sonde du regard.

– Quel âge tu as déjà ?

Respire. Ouvre les narines. Souffle, sinon tu vas t'étouffer. Il fait chaud, là, non ?

– Dix-neuf ans.

– C'est bien ce que je pensais. Une gamine. Casse-toi. C'est un conseil. Avant que les autres ne te bouffent toute crue. Tu ne t'en remettrais pas.

– C'est une menace ?

La colère me fait serrer les poings, maintenant. Je ne leur ai rien fait. Absolument rien ! Je ne les connais même pas.

– Non. Un conseil.

– Est-ce que… est-ce que c'est toi qui as cloué cette chouette à ma porte ? je bredouille.

Sa lèvre du haut tressaute nerveusement et il la mordille.

Ce geste si sexy me laisse émerveillée. Je détourne les yeux, gênée.

– Non, ce n'est pas moi. Mais je connais bien celui qui l'a fait.

On se défie du regard un instant et il m'ouvre brusquement la porte, m'aveuglant avec le soleil de cette fin de matinée.

– Crois-moi, celui qui a fait ça est le moins mauvais de nous tous. Va-t'en. Ou déménage, au moins. Si tu ne veux pas de problèmes.

Des problèmes. Toujours des problèmes. À croire que je suis née avec la poisse.

Je m'enfuis sans répondre.

Mais en traversant la cour, tête baissée, pour me rendre à l'arrêt de bus, je n'aperçois pas tout de suite la moto noire et dorée garée à quelques pas.

Puis, me sentant observée, je finis par lever les yeux, tétanisée : le bel inconnu de l'aéroport me détaille de la tête aux pieds. Les sourcils froncés et son casque sous le bras.

Est-ce qu'il me reconnaît ?

Chaque particule de mon corps s'enflamme sous ce regard de jade qui me déshabille de la tête aux pieds.

Ah non, hein. Pas ça !

Je suis plus forte que tout ça. Ils ne me font pas peur.

Je me tortille sur place et joue nerveusement avec ma bague. Je n'arrive pas à le regarder. Parce que je sais qu'il m'observe ouvertement. Alors je compte les secondes mentalement en attendant le bus. Deux des plus longues minutes de ma vie.

Quand le bus arrive, je suis à deux doigts de me pisser dessus à cause du stress. Alors je m'engouffre par les portes, presque en courant, et m'installe au fond.

Ce n'est qu'une fois assise que je prends conscience que ce n'est pas ce bus-ci, mais le prochain qui va au centre-ville, que j'aurais dû prendre.

Quelle conne. Non mais quelle conne !

Les yeux fermés, je laisse ma tête reposer sur le siège en soupirant bruyamment tandis que le bus repart. J'ai plus qu'à descendre à l'arrêt suivant et revenir sur mes pas en espérant attraper le bon, cette fois-ci. Sans rencontrer de motard sexy, ce serait bien.

La voix grave et profonde qui murmure au creux de mon oreille me fait carrément bondir sur place. Mes yeux s'ouvrent.

– Qu’est-ce que tu fuis, Sweetheart ?

Crise cardiaque.

Le regard de jade est assis à côté de moi et me fixe intensément.

CHAPITRE 6

Fahrenheit & Ash

Mia

Je pose une main sur mon cœur pour l'empêcher de s'échapper de ma cage thoracique.

Nous nous regardons fixement sans cligner d'un œil.

Qu'est-ce qu'il fait là ? Pourquoi me suivre ? Pourquoi est-il monté dans ce bus ?

– Que fuis-tu ?

Toi.

Il est assis si près que nos cuisses se touchent. Je manque d'air. En pensant tout à coup à inspirer profondément, je suis prise de vertige en sentant son parfum. *Fahrenheit* de Dior. La puissance et le magnétisme, la masculinité et la sensualité.

L'année dernière, dans un tiroir de ma mère, j'ai retrouvé un petit flacon onirique de ce parfum aux senteurs de pétrole, de chèvrefeuille et de cuir musqué. Je crois que c'est ce que mon père portait. Après m'être renseignée, comme je suis fétichiste de tous les objets lui ayant appartenu, j'ai fini par apprendre que ce flacon avait été créé d'après les tableaux de l'artiste pop art James Rosenquist, évoquant la fusion des métaux.

J'ai chaud.

Le métal et le verre fondent. Ils s'embrasent.

– Tu as décidé de ne pas m'adresser la parole ?

Impossible de ne pas fixer sa bouche quand il parle. Il a les lèvres plus pleines qu'il n'est permis.

Mon cerveau refuse d'élaborer une phrase cohérente. Comme si j'étais devenue simplette tout à coup. Je cherche vainement quoi dire et ouvre la bouche par deux fois avant de la refermer.

– Mia, la nièce de Luke. C'est ça ? Moi, c'est Isaac. J'aurai une question, une seule.

Comme je ne réponds pas, il continue. Je suis hypnotisée par sa voix. Elle est grave et hachée. Il accentue les S et ses syllabes sont tranchantes, comme coupées au couteau.

– Quand est-ce que tu repars ?

Pourquoi ? Pourquoi ils veulent tous que je me tire ? À moins que quelqu'un m'ait reconnue, personne ne sait qui je suis, ici, non ? Est-ce pour ça qu'il y avait marqué « Get out » sur ma porte ?

Je secoue la tête pour me réveiller et serre les poings pour me donner du courage. Je vais me reconstruire et ne laisserai personne me mettre des bâtons dans les roues.

– Je ne pars pas. Je viens d'arriver.

Il plisse les paupières et des petites pattes d'oie très sexy se forment autour.

– On ne veut pas de toi ici.

– Je me fiche de ce que vous voulez. Je ne fais de mal à personne.

Il se baisse soudainement vers moi. Je ferme brusquement les yeux et recule au fond de mon siège. Collée à la vitre et au fond de la banquette, je suis prise au piège. Il est penché au-dessus de moi, il a une main sur la fenêtre et l'autre presque sous mes cuisses, son visage est à quelques millimètres du mien.

Mon cœur pique un sprint et va battre des records.

Les yeux fermés, plissés de peur, je tourne la tête sur le côté quand il me frôle la joue du bout de son nez froid.

Menthol. Quand il parle, son haleine sent la menthe.

Je me rappelle que je l'ai vu fumer, pourtant. C'est un délice olfactif. Ça y est, j'ai vraiment perdu l'esprit. Ce mec me fout la trouille, son odeur m'enivre. Peut-on être plus illogique ?

– Mia, petite Mia… tu es mignonne avec ta queue de cheval, tes taches de rousseur et tes prunelles à cristaux liquides. Quel âge tu as ? Dix-sept ? Dix-huit ?… Si jeune…

Son souffle chaud sur ma peau m'enflamme.

Fahrenheit est aussi une unité de mesure de la température, non ? Je crois que ma chaleur corporelle vient d'atteindre les deux cents degrés Fahrenheit. Je me souviens de mes cours de chimie. La température de référence la plus haute est dite du « sang du cheval ».

C'est ça. Un cheval lancé au grand galop, à l'intérieur de moi, mon cœur palpitant comme le sien, la respiration saccadée, la peau bouillonnante.

– Je ne voudrais pas t'abîmer, murmure-t-il. Alors un conseil… casse-toi.

J'essaye de réfléchir normalement, mais mes pensées s'entremêlent.

J'ai ma chance, ici. Je ne veux pas et ne peux plus partir. D'ailleurs pourquoi le ferais-je ?

– Je ne partirai…

J'ouvre la bouche pour parler et me retourne vers lui. Mais il est si près que nos lèvres se frôlent l'espace d'une demi-seconde. Je suis électrisée de la tête aux pieds. Il recule vivement, comme s'il s'était brûlé, en écarquillant les yeux.

Le cheval au galop est mort. Mon cœur s'est arrêté de battre. Autour de moi, les bruits ont disparu. Je suis devenue sourde. On se fixe durant une minute qui semble s'éterniser. Sa respiration est aussi saccadée que la mienne.

C'était un accident. Croit-il que j'ai voulu l'embrasser ? M'aurait-il rendu mon geste si je l'avais fait ? Pourquoi ai-je cette douleur qui me parcourt le ventre ? À quoi pense-t-il ? Pourquoi désire-t-il que je parte ? On ne se connaît même pas…

C'est le chaos dans ma tête.

À la façon qu'il a de plisser les yeux, de froncer les sourcils, d'ouvrir la bouche et de la refermer, je devine que lui aussi est en train de cogiter. Mais à quoi pense-t-il ? Telle est la question.

Finalement, une secousse nous réveille tous les deux. Le bus s'arrête.

Il hoche la tête et me lance un regard à me tuer sur place avant de se lever brusquement.

– Dégage de cette baraque. Avant qu'on ne te pourrisse la vie.

C'est un ordre. Une menace. Sans rien de subtil ni de voilé.

Il me tourne le dos et sort par les portes arrière.

Je reste un bon moment figée dans la même position, comme en état de léthargie, recroquevillée sur moi-même.

Voilà, tout ça c'est la faute de ma mère et de Luke. S'ils m'avaient trouvé un appartement en ville, je ne serais pas dans ce… ce merdier !

Non, Mia. Sois réaliste. Tout ça, c'est de ta faute. Uniquement la tienne. C'est toi qui as obligé tout le monde à prendre des risques pour toi, c'est toi qui as forcé ta famille à déménager. C'est toi qui engendres les problèmes, toujours.

J'essuie rageusement les larmes qui me montent aux yeux.

Ma mère me manque vraiment dans ces moments-là. Arizona aussi. J'aimerais entendre leurs voix. Mais si je les appelle en pleurant, elles vont s'inquiéter. Alors non.

Je reste assise une bonne heure dans ce bus, à fixer le paysage et à refaire ma vie dans ma tête. Mais je ne parviens presque pas à penser à autre chose qu'à ce contact électrisant et ces yeux verts aux reflets dorés.

Il se passe quelque chose ; il y a un problème dans la maison où je vis. Mais lequel ? Je me promets d'aller poser la question à Luke.

***

Il est bien midi quand je retourne en ville. Après avoir tourné en rond au moins cinq minutes je finis par demander à une jeune fille de m'indiquer le Rubis.

Le bar est situé au bout de l'immense avenue qu'est Paradise Valley. Je ne suis jamais entrée dans un endroit comme celui-ci. Avec Arizona, nous fréquentions les cafés et autres *dinners*, qui servent burgers et milk-shakes.

Cet endroit-là fait plutôt boîte de nuit. Il y fait très sombre, même si c'est bien éclairé. Avec une partie billard sur parquet, une autre plus feutrée avec des tables pour déjeuner ou dîner, ainsi qu'un bar immense où l'alcool semble couler à flots, et un coin pour danser avec une mezzanine où sont installés des fauteuils VIP. Du rock passe en sourdine. Il n'y a presque personne.

Je me vois très mal travailler dans un endroit comme celui-là.

Le seul resto où j'aie jamais bossé dans ma vie, l'été de mes quinze ans, servait des menus enfants dans une grosse boîte rouge avec un gadget en guise de cadeau.

– Vous voulez déjeuner ? m'apostrophe un grand barbu derrière le comptoir.

Il a l'air d'un ours avec ses cheveux longs et sa barbe hirsute.

Je m'avance en me tordant nerveusement les mains.

– Non… C'est pour du travail. Je m'appelle Mia Gilmore. On m'a dit de m'adresser à Vince.

– C'est moi, répond-il du tac au tac.

Il essuie son verre avec un torchon en me détaillant de la tête aux pieds. Troisième regard de mec indiscret aujourd'hui.

– Je viens de la part de L.A. Elle a dit que vous auriez du travail pour moi.

Il rit doucement.

– O'Brien a un sacré sens de l'humour, ces temps-ci.

À son rire railleur et à ses yeux moqueurs, je vois bien qu'il se fiche de moi. Je n'aurais pas dû venir.

– OK. Laissez tomber. C'était une mauvaise idée.

Je m'apprête à faire demi-tour quand il m'arrête et sort de derrière le comptoir en balançant son torchon sur son épaule.

– Tu peux commencer ce soir ?

Je hausse les sourcils de surprise.

– Ce soir ?

– Ouais. Il y a un anniversaire. La salle entière a été réservée. Il faudra servir les petits fours salés et sucrés et faire la plonge. Je suppose que tu n'as pas l'âge de servir au bar ?

– Non.

Il soupire, les poings sur les hanches.

– Bon, on fera avec. C'est neuf dollars de l'heure ici. Plus les pourboires. Tu ne donnes pas d'alcool. Si on te le demande, tu envoies quelqu'un d'autre le faire. *Capiche ?*

Je hoche la tête, soulagée. Peut-être que les choses ne vont pas si mal.

– Le service commence à 18 h 30. Il se termine vers 2 heures du mat. Tu travailleras du mercredi au samedi soir. Ce n'est pas négociable. Et quelquefois, le dimanche dans la journée.

C'était trop beau pour être vrai.

Je vais devoir me serrer la ceinture. Et en plus il n'y a plus de bus à 2 heures du matin pour rentrer. Je n'ai même pas de voiture.

– Bon, c'est oui ou non ?

– Oui. Ça me va.

Au moins, je paierai mon loyer. Je m'arrangerai avec Luke pour les horaires.

– Il vaut mieux que tu arrives en avance ce soir. Sois là à 18 heures tapantes. Cora et Ashton te brieferont. Et… Mia, c'est ça ? Mets autre chose. C'est un bar ici, pas le couvent de Mère Teresa.

Écarlate jusqu'à la pointe des cheveux, je le remercie encore et file alors qu'il retourne à son comptoir.

Chemisier en flanelle et jeans. Il n'y a rien de trop strict là-dedans ! Si ?

***

– Il est à l'heure ? je demande en tapant sur le tableau de bord de Luke qui affiche 17 h 55.

La Jeep se gare pile-poil devant le bar.

– Oui, me répond-il. Bon, je passe te reprendre à 2 heures, c'est ça ?

Je fais la grimace. Ça m'embête réellement de devoir le réveiller au milieu de la nuit pour venir me chercher.

– Oui. Mais si je trouve quelqu'un qui habite dans le quartier pour me raccompagner, je t'envoie un texto. Tu sais lire les textos ?

Il grimace.

– Je ne suis pas né au siècle dernier, gamine. Allez, file, tu vas être en retard. Je connais bien Vince, c'est un bon patron. Il devrait être correct avec toi.

Il y a tellement de questions qui me turlupinent, mais je ne sais pas comment les lui poser.

– Dis-moi, Luke… La maison sur le lac… elle appartient à qui ?

Il hausse les épaules, les mains sur le volant.

– Aux Davis. Mais ils veulent la vendre, je te l'ai dit.

– C'est une famille qui vit encore ici ?

– Non. Ils ont déménagé sur le continent, il y a deux ans, peut-être plus. C'est une agence immobilière qui s'occupe de la maison. Pourquoi ces questions ? Tu as un souci ?

– Non, non. Les gens… ils parlent beaucoup de cet endroit, non ?

Luke se retourne vraiment vers moi, cette fois.

– Écoute, cette baraque est géniale. Si j'avais eu les moyens, je l'aurais achetée. Les gens sont bêtes. N'écoute pas les on-dit.

Ma curiosité est décuplée parce que je sens qu'il ne me dit pas tout. Mais pour ce soir, je décide d'en rester là.

Merde. Je suis en retard.

J'hésite à l'embrasser. Un instant de trop. Finalement, j'ouvre la portière de sa voiture et saute à terre.

– Salut.

– À plus tard, gamine.

Quand je passe les portes du bar, le patron m'apostrophe immédiatement.

– Gilmore ! Tu es en retard ! Ça commence mal.

Je suis toute prête à me répandre en excuses, mais un grand dégingandé aux yeux noirs se plante devant moi. Il n'est pas très musclé, mais il me dépasse d'une bonne tête. Son regard sombre me semble encore plus sinistre quand il se pose sur moi. Impossible de ne pas être tétanisée. Son allure de punk me laisse dubitative. Je ne sais pas trop quoi penser de lui.

Sa coupe de cheveux bizarre, tête rasée sur les côtés et mèches longues sur le dessus, ne s'accorde pas du tout à sa chemise noire rentrée dans son froc et son jeans casé dans ses boots marron. Si on enlève la tête, le reste est bien trop classique. Il a aussi ce tatouage : des ailes. Encore des ailes. Encrées sur son cou. Un dessin très stylisé, mais simple. Un contour sans remplissage.

La vache ! Ça doit faire mal, ça. Mais c'est très beau.

– Bon, alors, faut que je te briefe apparemment. C'est toujours moi qui me tape les emmerdeuses. D'abord Cora, puis ça.

Est-ce que « ça », c'est moi ?!

– Moi, c'est Ashton. Ash pour les intimes. Ashton pour toi, *Freckles*[13]. Le vestiaire est par là. Ton casier c'est celui du fond. Tu dois mettre un cadenas dessus, si un truc disparaît on n'est pas responsables. Tu arrives, tu regardes le tableau et tu vois ce qui a été fait et ce qui reste à faire. Ce soir, Jun, Lidy et David se sont déjà occupés de la bouffe, nous on n'a plus qu'à dresser dans les plateaux. Tu dresses, tu sers. Quand il y a des plateaux et des verres vides sur les tables, tu débarrasses. Tu casses, tu payes. La plonge, ton territoire, c'est par là…

Il se balade dans le bar, tout en m'indiquant le tout et en me laissant à peine le temps d'assimiler les informations.

Je dis bonjour de la tête à Jun et David, les cuisiniers, et à Lidy. Mais celle-ci se contente de me tourner le dos en dressant les salades.

J'ai l'habitude de ne plus être la bienvenue nulle part depuis un moment déjà, mais tout de même, ça fait toujours aussi mal. Il y a, en chaque personne, ce désir d'être aimée, acceptée.

Ashton me lance à la tête un tablier noir que je rattrape de justesse.

---

13 Surnom signifiant « qui a des taches de rousseur ».

– Mets ça et au boulot. Je vais finir mon service en retard à cause de ces conneries. Ce soir, j'suis pas avec vous, je fais partie des invités. Tu vas me servir, donc.

Je serre les dents. Il a un sourire railleur. Horrible. Parce qu'il a des fossettes en coin et qu'il est mignon quand il sourit. J'en ai marre des gens beaux et cruels. Ça marche de pair ou quoi ?!

Sa façon de me parler, comme à un chien, me donne envie de hurler. Mais je me tais et me mets au boulot.

Une grande brune svelte et plutôt jolie me rejoint pour bosser, une demi-heure plus tard. Cora. Elle est sympa. Même si j'évite de trop copiner en général, ça fait du bien de rencontrer une personne qui n'est pas désagréable.

Deux heures après, les gens arrivent et nous commençons à servir. Des étudiants surtout. Avec une grosse envie de faire la fête. Au bar, une fille, vingt-sept, vingt-huit ans, Terry, aide Vince à servir. Elle aussi est sympa. Elle m'indique chaque fois ce qu'il faut faire quand je suis perdue.

À 22 heures, c'est le coup de feu. L'endroit est bientôt bondé. Les cocktails se vendent comme du petit lait et les petits fours sont engloutis par tous. Apparemment, c'est l'anniversaire de quelqu'un qui n'est toujours pas arrivé. Tout le monde fait la fête sans lui.

Le DJ a lancé une série de musiques techno qui ont le mérite de mettre les gens rapidement sur la piste, à défaut d'être bien mixées.

– Hey, Freckles !

La voix d'Ashton m'interpelle alors que je débarrasse les verres vides sur le bar dans un brouhaha impressionnant.

« Freckles ». J'avais déjà ce surnom au primaire, mais je m'en étais débarrassée au fil des ans. Et ça recommence. Pourtant mes taches de rousseur se sont atténuées quand j'ai grandi.

Il me désigne le plateau devant lui et ses copines du menton.

Horreur. Je reconnais les pin-up motardes d'hier.

Je regarde vivement autour de moi à la recherche des fameux yeux verts. Impossible qu'il ne soit pas là. Tous ses amis sont réunis. Si Ashton aussi fait partie de son groupe, je vais me faire harceler.

– C'est moi que tu cherches, Bella ?

Je fais un bond en avant et mon plateau m'échappe presque des mains. Les verres s'étalent sur le comptoir. Heureusement qu'ils ne se cassent pas.

Fahrenheit.

Il a encore parlé dans mon oreille et cette fois il a posé ses mains sur mes hanches.

Je porte un top de dentelle noire sur ma jupe corolle avec mes Docs. Le fin tissu laisse la chaleur de ses doigts s'imprimer sur ma peau. Au secours. Ça m'apprendra à écouter Vince. Mettre autre chose ; il est marrant, lui.

Je m'enfonce dans le bois pour m'écarter de la chaleur de son corps et de son parfum entêtant. Il a aussi une odeur de vodka. Je me demande s'il a déjà bu.

Fébrilement je ramasse mon carnage sans le regarder, sans lever les yeux vers lui.

– Miles, p'tit enfoiré ! C'est pas parce que c'est ton anniversaire que tu dois embêter mes employés ! Lâche-la, lui crie Vince en venant à mon secours.

Isaac retire ses mains, me laissant chancelante, et les lève devant lui dans un geste d'innocence.

– Oh ! allez, quoi ! Je vais rien lui faire à ta petite serveuse.

La façon qu'il a de traîner sur les syllabes me dit qu'en effet, il a déjà bu. Génial. Lourd et bourré en plus. Vivement que cette soirée se termine.

Il rit et Ashton l'appelle.

– Zac ! Putain, t'es là !

Tout le monde se met à crier « bon anniversaire » et plusieurs personnes lui sautent dessus.

On le chambre, on le bouscule.

Trop de motards, trop de garçons.

Je reconnais la voix de Gabriel.

Alors, je m'éclipse avec mon plateau vers les cuisines et la plonge. En partant, je jette un coup d'œil derrière moi.

Tout le monde lui parle en même temps. Mais Fahrenheit a les yeux braqués sur moi. Des yeux trop brillants. L'alcool, sûrement.

En cuisine, je lâche mes verres dans les éviers en soupirant. Mon stress est à son niveau le plus élevé et j'en tremble.

Allez, Mia. Respire. Prānāyāmā.

En Yoga sūtra, cette pratique consiste à devenir consciente de sa respiration.

Je prends un moment pour que se remette mon cœur qui s'est emballé, mais Lidy m'invective en apportant d'autres verres.

– Bouge-toi, la tache. Il y a du boulot ce soir !

Je ne relève pas. Mais Cora s'approche et se met à ranger en l'envoyant bouler vertement.

– Casse-toi, Lidy ! C'est son premier jour, elle a besoin de s'adapter.

– Bah elle a qu'à s'adapter ailleurs. Ici, on bosse ou on dégage.

– Ferme-la et va servir, plutôt ! Ce n'est pas ton domaine la plonge.

Lidy nous fait des yeux noirs en s'éloignant et je remercie Cora d'un sourire. Nous commençons toutes les deux la vaisselle.

Je suis un peu intimidée, tout de même. Cette fille est aussi jolie que les mannequins des magazines de l'Arizona. Et sa tenue masculin-féminin n'enlève rien à son charme.

– Ne fais pas attention, me dit-elle, très douce. Lidy est une vraie salope. Avec tout le monde.

Je hoche la tête. Même un mot vulgaire dans sa bouche ne paraît pas déplacé du tout. Elle commence à parler, apparemment d'humeur bavarde.

– C’est sympa d’avoir enfin quelqu’un avec qui travailler. Quelqu’un d’autre que Lidy, je veux dire. Tu vas à Constance ? Tu as commencé tes cours aujourd’hui ? Je ne t’ai jamais vue.

Comment t’expliquer ça…

– Non. Je ne suis pas étudiante. Je bosse ici, c’est tout.

Elle hausse des sourcils étonnés. Je fixe mes mains pleines de savon sans relever son regard. Il va falloir que je m’habitue à me justifier auprès des gens.

– Oh. D’accord.

Je ne sais pas si elle est gênée, mais elle change aussitôt de sujet.

– C’est bondé ce soir. Zac est tellement populaire. Il ne va plus y avoir de place sur la piste de danse.

Je me glisse par la porte qu’elle entrebâille. À moi de savoir qui est ce mec.

– Tu le connais bien ?

– Zac ? Oui. Tout le monde le connaît. On est… amis.

– Ce sont tous ses amis ?

– Ah oui, c’est vrai que tu n’es pas d’ici, toi. Oui, tous. De toute façon, t’es soit son pote, soit son ennemi. Et pour la plupart des gens, le choix est vite fait, tu sais.

– Pourquoi ? je demande avec une réelle curiosité.

Elle rit doucement.

– Parce que personne n’a envie d’être l’ennemi d’Isaac Miles.

Alors ça, je veux bien le croire. Pourquoi se mesurer à Fahrenheit…

– Il est un peu brusque, non ?

Je n'ai pas trouvé d'autre terme. J'aurais pu dire connard, imbécile, rustre et j'en passe. Mais je ne sais pas quels liens elle entretient avec lui. Alors j'y vais à pas de loup.

– Brusque ?! Il est plus que ça ! Les Anges sont des enfoirés. Mais malgré tout, il vaut mieux être de leur côté pour éviter les problèmes.

– Les Anges ?

– Oui, Ashton, Isaac, Miguel, Mickael et Gabriel. Les Anges, quoi.

– Pourquoi tu les appelles comme ça ?

– J'en sais rien, moi. Tout le monde les appelle comme ça. Depuis toute petite, je les connais. Ils sont un groupe, une famille, presque. Avec les filles aussi. Il y a Sloan, Colline, Anthea et Laure-Alice qui sont les officielles de la bande, mais il y en a d'autres également.

– Leurs copines ?

Elle éclate franchement de rire cette fois.

– Copines ? Non. Les Anges n'ont pas de petite amie. Ils ont beaucoup, beaucoup de copines, si tu vois ce que je veux dire.

– Est-ce qu'ils sont dangereux ?

La question m'a échappé.

Cora s'arrête de frotter et m'observe en fronçant les sourcils.

– Est-ce que tu te serais mis à dos l'un d'eux, déjà ?

Comme je ne réponds pas, elle soupire.

– Écoute, Mia. Ici, si tu es contre l'un d'eux, tout le monde va te pourrir. Personne ne va prendre ta défense. Je te conseille de faire profil bas. Ces garçons sont dangereux. Il ne faut pas les chercher.

Mais je ne cherche personne, moi ! Ce sont les ennuis qui me trouvent constamment.

– Ils sont capables de quoi ?

Elle hésite et se mord la lèvre.

C'est si horrible que ça ?!

– Dis-le-moi, s'il te plaît. Je veux savoir à qui j'ai affaire.

– Très bien, si tu y tiens. Ils sont… solidaires et se portent toujours garants les uns des autres. Ils se protègent entre eux. Au point de faire du mal aux autres, si besoin. Ils peuvent être cruels si l'envie leur en prend.

– Cruels à quel point ?

– Bah ils sont connus pour faire les pires crasses.

Il faut vraiment lui tirer les vers du nez.

– Genre ?

– Genre… Une fois, ils ont humilié une fille en publiant une sextape qu'elle avait faite. Ou encore quand ils ont saccagé le casier de Jimmy à Constance, l'an dernier. Ou quand ils ont enlevé le chien du professeur Jones et l'ont séquestré parce qu'elle menait la vie dure à M.J. Ou quand ils ont rasé la tête d'Emma après qu'elle a dénoncé Colline au doyen. Ou quand ils…

Je laisse échapper un cri horrifié. Ils ont rasé la tête d'une fille ?!

– OK ! OK ! OK… ça va. J'ai compris.

– Tu voulais savoir. Maintenant, tu sais.

Je soupire et sens la sueur sur ma nuque se glacer. Je ne fais pas le poids contre eux. Et en plus, je ne sais même pas pourquoi ils m'ont prise en grippe.

– Un conseil, reste loin d'eux. Contente-toi d'être normale sans en faire trop et ils te laisseront tranquille.

Alors ça, j'en doute. Pas si je ne déménage pas.

– Mia !

Vince ouvre la porte des cuisines brusquement.

– On a besoin d'être débarrassés, ici !

– J'arrive !

Je m'essuie vivement les mains et laisse Cora prendre ma place.

Allez, Mia. On se jette de nouveau dans la fosse aux lions ?

Je soupire et pousse des deux mains les portes battantes. Mais je me cogne à quelqu'un en me fracassant presque le nez.

Aïe !

– Miro en plus d'être conne. La panoplie de la parfaite chieuse.

La voix me fait frissonner. Je la connais.

Je lève les yeux sur l'armoire à glace qui me fait face et reconnais ces yeux ténébreux ; ceux du motard en Kawasaki qui m'a surprise à mon arrêt de bus.

Quelque chose me dit que je me retrouve en face d'un Ange. Mais lequel ? Je n'en connais que trois sur les cinq.

Et aussi, il y a fort à parier que c'est celui-là qui a crucifié la chouette sur ma porte.

CHAPITRE 7

Jar Jar & M.J.

Mia

« La moto, c'est comme le sexe, sortez couverts. Avec du cuir, c'est encore mieux. »

Jamais vu quelqu'un d'aussi tatoué.

Il y en a partout. Sur les bras, les mains, les doigts, les épaules, le cou…

En dessous de cet excès d'art corporel, il y a quand même quelqu'un. Quelqu'un de très beau, avec des cheveux courts très noirs. Aussi sombres que ses yeux charbonneux. Jamais vu, non plus, autant de garçons au visage dur et émacié. Il a, comme Isaac, un air de « je ne souris jamais, moi ». Avec une mâchoire carrée et un froncement de sourcils permanent.

Je suis si absorbée dans ma contemplation que j'en oublie le pourquoi du comment de ma présence ici. Ce que j'étais venue faire est passé à la trappe.

Vince me rappelle à l'ordre.

– Mia !

Je sursaute et l'armoire à glace esquisse un sourire en coin en faisant tinter son glaçon dans son verre. Bon Dieu, la testostérone qui se dégage de lui est assez impressionnante.

Il se rapproche encore de moi et ouvre la bouche pour parler, mais je le devance et le contourne pour filer prestement vers le bar où Vince s'impatiente. Mon cœur fait des bonds dangereux dans ma poitrine. Avant ce soir, j'aurai une crise cardiaque, c'est sûr.

Ils sont dangereux, Mia. Dangereux. Tu ne peux pas les trouver irrésistibles alors qu'ils sont... ce qu'ils sont.

Et pourquoi pas, hein ? Après tout, j'ai déjà été amoureuse d'un monstre…

Pathétique. Je suis pathétique.

Je ramasse les verres qui se sont accumulés sur le bar.

Une voix au timbre de tombeur, dans mon dos, me fait frissonner ; l'armoire à glace m'a suivie.

Mon Dieu… Ce mec a une voix similaire à celle de Chace Crawford. Autant dire diaboliquement sexy. Et il en joue. Il traîne sur les mots langoureusement. Je suis sûre que même la pire des horreurs sonnerait comme de l'eau cristalline en sortant de sa bouche.

– Alors, il t'a plu notre petit cadeau de bienvenue ?

Qu'est-ce que je disais déjà ? Ah oui ! La pire des horreurs.

Je sais bien qu'il parle de la chouette dont j'ai pansé les blessures cet après-midi. Ainsi donc, j'avais raison. Espèce d'idiot. Je déteste la cruauté, la malveillance gratuite envers les autres et encore plus envers les animaux.

– Si elle ne survit pas, je te l'amènerai. Tu l'enterreras toi-même, je lâche avec hargne.

Il part dans un fou rire sadique. Sadique, mais profond. Absolument adorable.

Bon sang, Mia ! Mais réveille-toi !

– Sans blague ! Mais c'est qu'elle a du répondant la petite chrysalide.

– Chrysalide ? J'ai l'air d'un papillon, moi ? J'ai des antennes peut-être ?

Bon, OK. Cora vient de me dire de faire profil bas, mais c'est plus fort que moi.

Un an et demi. Un an et demi que je n'ai plus laissé personne me marcher sur les pieds. Personne. Ça ne va pas recommencer. Je refuse. Puis c'est quoi ces conversations de gamins, là ? Ils ont quoi, vingt-deux, vingt-trois ans ? Ils ne pourraient pas se comporter en adultes et me laisser en paix ?

– Des antennes ? Non, quelle drôle d'idée !

Il avale son whisky d'une traite et tape sur le comptoir à l'attention de Terry qui lève les yeux au ciel en le resservant.

Ce mec est vraiment bizarre. En ramassant les verres, j'observe à la dérobée le tatouage perdu parmi tant d'autres sur le haut de ses bras, sous sa chemise à manches courtes. Des bouts d'ailes.

Vu la hauteur et la grosseur, je dirais que celui-ci doit bien prendre la moitié de son dos.

Des ailes d'oiseau ou d'ange, à vue d'œil, pleines et légèrement colorées, avec un effet de matière assez impressionnant.

– Pourquoi tu me reluques comme ça ?

Je soupire.

– Il y a une minute, j'étais miro et maintenant je te reluque ? Tu as un vrai problème, toi.

Il soutient mon regard. Ou plutôt je soutiens le sien. Ses yeux de braise, charbonneux. Comme si le monde entier s'était embrasé à l'intérieur.

– Non. Mais toi, t'en as un.

– Lequel ?

Je sais d'avance ce qu'il va me répondre.

– Nous.

– Pourquoi ?

Bah oui, quoi ? J'ai rien fait moi. Pourquoi on m'en veut ? Pourquoi ?!

– Parce que tu vis là où tu ne devrais pas.

– Elle était à louer cette maison. Si je ne l'avais pas prise, quelqu'un d'autre l'aurait fait. Je ne veux pas d'ennuis. Je déménagerai dès que je pourrai. Mais en attendant, je n'ai rien à me reprocher. Vous ne pouvez pas me menacer pour quelque chose dont je ne suis pas responsable !

– Il fallait te renseigner avant. Personne ici n'aurait eu l'idée d'aller habiter là-bas. Y a vraiment qu'une étrangère pour faire un truc aussi con. T'es vraiment conne. Jar Jar. Non, mais je rêve. Je suis tombé sur Jar Jar.

Jar Jar ? Ce nom me dit vaguement quelque chose…

Mais je crois qu'il me prend vraiment pour une idiote.

– Quand ? Quand est-ce que tu vas te casser ? insiste-t-il en me suivant tandis que je me faufile entre les tables pleines pour ramasser les verres et les plateaux.

– Deux mois. C'est ce qu'il me faut comme temps pour trouver un appart'. Puis ma mère a déjà payé les deux premiers loyers.

Je dois crier pour me faire entendre tant la musique est forte. C'est tant mieux parce que ça me permet de faire disparaître la peur dans ma voix.

Il se rapproche pour parler derrière mon oreille. Lui aussi sent bon. C'est ignoble, ça.

– Trop long. Tu ne tiendras pas tout ce temps. Nous non plus.

Tenir pourquoi ?

– Il faudra bien, pourtant. Et je voudrais vraiment que vous me laissiez tranquille.

Je tends la main pour prendre un verre sur une table que tout le monde a quittée pour aller danser, quand une main se pose dessus en même temps que la mienne. Ce contact m'électrise.

– On n'a pas toujours ce qu'on veut dans la vie, Sweetheart.

À l'intérieur de moi, c'est le grand 8. Ça monte et ça descend. Pour l'instant, diaphragme en haut. Quand il va redescendre, ça va mal se passer.

Isaac me fixe sous ses mèches de cheveux collantes de sueur. Il fait une chaleur à tomber dans ce bar. Même mon haut me colle à la peau. Et lui… son T-shirt noir moule admirablement son torse.

Nous nous regardons avec une telle intensité que c'en est presque insoutenable. Avec Eminem en fond qui chante « *Fuck Free World…* ».

Même dans le regard on se défie. Surtout dans le regard, en fait. Parce que lorsque je n'ouvre pas la bouche, je sais y faire et reste digne et confiante. Pas comme quand j'essaye vainement de me défendre. Je finis par retirer vivement mes doigts.

– Pourquoi vous en prendre à moi ? Je n'ai pas fait exprès d'habiter là.

Il met très longtemps avant de parler, s'adressant à son ami et pas à moi.

– Peut-être que tu devrais lui expliquer, M.J. ? Lui expliquer que les questions qu'elle pose ne sont pas les bonnes. Et qu'elle devrait virer son cul de petite chieuse avant que je m'énerve vraiment.

Ah bon sang ! Quelle espèce de… de… !

Le sang afflue à mes tempes.

J'ai l'habitude d'être d'un naturel très calme. Tout le monde le sait. Je ne perds pas si facilement le contrôle, vaut mieux pas. Mais lui… il me pousse vraiment à bout. J'ai incontestablement ce sentiment d'être tirée par les cheveux. Et je n'ai qu'une envie : rendre coup pour coup.

Je me tourne vers ledit M.J. dans un sursaut d'énervement.

D'abord, c'est quoi ce nom ? M.J. ? Ah oui, Cora a dit Mickael. Pour le J, je repasserai. Eh bien, je m'adresse à Mickael.

– Peut-être que tu devrais expliquer à ton copain que nous sommes en démocratie et que je poserai toutes les questions que je veux et à qui je veux. Et par la même occasion, dis-lui que je ne virerai mon cul de petite chieuse que lorsque je le déciderai. Pas parce que lui le veut.

M.J. ouvre la bouche pour répondre, mais Isaac est plus rapide. Il m'agrippe si violemment par le bras que je dois jouer à l'équilibriste pour que mon plateau ne m'échappe pas des mains. Il colle son nez contre le mien. Ses doigts s'enfoncent profondément dans ma chair.

Est-ce qu'il me ferait du mal ? Physiquement, je veux dire. Pourrait-il s'en prendre à moi comme ça ? *Bien sûr, idiote ! Il a déjà rasé la tête d'une fille quand même. Ce n'est pas rien.*

Oh mon Dieu, mes cheveux. Je veux garder mes cheveux.

– OK, *Honey*[14], on ne s'est pas compris, toi et moi. Personne ne me parle comme ça. Personne. Tu ne sais pas à qui t'as affaire. Ne crois pas que je vais supporter longtemps ce petit jeu de « je te réponds quand tu me menaces ». Parce que très vite, tu vas comprendre qui je suis. Très, très vite.

J'essaye de me dégager de son emprise.

---

14 Surnom signifiant mon (ma) chéri(e).

Finalement, il n'est pas si beau que ça quand il a une expression enragée sur le visage.

Pas si beau, hein.

Contre toute attente, M.J. vient à mon aide et referme sa main sur le bras de son ami.

– Pas ici, Zac. Il y a plein de monde.

Pas ici, quoi ? Qu'est-ce qu'il me ferait si on n'était pas ici ?

J'ai soudainement envie de retourner à la maison, de retrouver ma chambre rose et blanche et la poitrine apaisante où bat le cœur de ma mère.

Au secours.

Le félin grondant me lâche brusquement le bras en ne me quittant pas des yeux pour autant.

J'ai la peau rougie et les marques de ses doigts profondément imprimées dans la chair. Un an et demi que personne ne m'avait plus marquée. Personne. J'ai envie de hurler et encore plus une fois que ses yeux brillants virent au vert profond et sombre. Une eau d'émeraude.

M.J. me pousse dans le dos.

– Casse-toi, Jar Jar. Maintenant !

Pas besoin de le dire deux fois. Je file.

Mais en marchant vite et tête baissée, je ne vois pas la fille qui m'arrête en tirant mon haut, dévoilant à tous les garçons, devant moi, un décolleté plus que plongeant.

– Mia ! Salut !

Je me retourne vers la pin-up latino qui, maintenant que j'y pense, n'a pas du tout un nom latino.

– L.A., salut.

Depuis que j'ai appris qu'elle fait partie de son groupe, je ne la vois plus de la même façon.

– Alors, ça te plaît ? C'est cool ici, non ?

Je l'observe avec sa robe fine, mi-longue, et cet énorme nœud dans les cheveux.

Ça se voit que nous ne sommes pas du même côté du comptoir. Elle est du côté « je bois ce que je veux et tant que je veux », et moi de celui « dès que ton verre est vide, je fais en sorte qu'on t'en apporte un autre ».

Laure-Alice se déhanche maintenant sur une musique pop assez entraînante. En tenant par les épaules une autre fille, assise, aux lèvres peintes en rouge et aux bras entièrement tatoués. Gabriel est installé à côté d'elles sur un tabouret de bar. Il m'observe derrière son verre, en le portant sans cesse à sa bouche, comme s'il était déshydraté. Bien que je doute qu'il boive de l'eau.

J'en ai marre de ces motards.

– Oui, c'est cool, je réponds.

– On se fait un *after* à la sortie, chez moi. Ça te dit de nous rejoindre ?

Gabriel s'étrangle presque.

– T'es complètement folle ou quoi ?! Elle ne va pas venir avec nous ! Tu veux que Zac t'étripe, toi aussi ?

Je ne relève pas et décline l'offre avant de m'éclipser en cuisine. L.A. m'appelle encore, mais je fais comme si je n'entendais pas et passe les portes en soupirant.

Visualise ton arbre intérieur, Mia. Ouvre tes chakras. En grand.

Deux jours. Ça ne fait que deux jours que je suis là.

– Pause clope ? me propose Cora en voyant mon air abattu.

Je ne fume pas, mais j'ai besoin d'air alors je la suis. Nous sortons à l'arrière du bar, dans une impasse, et elle sort une clope avant de tirer dessus en s'appuyant à une poubelle pendant que je me masse les tempes.

Ils m'ont foutu un mal de crâne horrible. Impossible de discuter normalement avec ces gars-là ; au moins je suis prévenue.

En même temps, à quoi tu t'attendais de la part de personnes qui clouent des animaux sur ta porte ?

– C'est toujours dur le premier soir, me fait Cora en prenant une nouvelle bouffée. Mais tu t'en sors bien. Ne t'inquiète pas.

– Cora, ça te dit quelque chose Jar Jar ? je demande en croquant dans la pomme que j'ai chopée en cuisine.

Mille choses me passent par la tête : les menaces et l'odeur d'Isaac, le rire arrogant et suffisant d'Ashton, la beauté froide de Gabriel, le regard de braise incandescente de M.J. ainsi que ses références bizarres.

Cora fronce des sourcils.

– Jar Jar ? Non… c'est quoi ? Une expression ?

– J'en sais rien. M.J. a dit que je lui faisais penser à Jar Jar.

Elle tire encore sur sa clope et, tout à coup, éclate d'un rire absolument adorable. Même quand elle rit, cette fille a un charme indéniable. Impossible que tous les mecs du bar ne soient pas à ses pieds.

– Quoi ?

– Jar Jar ! Ce Jar Jar-là ! Si c'est ce que je crois, alors ce n'était pas gentil.

– Et à qui tu penses ?

– Tu ne connais pas Jar Jar ? C'est un protagoniste grotesque, comique et gaffeur dans la saga…

– *Star Wars* ! je finis à sa place, en me rappelant tout à coup le personnage maladroit, mais attachant, de ces films.

Quel idiot ! Non mais quel idiot !

Je secoue la tête et finis ma pomme en pestant tout bas contre cet imbécile.

Cora sourit encore en tirant sur sa cigarette avec nervosité.

– M.J. est le plus gentil de tous, mais aussi le plus chiant. Il sait toujours tout mieux que tout le monde. Il s'énerve souvent après les autres, même ses amis proches. Des fois, il se casse comme ça quand un truc ne lui plaît pas. Il est très impulsif. Beaucoup de gens disent qu'il a un problème de self-control. Bien que je pense qu'ils sont tous comme ça. Quand bien même, s'il y en a un qui est moins agressif que les autres, c'est lui.

Je me retiens de lui répondre vertement qu'elle se plante totalement. Il n'est pas agressif ?! Il a cloué une chouette sur MA porte, bordel !

Au fait…

– Il y en a un que je ne connais pas. Il est là ce soir ? Euh…

– Miguel ? Non. Je ne l'ai pas vu. C'est assez bizarre d'ailleurs. C'est l'anniversaire d'Isaac, il devrait être là pour la fête de son meilleur ami. Mais bon, tu sais, je ne vais pas poser de questions. Je n'ai pas besoin de problèmes.

Ne pas poser de questions ? Alors là, c'est trop facile. Au contraire, j'en ai des tas, moi, et compte bien obtenir des réponses.

Reprise du boulot. Je m'efforce de rester à la plonge le reste de la soirée. D'où je suis, j'entends qu'on chante à Zac « joyeux anniversaire » à pleins poumons. Au nombre de bougies, il doit fêter ses vingt-trois ans. Cora m'apprend qu'il est en dernière année à la fac et donc un peu plus vieux que ses comparses.

Finalement, cette fille a tellement pitié de moi qu'elle finit par se charger elle-même de débarrasser la salle.

***

Le bar ferme à 2 heures. Vince met les derniers fêtards dehors. Je suis harassée de fatigue.

Au vestiaire, Cora et moi échangeons nos mails et nos numéros. Mais quelque chose me perturbe quand je récupère mon sac dans le casier. Il était entrebâillé, alors que j'ai le souvenir d'avoir rabaissé le loquet de la porte en tôle. Il ne me manque rien, pourtant : portefeuille, carte de crédit et téléphone sont là. Le reste est sans grande importance.

Quelques minutes plus tard, nous sommes dehors. Il fait froid. Le vent du Pacifique n'épargne pas le sud de Mary Island.

Des bruits de voitures qui passent et des phares qui éclairent momentanément la route. Des rires qui s'éloignent dans la noirceur de la nuit. Cora me dit au revoir.

La brise se lève de nouveau et je resserre mon gilet autour de moi. Je n'ai pas de collant et la fraîcheur qui passe sous ma jupe me fait trembloter.

Merde, Luke ! Où es-tu !?

Je trépigne sur place et aucune Jeep à l'horizon. Vince abaisse les grilles et me salue. Rebelote demain soir. Sans anniversaire cette fois, je l'espère.

Toute seule, en jupe corolle sur un trottoir à presque 3 heures du mat, je ne me sens pas du tout rassurée.

Je prends mon téléphone dans mon sac usé et compose le numéro de Luke. Mais le portable se met tout à coup à clignoter, s'essouffle avant de me lâcher brusquement en s'éteignant. Génial. C'est génial. Ça sert à quoi toute cette nouvelle technologie si on n'est même pas capable d'inventer des batteries qui durent plus de vingt-quatre heures sans couper ? Hein ?

Je visualise bien le trajet pour rentrer, il est simple, mais je vais mettre au moins une demi-heure à pied. Et être seule, habillée comme ça, à traîner sur une route peu fréquentée, n'est pas la meilleure chose à faire.

J'attends encore un peu, au cas où Luke se montrerait. Mais il ne vient pas et j'abandonne. Je me mets à marcher le long du chemin sous un ciel couvert ne laissant même pas passer un minuscule rayon de lune.

– Je te dépose quelque part ? Tu as l'air perdue.

Oh mon Dieu !

Je frôle une fois de plus l'accident cardiaque.

Une voix semblable à celle de Chace Crawford, sexy, suave et légèrement cassée, me fait trébucher sur le trottoir glacé.

M.J. est adossé à sa Kawasaki monstrueusement énorme, les bras croisés. Comme s'il m'attendait depuis longtemps. Une veste en cuir marron recouvrant tous ses tatouages.

– Qu'est-ce que tu fais là, Dark Maul[15] ? Tu m'attendais ou quoi ?

Je marche dans son jeu en choisissant pour lui un personnage très moche de la saga. Et très méchant, surtout.

Il me lance un sourire irrésistible avant d'attraper son casque et de l'agiter en l'air comme s'il ne pesait que quelques grammes.

– Ne fais pas ta cinéphile avec moi, Jar Jar, ça ne prend pas. Alors, je te ramène ou pas ?

Mon cœur balance entre l'envie de me barrer en courant, ce qui serait de toute façon inutile, et celle

---

15 Personnage fictif de l'univers *Star Wars*.

de rester là puisqu'il est la seule âme vivante à des kilomètres à la ronde.

– Non, mais sérieusement, tu crois que je vais monter avec toi ? Là-dessus ?

Il hausse les sourcils.

– T'as jamais posé tes fesses sur une moto ?

Non, jamais. Et ça ne va pas commencer ce soir. Surtout pas avec lui.

– Allez, bouge-toi. Les autres m'attendent. Je vais manquer la surprise de Zac.

Il se fout de moi. Vraiment.

– Je rentre à pied. Merci.

Mais alors que je tourne le dos et me mets à marcher, j'entends l'engin démarrer dans un grondement.

Et très vite, il roule au ralenti près de moi, les pieds touchant le sol et le casque sous le bras.

Mon cœur bat plus vite. Plus sourdement. Et merde.

– Bon, t'arrêtes, là ?! J'ai désobéi exprès à Zac pour ne pas te laisser là à te geler le cul. Alors, monte sur cette putain de moto qu'on se tire !

Ne pas me laisser là ? Je fulmine déjà intérieurement. Si Luke n'est pas venu à cause de lui… Il va me le payer cher.

– Je ne vais pas faire tous ces kilomètres à pied à te suivre comme un petit chien, je te préviens. Ou tu montes, ou je te ligote et te mets dessus de force.

Je soupire bruyamment. Il fait l'air énervé, mais je ne sais pas pourquoi, il a l'air amusé en même temps. Ce qui n'est absolument pas mon cas. Je suis fatiguée et voudrais retrouver mon matelas sur la mezzanine.

– Je ne t'ai rien demandé.

– Monte. Sérieusement. Sur cette route, tu as toutes les chances de te faire embarquer par un type louche en camion. T'as pas envie de te retrouver violée, découpée en morceaux et flottant sur lac Kaloa demain matin ?

Mon cœur saute un battement. Il n'a aucune idée de ce dont il parle. Le sang a quitté mon visage et mes jambes sont en coton.

M.J. se marre.

– On voudrait que tu déménages, pas que tu crèves. Monte.

Ma détermination flanche sérieusement. Mais je risque une dernière pique.

– Qui me dit que ce n'est pas toi qui vas chercher à me découper ?

– C'est assez tentant comme idée. Mais je vais laisser ça à Zac ou Miguel. L'un d'eux finira par le faire.

Il a dit ça sur un ton si banal que j'en reste interdite. Je suis tellement blême à présent qu'il se met à rire franchement en me tirant par la lanière de mon sac.

Fatigue ou folie, je me laisse faire. Oui, moi qui ne fais confiance à personne.

Je vais monter sur ce machin avec ce mec que je connais à peine, et c'est un euphémisme, pour qu'il me ramène chez moi, dans cette maison sur le lac, au fond des bois.

M.J. me passe le casque sur la tête. Il est légèrement trop grand. Lui n'en a pas. Pourvu qu'il ne roule pas comme un malade. On n'est pas très loin, mais quand même.

Je me mets derrière lui et il referme mes bras autour de sa taille et me montre où placer mes pieds.

Pffiou... Coup de chaud.

– Prête pour ton baptême, Jar Jar ?

– Arrête de m'appeler comme ça.

Il ne tient pas compte de ce que je dis et déclare simplement :

– Tiens-toi bien et surtout, garde tes yeux ouverts, ou ce sera pire.

– Pourquoi ?

Pas le temps de savoir. Il démarre en trombe. Et mon cœur lâche presque. Je ferme vivement les yeux en sentant la bête faire un bond en avant. J'enfouis ma tête dans son épaule pour ne pas regarder.

Merde alors !

Le vent me coupe les sens. Il me fouette les jambes aussi sèchement que je m'y attendais. En jupe, je ne pouvais pas prétendre à autre chose. Ça fait mal !

Je prie pour qu'on arrive vite.

M.J. tourne et tourne encore sur la route. Je me laisse faire, mais j'ai le cœur au bord des lèvres.

Puis j'ai beau essayer, je ne le connais pas et n'ai aucune confiance en lui.

Le trajet me paraît interminable. Tellement intense que je ne sens pas qu'on est arrêtés.

– Tu veux bien me lâcher maintenant ?

Je me risque à ouvrir un œil. On est stables. Mais je suis toujours comme une carapace accrochée à son dos, collée à lui comme si j'étais devenue une sangsue. Mes ongles ont dû creuser des trous dans son cuir.

La maison fantasmagorique se dresse devant nous.

Je me dépêche de descendre. Mes jambes semblent avoir été fouettées par deux mille feuilles coupantes tellement elles sont brûlantes.

– Tu m'as pulvérisé le gros intestin… se plaint-il en se massant le ventre, là où j'avais mes mains.

Je me débats avec le casque. Il me tire en grognant et m'oblige à ne pas bouger.

Et maintenant ?

On se fixe une demi-seconde. Avant qu'il ne reprenne et remette rapidement son casque, comme s'il était pressé de se tirer. Je ne sais plus quoi penser de lui.

Mais il vaut mieux qu'il parte vite. Me retrouver là avec lui, toute seule, me fait encore plus flipper que dans Paradise Valley.

– Merci, me sens-je obligée de dire.

Il observe la maison derrière moi et frémit.

– De rien, Jar Jar.

Sa voix mielleuse, au travers de son casque, me fait frissonner aussi.

Il démarre et s'éloigne sans demander son reste. Je contourne la maison et file chez moi presque en courant. Une fois à l'intérieur j'allume toutes les lumières et bois un grand verre d'eau. Trop d'émotions en une seule journée. Je ne suis même pas sûre d'arriver à dormir, finalement.

Dans la cuisine, je me penche au-dessus du carton de la chouette. Aucun souffle. Je touche l'animal. Il est mort.

Ben voilà, je le déteste à nouveau. Il a beau avoir eu un soupçon de galanterie ce soir, il l'a quand même clouée à ma porte hier. C'en est trop. Je passe mon pyjama, les yeux embués de larmes de tristesse, de fatigue et d'amertume, et me glisse dans mon lit.

Je l'enterrerai demain, en attendant il faut que je dorme.

Je tiens la patte de Peggy, ma peluche, dans ma main en rejoignant le monde des rêves, sans apercevoir le petit clignotement rouge à l'intérieur d'un de ses yeux de verre.

CHAPITRE 8

Je te briserai

Mia

> « Qui maîtrisait les odeurs, maîtrisait le cœur des hommes. »
>
> Patrick Süskind (*Le Parfum*)

Je referme la terre, moelleuse et encore fraîche de la rosée du matin, sur le bec du volatile. Repose en paix, petite chouette.

Moi, je n'ai pas beaucoup dormi, à peine cinq heures. Après la mise en terre de l'animal, je prends un thé et des gâteaux aux amandes avant de m'installer sur mon tapis de yoga sous la véranda.

Je suis en pleine figure de la chandelle quand la Jeep de Luke se gare devant la maison.

Lui ? Ici ? De si bon matin ?

Quand il descend de sa voiture, je sens tout de suite le malaise. Je m'assieds sur le tapis et il grimpe les marches en fronçant les sourcils.

Eh ho ! C'est toi qui m'as laissée tomber hier soir.

– Salut, gamine.

Il m'énerve avec sa manie de m'appeler « gamine ». J'ai dix-neuf ans et ai vécu bien plus de choses terribles que la plupart des adultes, assez pour ne plus être considérée comme une enfant.

– Salut, je ronchonne.

– Comment va ?

Alors là, je vois rouge.

– Comment je vais ?! Tu te fiches de moi ? J'ai failli rentrer à pied cette nuit, Luke !

Il se passe les deux mains dans les cheveux, nerveusement.

– Ouais… Excuse-moi. Je… Tu sais, je n'ai pas l'habitude de devoir m'occuper de quelqu'un. J'ai bu deux bières chez un ami et je ne me suis plus réveillé…

La colère gronde en moi. Mais Luke n'est pas mon père, il ne me doit rien. Il fait déjà beaucoup pour moi. Peut-être uniquement pour ma mère, mais quand même. Je soupire et essaye de me calmer.

Yoga Sūtra, Mia.

– Laisse tomber. Il y a un vieux vélo dans la cabane derrière, je vais le prendre pour me déplacer en attendant de me trouver une voiture.

Il y a en effet cette petite remise derrière la maison, fermée par une chaîne non cadenassée, qui contenait les outils dont je me suis servie pour enterrer la chouette et également un vieux vélo de fille marron, vintage, avec un panier.

– En parlant de ça, reprend Luke comme si de rien n'était, je t'ai peut-être trouvé une voiture.

Un client va me la brader. Mais ce ne serait pas avant deux semaines. J'ai eu Megan au téléphone hier soir, elle a trouvé le prix raisonnable. Nous nous partagerons les frais.

– Non, je te rembourserai.

Marre de lui devoir des choses.

– Mia…

– Je te rembourserai, Luke. Ce n'est pas négociable.

Je suis sèche, mais en même temps, il m'agace. Je ferme les yeux et prends la pose du lotus. Peut-être qu'il s'en ira si je me montre froide et distante.

Il se balade maintenant sur le porche en fixant le lac scintillant sous le soleil levant.

– As-tu eu des embrouilles avec quelqu'un depuis que tu es là, Mia ?

J'en ai la respiration coupée et ouvre brusquement les yeux avant que mon regard ne rencontre le sien. Il sait.

– Je…

– Il faut que tu me le dises si tu as un souci, gamine. Je suis là. Je t'aiderai, moi.

Oui, quelque chose me dit qu'il sait pour les Anges. Et s'il est aussi compatissant et inquiet à mon sujet, c'est sans doute parce qu'il connaît ma propre histoire.

– Je vais bien.

Je ne vais pas me plaindre comme une petite fille apeurée, surtout que ces garçons ne m'ont finalement rien fait à moi, directement, du moins pour l'instant. Nous nous toisons longuement.

Luke soupire.

– Très bien. Je vais y aller, j'ai beaucoup de travail. Ton cours à la fac est à 15 heures, n'oublie pas.

J'acquiesce et il s'en va.

Le reste de la matinée s'écoule rapidement. Je fais le ménage, puis appelle ma mère. Nous restons une heure à discuter. Je fais croire que tout se passe bien et que je suis toujours aussi motivée. Tu parles…

Arizona me manque. Mais impossible de lui parler. Elle a repris les cours dans sa nouvelle école, elle aussi.

À midi, je n'ai pas faim alors je me contente de boire encore un thé ; le trac sûrement, celui du premier jour. Je ne retourne pas à l'école, mais le fait de ne pas y être allée depuis plus d'un an me rend nerveuse. Mon diplôme, je l'ai obtenu en étudiant chez moi parce que je ne pouvais plus suivre des cours dans le public. Et je n'ai même jamais visité de faculté.

Comme lorsque j'étais plus petite et que je passais des heures avec ma mère à préparer ma rentrée, je mets un temps infini à choisir ma tenue. Ce n'est pas que mon armoire déborde de vêtements, au contraire, mais je mets quand même du temps à me décider. Il fait super beau et chaud, aussi, comme d'habitude.

Mon choix se porte sur un pantalon chino noir, un chemisier fluide de la même couleur et des spartiates dorées à la place de mes Docs que j'abandonne. Bon, OK, un petit tour dans les magasins s'impose. Porter constamment du noir sous un soleil pareil, c'est de la folie. Mes cheveux arrangés en une tresse enroulée pour en faire un chignon, mes crayons, ainsi que mon grand carnet à croquis, balancés dans mon sac : je suis prête. Pour un premier jour, ça devrait le faire.

Mon malaise se transforme en excitation quand je prends le bus pour la fac.

***

La faculté de Constance est immense. Après être passée pour mon pointage par les bureaux d'admission, où un badge m'est remis, puis avoir récupéré un plan du site, j'emprunte une navette interne pour me rendre en zone C, là où se déroulent les cours indépendants.

Tout le long du trajet, mes yeux se perdent sur les bâtiments et l'environnement qui m'entourent. On se croirait dans un de ces films de science-fiction très modernes. Rien à voir avec le lieu où j'habite.

Je lis sur la brochure l'histoire de Constance et de sa construction.

À l'intérieur des murs d'enceinte, Constance est une sorte de ville verte et écologique. Tous les bâtiments du campus sont des cubes de verre. Ils reflètent tous la lumière.

Constance Grey est entièrement axée sur l'écologie et le développement durable. Malgré les édifices très modernes, des parterres de fleurs, des arbres et de grands parcs couvrent presque tout le domaine. Les toits sont tous végétalisés. La conception des bâtiments et la composition de leurs parois leur permettent de consommer le moins d'énergie d'appoint possible, optimisant les apports solaires pour une ventilation idéale. Même l'eau de pluie est récupérée pour être utilisée. Il n'y a ici aucune pollution et on se croirait dans un poumon sain vivant. Les élèves doivent laisser leur véhicule à l'extérieur ou devant leur maison de fraternité, il est strictement interdit de se déplacer autrement que grâce aux navettes, à pied ou à vélo, jusqu'à 21 heures. Les navettes sont justement des véhicules hybrides électriques. Et puis, interdiction de fumer en dehors des enceintes prévues à cet effet.

Le soleil tape fort et de tous les côtés, et sur les parois brillantes des bâtiments miroirs qui m'aveuglent.

Les élèves sont comme des fourmis, à courir dans tous les sens. Les cours ont repris depuis deux jours et c'est déjà la panique.

Très peu d'entre eux se prélassent sous les arbres ou sur les bancs.

J'apprécie tout ce que je vois, mais ai un gros sentiment de raté. J'aurais pu être comme eux. J'aurais voulu être comme eux.

Le destin en a décidé autrement.

Je ne suis élève indépendante que pour deux semestres et seulement pour des cours d'art avancés. Je ne serai jamais diplômée et ne pourrai prétendre à rien d'intéressant avec ça en sortant d'ici.

Le bus s'arrête et je descends pour me diriger vers le bâtiment des enseignements et de la recherche en arts visuels. Une grande cour, pavée de briques rouges et décorée de phrases d'auteurs gravées, entoure le bâtiment en forme d'œuf. Sur la droite, un autre établissement, dont je ne vois même pas le bout tellement il est immense, accueille ses visiteurs avec une grande inscription en lettres gothiques en aluminium forgé : *Waldorf Art Museum.*

Le musée Waldorf compte l'une des plus grandes collections de tableaux de la Première Renaissance italienne ainsi que beaucoup de petits bijoux du mouvement impressionniste. J'ai hâte d'aller voir tout cela.

Voilà bien la première fois que je me sens aussi bien et euphorique depuis que j'ai mis les pieds sur cette île. Quand je pénètre dans l'immense hall, l'excitation se transforme en admiration. C'est tellement beau !

À l'intérieur une lumière colorée, venue du plus haut de l'œuf et sans doute teintée par les vitraux façon église romane, inonde le centre où une immense fontaine moderne, faite de poutres métalliques et de sculptures d'argile, se dresse fièrement. Les tonalités vives et chatoyantes me mettent tout de suite de bonne humeur.

Ça va être génial. Les cours d'art sont mon point fort.

Je grimpe les immenses escaliers de droite en suivant les flèches qui indiquent les leçons d'art avancées. En haut, la vue sur le parc de derrière est impressionnante. J'en reste ébahie.

On peut observer chaque détail avec précision. Sur les parois de verre, des dessins aux contours très fins représentent à l'identique les arbres ou les sculptures qui se trouvent en contrebas. Une petite explication sur un arbre endémique ou sur une représentation d'une sculpture célèbre est inscrite en dessous.

D'autres élèves, tous aussi émerveillés que moi, font courir leurs doigts sur les parois pour sentir les dessins gravés.

– Putain, mais tu peux me dire ce que tu fais là ?!

Une voix me fait sursauter.

Décidément, je ne vais plus pouvoir faire un pas sans avoir cet… Ange sur le dos.

Cette faculté fait des kilomètres et des kilomètres carrés et compte plus de neuf grandes branches et une centaine de cours différents. Et il fallait que je tombe sur lui ?

Isaac se tient à moins de trois mètres, debout, une pochette à dessins sous le bras à la place de son casque. Il ne porte pas sa veste ni ses boots, juste un jean noir et un T-shirt blanc à col V, très fluide, qui ne masque rien de son magnifique torse. La vue de ses tatouages à l'encre noire, sous le fin tissu, me perturbe.

Je soupire.

– Je ne te suis pas si c'est ce que tu penses. Je participe à des cours d'art indépendants ici, c'est tout.

Tout à coup, il arbore un air horrifié.

– Avec le professeur Diaz ?

Je jette un coup d'œil à ma fiche d'inscription, celle à faire signer toutes les semaines.

– Oui, c'est ça…

Il se ferme et son visage redevient impassible.

– Génial, marmonne-t-il avant de me tourner le dos.

Comme si j'avais prévu de me retrouver avec toi pour l'après-midi, Ducon.

Je serre les dents et marche à sa suite, mais de loin, du plus loin que je peux, sans le lâcher des yeux, pour trouver la salle de classe.

Deux minutes avant le début du cours, plusieurs élèves sont déjà là et discutent, assis sur des tables d'architecte très design. C'est une petite salle, mais elle est comme tout le reste, très moderne. Peut-être trop, pour le coup.

Isaac se dirige aussitôt au fond, vers une fille que j'ai vue au bar hier soir, et un garçon que je ne connais pas. Elle est plutôt jolie : petite, brune, en short et chemisier en flanelle, avec une bouche rouge écarlate et un bandana dans les cheveux. Une des leurs, je suppose.

Et le garçon à côté est… saisissant, et le mot est faible.

Grand, baraqué, brun et très sensuel dans ses gestes. Il a tout du séducteur né.

Tatoué aussi, dans un désordre incroyable, jusqu'au cou. Il en a presque autant que M.J., ou disons que les siens sont différents. Plus remplis, plus denses et plus exotiques.

Un Latino, sans aucun doute, avec des traits mexicains peut-être. Une peau bronzée et hâlée, une petite barbe de deux jours et des cheveux très courts, mais soyeux. Au bout de la chaîne qu'il a au cou, il porte une croix en argent.

Tout à coup ils se mettent à chuchoter à voix basse avant de se tourner vers moi en me fusillant du regard. Je choisis un bureau vide, à l'opposé, et m'installe sans leur prêter attention. Ou alors juste d'un œil.

Ce type doit être Miguel.

L'arrivée du professeur Diaz, une petite femme de la cinquantaine, au style hippie, détourne mon attention. Elle nous fournit une liste du matériel à avoir absolument pour son cours et nous donne quelques adresses de magasins où le trouver. J'ai déjà chez moi la quasi-totalité de ce qui est demandé.

Une feuille nous est distribuée pour que nous notions nos noms et je remercie le ciel qu'elle ne nous ait pas obligés à nous présenter oralement devant tout le monde. Je déteste m'afficher et nous ne sommes qu'une vingtaine dans ce cours. Cependant sur la feuille, je vois l'écriture horrible du voisin d'Isaac. Miguel Ortiz. Qu'est-ce que je disais ? Voici donc le cinquième Ange. La fille s'appelle Anthea Joly. Drôle de nom.

Madame Diaz nous expose son programme pour les trois prochains semestres. Je ne participerai qu'aux deux premiers. Nous devrons réaliser, sur l'année, un carnet de dessins sur un thème bien précis et de notre choix. Il donnera des points bonus pour ceux qui passent leur diplôme en fin d'année et des points d'avance pour ceux qui passent en deuxième ou troisième année. Pour moi, ce sera juste un carnet.

Le premier exercice de l'année consiste à évaluer notre façon de reproduire et de représenter ce que nous voyons.

– Vous allez devoir représenter ce que vous voyez non pas avec vos yeux, mais plutôt avec votre esprit. Nous allons former des binômes et vous ferez le portrait l'un de l'autre.

La blonde assise à côté de moi me sourit.

Ainsi donc, nous allons travailler ensemble.

Mais le professeur s'empare de la feuille de présence et commence à former les couples.

Oh non…

– Jenny et Thomas, Lauren et Amanda…

Les élèves se lèvent pour s'installer face à face en récupérant un chevalet au fond de la pièce.

– Anthea et Lucia, Miguel et Jane, Sophie et Katty… Isaac et Mia, Jordan et Graam…

Est-ce que tu te foutrais de moi, toi, tout là-haut ? Est-ce que le reste de ma vie sur terre sera un purgatoire ? Devrai-je absoudre mes péchés ici-bas ?

Isaac est bien plus virulent que moi.

– Il est hors de question que je me mette avec cette idiote.

Ben voyons…

– Monsieur Miles… souffle la prof.

– Je bosserai pas avec elle, je vous dis !

– Et moi je vous dis que si vous ne faites pas ce que je demande, vous n'aurez plus qu'à changer de cours. Attention, monsieur Miles, ce n'est que le début de l'année.

Isaac me fusille du regard et ne cesse de souffler bruyamment comme un taureau en colère, les narines dilatées.

Rien que pour l'énerver encore plus, je prends mon courage à deux mains et récupère un chevalet pour m'installer face à lui. Il s'affale délibérément sur sa chaise et en tire une autre devant lui pour y mettre ses pieds. Il croise les bras, aussi, et me regarde avec condescendance. Très bien, il ne veut pas bosser ? Moi, si. Luke n'a pas payé ces cours pour rien. Et puis je ne laisserai pas cet imbécile me pourrir le seul petit plaisir que j'ai ici.

Madame Diaz soupire et donne des conseils à ceux qui ont commencé. La technique est libre. Je choisis alors le crayon. Il ne mérite pas que j'use mon matériel pour lui.

Je commence par tailler le crayon au cutter et ma main court toute seule sur la feuille épaisse du carnet à dessins, presque plein, que j'ai apporté.

Je risque juste de discrets coups d'œil par-dessus le bloc pour voir Isaac qui me fixe intensément sous ses mèches folles.

Ce mec est intimidant, c'est sûr. Sa façon de me regarder me hérisse les poils. Je me concentre sur le dessin pour m'empêcher de rougir. Un portrait demande l'examen particulier de l'autre et cela va être mission impossible s'il continue de me regarder comme il le fait. Sous ses yeux d'émeraude, ma peau semble s'enflammer.

La prof se rapproche d'Isaac et moi.

– Alors, mademoiselle Gilmore, dites-moi ce que vous allez représenter de monsieur Miles. Que savez-vous de lui ?

Ce que j'en sais, c'est que c'est un gros con. Comment représente-t-on un connard fini ?

Isaac me devance en lui répondant.

– Elle ne sait rien de moi. Absolument rien. C'est pourquoi cet exercice est inutile.

Qu'est-ce qu'il m'énerve !

– J'en sais suffisamment, lâché-je sans pouvoir contenir ma virulence exacerbée.

Je m'attire le regard noir du félin. S'il pouvait me tuer et m'enterrer, il le ferait, c'est sûr. Et son ami, de l'autre côté, qui me regarde d'un œil menaçant, n'est pas en reste.

Miguel n'est pas concentré sur son binôme, mais sur moi. Et ça aussi, c'est agaçant. Moi qui voulais passer inaperçue en venant habiter ici.

S'il leur prenait à tous les deux l'idée de me coincer quelque part, je n'en sortirais pas vivante. Impossible.

– Tu ne sais rien du tout, continue-t-il.

La prof pose une main sur son épaule, et à son regard meurtrier, je pense qu'il voudrait la tuer, elle aussi. Un vrai malade mental.

Misogyne peut-être ? À mon avis, oui.

– Allons, allons, monsieur Miles. Mettez-y un peu du vôtre. Je suis sûre que mademoiselle Gilmore est capable, comme nous tous, de voir en vous autre chose.

Autre chose ? Autre chose que ce qu'il veut bien montrer ?

Zac est sur le point d'ouvrir la bouche pour l'envoyer paître, mais je suis plus rapide et l'interromps.

– Je sais que tu es fils unique. Enfin, j'imagine que tu n'as pas de frère. Tes amis, eux, sont comme des frangins. Tu ne fais jamais rien sans eux. Et les bracelets à tes poignets portent le nom de chacun d'entre eux. Je sais aussi que tu aimes faire de la moto. Pas pour la vitesse spécialement, je ne crois pas. C'est un roadster et même si je ne m'y connais pas, je vois bien qu'elle n'est pas forcément plus rapide que les autres. Non, tu aimes la moto parce que tu as ce sentiment de liberté quand tu l'enfourches. Ce sentiment d'être seul au monde. C'est pour ça que tu en as pris une qui ne peut recevoir une deuxième personne très longtemps. Ce serait inconfortable. Elle est pour toi. Dans ces moments-là, tu apprécies ta solitude. Je crois même que tu passes beaucoup de temps à la bichonner dans ton garage ou je ne sais où. Parce que tes doigts sont calleux et les bouts de tes ongles abîmés et noircis, comme ceux de mon oncle qui est garagiste.

L'expression moqueuse et arrogante d'Isaac se transforme en surprise avant d'évoluer en une espèce d'air suintant de mécontentement. Il ouvre la bouche pour parler, mais je l'arrête en reprenant.

– Je sais que tu portes du *Fahrenheit*, que ta veste en cuir de vachette est un modèle rare Chevignon Helstons vintage et qu'elle coûte cher. Je sais que tu fumes trop, parce que ta voix est rauque et cassée. Peut-être le soir à la fenêtre de ta chambre quand tu n'arrives pas à dormir. Parce que je suis sûre que tu ne dors pas. Ça ne fait que trois jours qu'on s'est rencontrés et pourtant je vois tes cernes très souvent. Peut-être que tu ne dors pas à cause de ton enfance. J'ai vu cette phrase sur ta clavicule : « Oublie ce qui t'a blessé dans le passé, mais n'oublie jamais ce que cela t'a appris ». Ah oui… et tu as ce tic de toujours tirer sur ta lèvre inférieure quand tu réfléchis intensément.

À présent, il est abasourdi.

Eh ouais, mon vieux.

Je ne suis pas le « Mentalist », mais je ne suis pas aveugle ni si con que ça, non plus. Non, non…

– Tu vois. J'en sais suffisamment.

Madame Diaz tape dans ses mains.

– C'est ça, mademoiselle Gilmore ! Vous avez tout compris. Allez, au travail.

Elle s'éloigne et je me penche pour parler à Zac sur le ton de la confidence.

– Je n'ai pas voulu dire devant elle que je connais aussi la couleur de ton caleçon. Il est bleu nuit aujourd'hui.

C'est vrai que je l'ai vu dépasser en le suivant tout à l'heure.

Et toc !

L'immense plaisir de lui rabattre son caquet m'a tellement transportée que je me fais exprès aguicheuse et provocatrice.

Il veut m'énerver ? Ben, c'est ce qu'on va voir.

À sa façon de serrer les poings, j'imagine très bien les envies qui le démangent en ce moment. Sans doute imagine-t-il ses doigts autour de mon cou.

Il ne répond pas.

Une heure s'écoule. Puis une autre. Il a sorti son baladeur et a mis ses écouteurs dans ses oreilles. Je me demande quel genre de musique il écoute ? Pop-rock, rap, hard-métal ? Je n'en sais rien. Absolument rien.

L'après-midi passe.

Il ne me regarde plus et j'ai presque l'impression, un moment, qu'il prend la pose pour moi et mon crayon.

Non mais quel coq de basse-cour, je vous jure !

Au bout de deux heures, je ne résiste pas à l'envie de fanfaronner un peu devant lui.

– J'ai réussi à faire un portrait de toi assez ressemblant. Tu le crois, ça ?

Il retire ses écouteurs et plisse les yeux.

– Je suis capable de croire n'importe quoi, pourvu que ce soit complètement incroyable.

J'écarquille les yeux. En plus il a de l'esprit et de la répartie ! Et il lit de belles choses.

– Tu as lu *Le Portrait de Dorian Gray* ?

À lui d'être surpris. Il fronce les sourcils.

– Si tu reconnais facilement Oscar Wilde, Gilmore, pourquoi n'es-tu pas dans cet établissement comme une élève normale ?

Je frémis. Il cherche à savoir qui je suis. Peut-être m'avait-il prise pour une idiote sans culture et sans esprit ?

– Ne te plains pas, Miles. Tu ne verras pas ma tête tous les jours, comme ça.

J'ai éludé sa question le plus savamment du monde.

Madame Diaz se matérialise derrière moi.

– Oh… bien… vous avez un style assez particulier… Pourquoi la technique du crayon ?

– Pour capter plus vivement les effets d'ombre et lumière du sujet.

Et je ne parle pas que de ce que je vois.

Isaac rit doucement, dédaigneusement. À mon tour de le fusiller du regard.

– C'est assez réussi en tout cas. Je vous conseille tout de même de ne pas hésiter à prendre toute la place sur la feuille. Monsieur Miles en impose… Vous êtes d'accord avec moi ?

Elle me lance un regard malicieux qui ne plaît pas du tout à Zac. Je soupire et acquiesce.

Une sonnerie retentit, faisant se poser tous les pinceaux et crayons. La fin du cours.

Chacun se presse de ranger son chevalet.

Isaac s'est levé prestement.

– Montre-moi cette horreur !

Je rabats vivement la couverture de mon carnet sur le dessin. Et puis quoi encore, tiens !

Et je l'attrape avant qu'il n'ait tendu la main.

– Va te faire voir, Miles. Je ne te dois rien.

Je lui tourne le dos alors que la fille, Anthea, s'est approchée et a posé une main sur son épaule. Il doit avoir une sacrée rage intérieure ce mec. Je suis sûre qu'il est plein d'une colère mal contenue et qu'il doit régulièrement péter les plombs. Sa façon de me regarder me dit qu'il pourrait m'étrangler si nous étions dehors, tous les deux.

Il faudra que je pense à faire ajouter une serrure à ma porte. Une de plus.

Je range le tout et les regarde sortir en faisant la queue comme d'autres, devant le bureau de la prof, pour faire signer ma feuille de présence.

Deux semestres. Deux semestres à passer avec lui ! Au secours.

Madame Diaz paraphe ma feuille et je sors, pressée de rentrer me reposer avant de commencer au bar à 20 heures ce soir.

Dans les couloirs, les élèves se pressent pour assister à leur prochain cours. Je les écoute parler de ce qu'ils ont étudié ou appris aujourd'hui. Ma solitude me saute à la gorge. Ils sont tous si à l'aise.

– Pourquoi me chercher, Gilmore ?

Il me fait sursauter. C'est une manie, chez lui, d'arriver par-derrière et de me foutre les jetons !

Je continue à marcher sans me retourner vers Zac. Pas le temps pour les imbéciles. Aussi beaux soient-ils.

– Je te parle ! Tu aurais plutôt intérêt à répondre.

– C'est toi qui es toujours sur mon dos. Je ne te cherche pas, moi.

Avant que je comprenne ce qu'il se passe, il me tire violemment par le bras pour m'entraîner dans une salle un peu plus loin.

Mon cœur s'emballe.

Calme-toi, calme-toi…

Et il claque la porte qui résonne dans l'immense amphithéâtre. Nous sommes tout en haut et cette salle-ci est entièrement fermée. Complètement sombre. Peut-être destinée au cours avec rétroprojection ?

Il fait trop sombre et je n'ai aucune envie de me retrouver seule avec lui. Mon sang s'affole dans mes veines.

Je cherche précipitamment la sortie, mais il m'empêche d'ouvrir et plonge son regard de jade dans l'océan du mien.

Pense à respirer. Inspire. Expire. Recommence.

La tête m'en tourne. Un effet du repas que j'ai manqué ce midi ?

– Si, si, tu me cherches. Au lieu de t'écraser quand je te dis un truc, tu me tiens tête. C'est bien la preuve que tu me cherches, ça.

– Je n'ai jamais été du genre à m'écraser.

Faux. Je ne suis *plus* du genre à m'écraser. Plus maintenant, je veux dire. Avant, c'était une autre histoire…

– Dommage. J'aurais préféré que tu t'écrases toi-même. Parce que moi… moi, je suis du genre à écraser les autres.

Je n'en doute pas une minute.

– Tu crois que j'ai peur de toi ?

Je me force à soutenir son regard.

– Tu n'as pas peur ? Tout le monde a peur de moi, continue-t-il.

Est-ce que c'est un aveu ? Une simple constatation ? Une menace voilée ? Je ne saurais dire.

– Non. Je n'ai pas peur. C'est toi qui as peur de moi, fais-je avec assurance.

Ou du moins, ce qu'il m'en reste. Parce que c'est faux. Bien sûr que c'est faux. Bien sûr qu'il me fait peur. Mais je pense aussi, et ça, je viens brusquement d'en prendre conscience, que je lui fais également peur. Oui, moi, je lui fais peur. Même si j'ignore totalement pourquoi.

C'est bizarre comme sensation. Grisant. Personne n'a jamais eu peur de moi.

Tout à coup, je me sens toute-puissante. Il y a quelque chose chez moi qui lui fait peur et qui l'oblige à être sur ses gardes.

Ce n'est pas ce que j'ai fait il y a un an et demi qui déteindrait aujourd'hui sur ma personnalité et mon aura, hein ?

Pourvu que ce ne soit pas ça. Je ne veux pas être un monstre. Je ne suis pas un monstre.

Il s'avance encore et toute son ombre se répand sur moi tellement il est grand.

Isaac fronce les sourcils et se met à réfléchir à ce que je viens de dire.

Touché !

– Qu'est-ce que tu veux dire ? Pourquoi j'aurais peur de toi ? J'en ai l'air peut-être ?

À son ton, je sens que je l'ai troublé et surtout je sens que j'ai visé juste. À moi de me montrer à la hauteur maintenant et de ne pas laisser ce connard arrogant prendre le dessus.

– Oui, tu as peur. Sinon, pourquoi tu passerais ton temps à me menacer et à me pourrir comme ça, hein ?

Hein ? Vas-y, réponds à ça !

Je recule quand la veine de son cou se met à tressauter nerveusement.

Mais je suis prise au dépourvu quand il lâche un petit rire mauvais accompagné d'un reniflement dédaigneux. Il n'arrête pas de se rapprocher de moi et j'ai de plus en plus de mal à ne pas me laisser enivrer par son odeur. Son odeur de *Fahrenheit*. Je n'aime pas être si proche de lui, je déteste ça, même. Parce que je ne connais personne d'autre avec une odeur pareille. Elle me fait perdre le fil de mes pensées et me fait tourner la tête. C'est inhumain, ça.

– Bébé, je vais t'expliquer un truc. C'est pas compliqué à comprendre. Même pour une gamine avec un cerveau pas fini comme le tien. Il n'y a rien ni personne, et sûrement pas toi, pour me faire peur. Je ne passerais pas mon temps à te menacer si tu arrivais à te soumettre et à faire ce qu'on te dit. Ne va pas croire que j'ai peur de toi, Gilmore. Un mot de travers, une seule parole que je trouverais trop déplacée, un geste abusif et je te pulvériserai. Je t'écraserai. Je te briserai, si fort que tu n'auras pas le temps de le voir venir. Tu as déjà entendu le bruit des os quand ils se brisent sous les coups, Mia ? Moi, oui. Je te promets que ça n'a rien d'agréable à l'oreille sauf pour celui qui inflige ça.

Ces paroles me feraient presque vomir si j'avais quelque chose dans l'estomac, et tomber à la renverse, si je n'étais pas dès à présent appuyée au mur, entourée par les mains d'Isaac posées de chaque côté de moi.

Il a parlé en s'approchant de plus en plus, le visage menaçant.

Je ferme les yeux et déglutis. Ça y est, il est bien trop proche. Ses effluves de chèvrefeuille, de savon, de cuir, de tabac froid et de menthe se mélangent gentiment à l'entrée de mes narines frémissantes. J'inspire à fond.

– Qu'est-ce que tu fais ? dit-il, abrupt.

J'ouvre les yeux et son visage est à moins de cinq centimètres du mien. Je louche sur sa bouche.

– Je respire.

– Quoi ?

– Toi.

– Pourquoi ?

– Tu sens bon.

Je lève les yeux et le vois hausser des sourcils perplexes.

Il vient de me menacer – pratiquement de mort, quand même – et moi je lui dis ça ?!

Oui, mais malgré ses paroles et son air menaçant, il y a quelque chose qui sonne faux. Il n'y a pas de mauvaise lueur dans ses yeux. Et les mauvaises lueurs, celles qui vous font mal, qui vous détruisent, je les connais par cœur. Oui, j'en connais un rayon. Chez lui, elles sont inexistantes. Alors ce n'est que du bluff.

– Tu… tu trouves que je sens bon ? C'est ça que t'as à me répondre ? Putain, est-ce que t'as seulement écouté ce que je viens de dire ?!

Une folie. Un déséquilibre mental de quelques secondes. Une démence incontrôlée. Une névrose, sans aucun doute. Un genre de divagation aberrante qui me fait lâcher mon carnet et l'attraper vivement au col de sa chemise et me hisser sur la pointe des pieds pour enfouir mon nez dans son cou.

Je me grise de son odeur en frottant mon nez sur sa peau. Mon souffle devient plus chaud sur son épiderme et il tressaille. J'ai les yeux fermés, mais le sens se raidir et retenir sa respiration. Pourtant son cœur bat vraiment plus vite. Dangereusement vite contre moi.

Trouble. Émotion. Mélange. Confusion. Bouleversement. Frénésie. Égarement. Excitation. Surexcitation. Aliénation. Déséquilibre. Démence. Dépravation…

Mes sentiments s'emmêlent, s'entrechoquent, se nouent, se dénouent, montent et descendent decrescendo tandis que maintenant, je frôle à peine sa peau de mes lèvres.

J'ai l'impression que je vais prendre feu. M'enflammer à force de le sentir. C'est possible, ça ?

Les gens s'enflamment sous les baisers avides et torrides, sous les caresses ardentes de leurs amants, du moins à ce que j'ai lu dans quelques livres érotico-romanesques, mais sous les effluves d'un parfum d'homme ? Non, ça, je ne crois pas. Jamais entendu un truc aussi barré.

Et pourtant, je ne peux, ni ne veux, ôter mon visage de son cou.

Longtemps, nous restons comme ça, l'un contre l'autre, avec à peine quelques millimètres de séparation, lui, ses mains appuyées sur le mur et la bouche ouverte dans une perplexité évidente, moi, agrippée à sa chemise et le nez dans son cou comme une malade mentale.

Il ne dit rien et me laisse rester là, ce qui me surprend. Peut-être ce contact le trouble-t-il autant que moi ?

C'est à regret que je me détache de lui.

Qu'est-ce qu'il te prend, Mia !

CHAPITRE 9

Conseil de guerre

Isaac

« L'homme n'a pouvoir sur rien tant qu'il a peur de la mort. Et celui qui n'a pas peur de la mort possède tout. Si la souffrance n'existait pas, l'homme ne se connaîtrait pas de limites. Il ne se connaîtrait pas lui-même. »

Léon Tolstoï (*Guerre et Paix*)

Jamais vu des yeux pareils.

La petite emmerdeuse de la maison du lac est assise devant son chevalet. Il n'y a que le haut de son crâne qui dépasse du bloc où elle peint. Les mèches bouclées de ses cheveux, d'un châtain foncé, lui retombent sans cesse sur le visage.

Elle a ce geste de les repousser vainement derrière son oreille toutes les deux secondes et ça me rend fou. Non, mais elle va arrêter, oui ?! J'ai envie de les lui remettre moi-même en place.

Lorsque je bouge, elle me fusille des yeux.

Putain, mais quel regard !

Elle a les iris d'un bleu gris si limpide qu'ils paraissent presque transparents. Les gens ne la regardent pas souvent en face à cause de ça, elle a l'air d'avoir l'habitude. Moi, ils me tétanisent.

La première fois que je l'ai croisée à l'aéroport, j'ai cru qu'elle était aveugle, tellement je n'arrivais pas à distinguer la couleur de ses joyaux. Puis, j'ai bien vu qu'elle me lorgnait sans gêne. Étonnant quand on sait que maintenant, lorsque je la regarde, elle détourne les yeux et rougit.

Je ne comprends pas cette fille : d'abord, elle me reluque franchement, montrant qu'elle est intéressée, sinon clairement curieuse, ensuite j'apprends que c'est elle qui vit dans LA maison où personne n'aurait l'idée d'aller vivre. Et évidemment, je la pourris. Mais elle ne se démonte pas, cette teigne. Non, elle me répond et me provoque. Sans rire. Il n'y a que quelqu'un qui ne me connaît pas pour faire ça. Elle ignore à quel point je mords vite quand on me cherche.

Plus étonnant encore, son arrogance et sa fierté. Elle se sent obligée de dire bonjour tout le temps, merci à tout le monde, des sourires par-ci, par-là, comme quelqu'un de péteux. À faire son intéressante et sa « je suis gentille, moi », ça me donne encore plus envie de lui donner une bonne leçon. Elle aurait besoin qu'on la remette à sa place. Et va falloir qu'elle apprenne qu'on ne me juge pas, ici. Pas moi.

C'était quoi ça ? Je porte du *Fahrenheit*, oui, ma veste est une Chevignon Helstons, c'est exact.

Et les bracelets à mon poignet sont des cadeaux des autres pour mon vingt et unième anniversaire, OK. Mais comment elle a su exactement ces autres trucs à mon sujet ? Le sentiment de liberté que me procure la moto, mon enfance merdique, mes nuits d'insomnies…

Personne ne m'a jamais aussi bien cerné du premier coup. Bordel !

Est-ce qu'elle a trouvé le journal de Lara ?! Cette dernière pourrait bien avoir écrit des choses comme ça, c'est sûr. Et est-ce que Gilmore l'a lu ?

Lara nous connaissait tellement. Trop, même. Si bien qu'elle avait des secrets sur chacun de nous. Des secrets qu'aucun n'a envie de partager et de voir refaire surface. Deux ans qu'on cherche ce putain de carnet et rien, nada. C'est comme si elle était consciente qu'on allait y venir et qu'elle l'avait mis là où personne ne le retrouverait jamais. Pas faute d'avoir demandé à ses parents pendant des mois. Mais eux n'en savent rien. Ils ignoraient même qu'elle tenait un journal. Sauf que nous, on savait.

Et il a fallu que cette Gilmore de mon cul vienne à son tour vivre dans la maison abandonnée. Je pensais que personne n'aurait l'idée d'habiter dans ce trou paumé. Mais faut croire que je me suis trompé. Et si elle trouve ce journal avant nous ? On peut tous plonger. Elle pourrait faire ce qu'elle voudrait de nous.

Et ça, moi vivant, ça n'arrivera jamais.

La sonnerie retentit, me tirant de mes pensées désordonnées.

Je me lève directement.

Bon alors, elle sait dessiner au moins ?

– Montre-moi cette horreur.

Son regard de glace me cloue sur place. Va falloir qu'elle arrête de m'étudier comme ça, elle ! Et va falloir que mes poils arrêtent de se mettre au garde-à-vous dès qu'elle le fait.

– Va te faire voir, Miles. Je ne te dois rien.

Avant que j'aie pu dire ou faire quoi que ce soit, elle récupère le bloc et fait volte-face.

– Zac… On y va ? me demande Thea derrière moi.

Je serre les dents et tourne le dos à cette garce et son petit cul trop moulé dans son pantalon pincé de petite bourgeoise.

– Elle est jolie, lance Anthea sur un ton qui me fait dire qu'elle attend confirmation de ma part.

– Tu plaisantes, là ? ne puis-je m'empêcher de lâcher vertement.

Elle a un menton trop fier, des lèvres trop pleines pour son visage anguleux et elle est trop maigre pour être jolie. Elle est passable, c'est tout. Mais on s'en fout, non ?

– Pourquoi ? Tu avais pourtant l'air d'apprécier, continue-t-elle, tu n'as pas détaché ton regard d'elle pendant les deux heures.

Évidemment ! Elle a cette manie énervante de cligner des yeux comme un papillon bat des ailes alors qu'elle m'observe en douce, de pencher la tête et de rougir à moitié cachée par son carnet à croquis. Comment j'aurais pu ne pas la fixer ? Et puis ce tic de croiser et de décroiser les jambes en les ouvrant devant moi, toutes les cinq minutes, c'est énervant. C'était quoi ça ? Des appels de phares ?

Merde. Elle fait chier cette fille. Vraiment chier.

– Arrête tes conneries, répond Miguel à ma place, elle est bonne, baisable et bien foutue, mais de là à ne pas la lâcher des yeux, faut pas exagérer. Peut-être que si je la mettais dans mon lit, on pourrait la convaincre…

– Non !

J'ai peut-être parlé trop vite.

– On va trouver un autre moyen. J'ai déjà ma petite idée. Comprendre à qui elle a affaire va l'échauder, vous allez voir.

Et sur ce, je leur tourne le dos pour revenir sur mes pas.

– Qu'est-ce que vous avez avec elle ? Interroge Anthea, alors que Miguel me regarde m'éloigner.

Personne ne couchera avec cette meuf, personne. Ou alors moi le premier, pour la punir de son insolence. C'est ça. Je rêve de la punir de la plus douloureuse des manières.

Si j'ai toujours aimé jouer avec les filles, celle-là m'inspire plus que les autres. Tous ces trucs horribles que je pourrais lui faire. Me venger, me noyer dans le plaisir que m'apporterait sa souffrance.

Parce qu'il n'y a que ça qui me fasse oublier la mienne.

Je me poste au croisement d'un couloir, près de l'amphithéâtre Mondrian. Pour l'intimider encore et la surprendre. Sauf que quelques minutes plus tard, c'est elle qui me surprend en bondissant de la salle comme un lapin.

Ma menace n'était pas assez virulente ou quoi ?

Quand je pense qu'elle s'est pendue à mon cou comme une espèce de foldingue lorsque je l'ai enfermée avec moi dans cet amphi.

Putain. Elle sent bon. L'idiote. Le même parfum que la dernière fois dans le bus, quand j'ai promené mon nez sur sa joue en proférant des menaces sourdes dans son oreille, dans l'espoir de la terrifier, ce qui, soit dit en passant, n'a pas eu l'effet escompté.

Est-ce qu'elle a au moins écouté ce que j'ai dit ?!

Et moi… est-ce que j'entends encore mon cœur battre ?

J'ai l'impression qu'il s'est arrêté et que je respire plus vite. Ou peut-être est-ce l'inverse. Ma respiration s'est arrêtée et mon cœur bat plus vite.

Attends, *what* ?! Il se passe quoi, là ?

Il se passe juste qu'elle s'est hissée à ma hauteur pour mettre son nez dans mon cou et que ça me tourne la tête. Comment une si petite chose peut-elle me faire cet effet ?

En plus, je ne peux pas la blairer cette meuf. Je ne peux pas, c'est comme ça.

Pourtant là, tout de suite, je sens bien cette odeur de bébé et de fleur de… cerisier ? Elle sent la cerise et la fleur de cerisier, sous d'autres effluves comme… la peau des bébés. Elle met du talc ou du gel pour nouveau-nés ou quoi ?!

Comment je peux encore réfléchir à des trucs pareils alors qu'elle frotte son nez dans mon cou ?

C'est bon, je ne peux plus respirer, là.

Au secours.

Ma bouche s'ouvre toute seule, comme pour chercher de l'air, mais impossible de bouger. Je me suis transformé en statue de cire.

Si j'avais un instant pensé qu'elle se jetterait à mon cou après que je lui ai dit un truc aussi barré…

Elle doit être cinglée. Oui, faut être cinglée pour faire ça. Pour me défier et aller habiter dans une maison au bord de l'eau, *cette* maison.

Je n'ose même plus parler, tellement le moment est complètement hors du temps.

Ses seins sont contre mon torse et je peux les sentir sous le fin tissu qui moule son corps. Et merde.

Avec horreur, je sens que ma queue commence à se tendre dans mon caleçon.

C'en est trop.

Elle se détache déjà de moi et retombe sur ses pieds en fermant les yeux, comme si ce petit exercice olfactif l'avait épuisée ou avait fait tourner sa tête.

J'en profite pour reprendre mes esprits.

– Non mais t'es complètement débile ou juste cinglée, ma parole ?!

Et je n'attends pas qu'elle me réponde. Au lieu de quoi, je me penche vivement pour ramasser son carnet et sors en quatrième vitesse en claquant la porte avant qu'elle n'ait le temps de me suivre. Les deux battants se referment et l'emprisonnent, car il est impossible d'ouvrir cette porte de l'intérieur. Sans doute un problème technique que le service de maintenance n'a pas encore réglé.

J'entends presque instantanément cogner et elle hurle pour que je lui ouvre. Je ne peux m'empêcher d'afficher un sourire de satisfaction.

Personne ne me donne d'ordres, poupée. Ça t'apprendra, tiens.

Même si le couloir est très passant et s'il est sûr que quelqu'un va finir par lui ouvrir, ça lui servira de leçon. En plus, j'ai volé son carnet. J'espère que son dessin de moi n'est pas dégueulasse, sinon je le lui ferai bouffer. Mais de toute façon, rien que pour le plaisir de voir sa tête déconfite, ça valait le coup que je le lui prenne.

Quand je rejoins Miguel, qui m'attend à la navette qui part vers les parkings, il plisse les yeux à ma vue.

– Alors ?

– Je l'ai enfermée dans l'amphithéâtre Mondrian.

Mon meilleur ami rit doucement et m'arrache le carnet des mains pour le feuilleter.

– Putain ! Elle a du talent, la petite. Mais fallait s'en douter. Chez elle, j'ai trouvé un chargement de matériel de peinture. Et ça va de l'acrylique aux bombes Molotow aux…

– Bombes Molotow ? l'interromps-je.

– Le gratin des bombes pour le graffiti, si tu veux.

Je ris. D'abord, parce que c'est absurde. Une petite bourge comme elle, coincée du cul, qui recompte ses crayons et les range par ordre chromatique avant de sortir de la salle de classe, adepte du *grafit'art* ? Ça m'étonnerait. Puis, ensuite, parce que Miguel a dit « le gratin » des bombes et non « la crème » des bombes. Lui et les expressions, ça fait deux.

Je jette un coup d'œil à mon portrait.

Putain !

OK, elle a du talent. Il faut le reconnaître. Les coups de crayon sont précis et pas brouillons pour un brin. Pourtant, pas une fois je ne l'ai vue effacer pour recommencer. Le jeu d'ombre et de lumière est époustouflant et elle a reproduit à la perfection ma barbe de deux jours et la minuscule cicatrice sur mon menton. Et puis, il y a la façon dont elle a dessiné mes yeux. Je ne sais pas, il y a quelque chose dans mon regard sur ce papier qui me fait gonfler la poitrine. Un sentiment étrange. Ouais, elle est douée.

Je suis plus qu'heureux de lui avoir volé son carnet. Celui-là, il est pour moi. Je vais l'accrocher dans ma chambre. Je n'ai jamais eu de portrait de moi.

Il y a trois ans, à Paris, sur une place célèbre où nous nous baladions Sloan et moi, j'ai failli me faire croquer par un artiste de rue. Mais j'ai entraperçu un bouquiniste qui avait l'air bien plus intéressant et finalement j'ai laissé Sloan se faire tirer le portrait toute seule. Ça ne se trouve plus, des vieux bouquinistes. Aujourd'hui, toutes les librairies sont modernes et bondées. Je déteste ces endroits chargés de livres miteux à l'eau de rose pour les femmes en manque d'amour et pas bien écrits pour un sou. Les lieux où l'odeur du carton, de la naphtaline et du vieux chêne de bibliothèque domine, c'est davantage mon truc. Les endroits où les bouquins ont la fragrance de mon enfance, de la bibliothèque et des livres jaunis tout écornés.

***

À la maison, nous nous regroupons dans ma chambre.

Je lance ma playlist et pose le baladeur sur ma station d'accueil iPod. Et alors que M.J., Gabriel et Ashton font du tapage en arrivant, j'allume une Camel blonde en ouvrant la fenêtre. Il fait chaud sous les toits.

– Alors ?

Une fois assis, Miguel sort son téléphone de sa poche. Tout le monde écoute. La porte est fermée à clé. M.J. a troqué son cuir marron contre une veste classique à la James Bond. Qu'il est con, celui-là !

Conseil de guerre. Nous revêtons nos masques de conspirateurs, exactement comme quand nous étions enfants et que nous faisions des conseils de guerre pour décider de qui de nous irait voler dans le jardin de McAllister.

– Aucune idée de qui est cette fille, nous lâche Miguel.

Lourd silence.

Si Miguel ne sait pas qui elle est, alors nous, on ne risque pas de le savoir. Parce que c'est Miguel le meilleur d'entre nous à ce jeu. Parce que c'est lui le petit génie qui passe son temps à voir des complots partout et à s'inspirer des séries policières qu'il regarde. C'est lui qui a hacké le réseau de Constance pour nous avoir des infos sur tout le monde. C'est lui qui pirate les PC de presque tous nos profs depuis trois ans pour nous donner de l'avance sur les autres élèves. C'est même lui qui est parvenu à s'approprier le Next Generation Identification (NGI)[16] et le Photo Interstate System (IPS)[17], les deux systèmes d'identification faciale achetés par le FBI pour des millions de dollars.

Il a aussi retrouvé ma mère alors que j'ignorais qui elle était. Il a réussi à trouver l'introuvable et là, il ne peut même pas nous donner une info sur cette fille ?

– Tu plaisantes, là ?

– Non. Rien. Nada. Nitchs. Nimic. Nothing. Rien, je vous dis. Et j'ai cherché. C'est comme si elle était un fantôme. Aucun profil sur Facebook, Twitter ou autres réseaux sociaux. Aucune identification parmi des amis sur les dernières années. Même dans le programme NGI, on ne la trouve pas.

– C'est possible, ça ? demande Gabriel.

---

16 Programme informatique utilisé par le FBI pour reconnaître un suspect grâce à ses empreintes digitales et à son visage.

17 Service d'identification faciale utilisé par le FBI pour retrouver des criminels grâce à leur photo.

– Oui, dans deux cas. Si elle a été élevée dans une grotte toute sa vie ou si elle est sur liste de protection de vie privée par les autorités.

C'est quoi encore cette merde ? Il existe quelqu'un au vingt et unième siècle qui n'est pas sur Facebook ? Je veux dire de notre âge, quoi. À part moi bien évidemment. Mais moi, je suis asocial, c'est comme ça.

– C'est quoi ? demande M.J. à ma place.

– Un programme de défense pour les gens qui sont menacés ou sous le sceau de la justice américaine.

– Genre, un truc de protection de témoins ?

– En quelque sorte.

Ainsi Gilmore est sous protection judiciaire ?

– Mais ce n'est pas logique, poursuit Miguel. Si c'était le cas, on ne l'aurait pas envoyée vivre à côté de chez son oncle. Sauf si elle n'était pas vraiment sa nièce.

– Elle a ses yeux, répliqué-je.

– Exact. Alors, j'ai fouillé de ce côté-là. Aucune trace de sa naissance ici, à l'hôpital de St. Raph, puisque Luke y a fait allusion une fois, je m'en suis souvenu. C'est comme si quelqu'un avait effacé toute trace de son passage sur terre.

Je salue le talent de Miguel et sa capacité à se rappeler des petits détails. Il est drôlement doué et en même temps, un peu con. Un vrai paradoxe ambulant, ce mec.

– Et du côté de la fac, pas la peine d'y compter. Comme elle ne participe au programme que comme élève indépendante, elle n'a aucune documentation à fournir. En plus, Luke paye pour elle donc on ne peut utiliser les relevés bancaires.

– Tu as été chez elle, l'autre soir ? interroge Ashton.

– Ouais. Ça fout les jetons de revenir là. Et en même temps, ça faisait du bien, soupire-t-il.

Il continue parce qu'aucun de nous ne répond. Je balance mon mégot dans le cendrier et m'en allume une nouvelle. Elle a raison, cette idiote, je fume trop. Mais ça me stresse ce qu'il vient de dire. Clairement.

– Sinon chez elle, il n'y a pas grand-chose. Une guitare et des partitions. Elle doit aimer la musique ou en faire. Des bombes, des carnets, des dessins partout. Elle kiffe l'art apparemment. D'où son cours avec nous, je suppose. Il y a des photos dans un album. Mais aucune inscription. Par contre, j'ai trouvé ça. J'ai juste pris une photo du cliché et pas le vrai, sinon elle l'aurait remarqué.

Il me tend son téléphone et me le montre. Merde. Je la reconnais. Même nez retroussé, mêmes taches de rousseur, mêmes yeux. Même si la photo a vieilli et qu'elle est jeune dessus. Dix ans peut-être, pas plus. Et surtout, même si elle est ronde comme un sac de patates.

Elle porte un maillot de bain une pièce et sa graisse lui sert amplement de bouée. Autrement dit, rien à voir avec la maigre personne qu'elle est maintenant.

– Oh shit ! Elle ressemblait à ça, gamine ?!

Je fais tourner la photo en souriant intérieurement. Je sais déjà comment va se terminer cette histoire : par des pleurs.

M.J. est plié de rire.

– Oh merde… Mais c'est un gros tas cette gonzesse !

Miguel, sérieux, reprend.

– Elle devait avoir des problèmes de poids, enfant. Bon point pour nous. Sinon il n'y avait pas grand-chose. Elle ne bouffe rien, mais elle nettoie tout. Et elle se drogue au thé cette meuf. J'ai compté quinze boîtes différentes ! À part ça, elle avait peu de vêtements et rien d'intéressant.

– T'as inspecté son ordi ?

– Yep. Bizarre pour une fille, d'habitude elles en font leur journal intime et là, rien. Aucune photo, aucun dossier, nada. À part de la documentation sur la région.

Étrange, en effet.

Miguel demande, dans ma direction.

– Et toi, au Rubis, t'as fouillé son sac ?

– Ouais. J'ai pas trouvé le code de son portable. Rien d'intéressant. Elle porte des lunettes aussi, je les ai vues. Dans son portefeuille, il n'y avait que quelques cartes et du liquide. Rien de superflu, si ce n'est un trèfle à quatre feuilles, des tampons et du rouge à lèvres.

Miguel hoche pensivement la tête.

– Bizarre, cette meuf qui n'a rien ni personne et qui s'installe là.

– On s’en fout, objecte Gabriel en s’allumant une clope aussi. Tout ce qui compte, c’est qu’on lui fasse suffisamment peur pour qu’elle se tire.

– Et si elle ne se casse pas ? grogne Micka.

– On avisera à ce moment-là. On pourra toujours trouver une solution pour la faire chanter. On verra.

Un coup frappé à la porte nous fait sursauter. Tout le monde se met au garde-à-vous.

– Quoi ? je crie.

Aucune réponse. Ce doit être Sloan. Je vais pour ouvrir. Gabriel s’assied instantanément et fourre sa clope dans la main de M.J. qui pourtant ne fume pas. Il doit croire que c’est Louise. Mais elle est encore à sa galerie à cette heure-ci.

J’entrebâille la porte.

Sloan me regarde, les sourcils haussés.

Elle porte un jogging gris moulant et un juste-au-corps rose. Ses chaussons de danse se balancent au bout de son bras.

– *Quoi ?* signé-je plus doucement à son intention.

Je ne peux être que doux avec elle. Elle est la seule personne qui mérite tout de moi.

Elle se penche et essaye de jeter un coup d’œil par-dessus mon épaule. Gabriel lui fait un signe de la main. Je me mets entre eux en refermant un peu la porte pour l’empêcher de voir les gars.

– *Vous faites quoi ?* mime-t-elle à son tour.

– *Conseil de guerre*, réponds-je.

Elle hoche la tête et reprend avec les mains.

– *Je vais à la danse. Je suis en retard. Arrêtez de faire la guerre. Ce n'est pas bien. Faites l'amour, c'est mieux.*

Je lui fais de grands signes pour la traiter de folle, mais elle lâche un petit rire étranglé en s'éloignant. Un son rauque, étouffé, par saccades, bien sûr.

J'aime bien quand elle est de bonne humeur. Ce que j'aime moins, c'est qu'elle me sorte des débilités comme ça. À dix-sept ans ? Si un jour elle a un mec, il a plutôt intérêt à avoir des couilles bien accrochées. Je ne laisserai jamais personne profiter d'elle. Surtout pas comme moi je profite des filles. Sloan a dix-sept ans. Elle est jolie. Et surtout, elle est sourde. Et ça, c'est la meilleure opportunité pour les hommes de se jouer d'elle. Elle fait une cible faible, parfaite pour les salauds. Je le sais, parce que j'en suis un.

Je referme la porte. Gabriel arrache sa clope à M.J.

Ce dernier s'allonge en travers du lit et fixe mon plafond saturé de phrases d'auteurs.

– On est obligé de la pourrir ?

– Tu veux qu'on fasse quoi sinon ? l'apostrophe durement Ashton.

– J'en sais rien, répond-il, elle n'a pas l'air… fin, j'sais pas… elle me paraît être comme ça, c'est tout. Qui sait ? Peut-être qu'elle ne trouvera jamais ce fichu journal et on l'aura fait chier pour rien.

– Tu préfères prendre le risque ?

Il détourne la question de Miguel.

– Pourquoi on n'essaye pas de l'intégrer au groupe ? Peut-être que si elle est amie avec nous et les filles, elle n'aura pas envie de nous faire des saloperies.

Je m'étrangle presque.

– T'es cinglé ou quoi ?!

Moi vivant, elle ne fera pas partie de mes amis. Jamais.

Mais Miguel, qui réfléchit déjà, se gratte la barbe en parlant.

– Y a peut-être une idée à creuser. Pourquoi M.J. ne lui ferait pas croire qu'il est de son côté ? On pourrait avoir ce qu'on veut comme ça. Un œil permanent sur elle.

– Et puis quoi encore ! S'insurge l'autre en se redressant vivement. Je ne suis pas votre larbin ! Allez-vous faire foutre.

Il grogne et Ashton l'interrompt en désignant mon ordinateur.

– Au fait… en parlant d'œil permanent… vous avez maté ?

Il parle de la caméra-espionne microscopique qu'il a cachée dans une de ses peluches chez elle. Une soirée à faire ça. Éventrer le cochon rose et le recoudre.

– Ouais, l'image n'est pas top. À cause de l'œil de la peluche. Mais de toute façon, elle est pas bien placée. Elle passe son temps à roupiller, sur ce matelas, c'est tout.

Oui, pour l'avoir matée sur mon écran entre 5 et 6 heures du mat', je sais qu'elle dort en étoile de mer et qu'elle parle dans son sommeil. Sauf que je n'ai rien compris de ce qu'elle disait.

Étonnant qu'une fille comme elle vienne habiter là, au fond d'Helene Grove, sans parent, sans famille. Chelou.

– M.J., tu vas jouer au bon pote, je lance en allumant une autre clope.

– Nan !

– Si.

Il me toise, mais un regard de moi, et il baisse le sien.

– S'il te plaît ? me sens-je obligé de demander.

– Pourquoi ?

– Parce que tu es le plus gentil de nous tous.

Avec M.J., il faut prendre des pincettes. C'est moi qui m'en sers le mieux.

Il reste un instant sans répondre avant de vivement se mettre debout.

– Fais chier !

Et il sort en claquant la porte.

Ashton se lève de mon bureau où, assis, il jouait avec sa montre.

– Je vais le rejoindre. Vous en faites pas.

On s'en fait toujours pour M.J. Et il le sait.

Quand Ashton quitte la pièce, Miguel retire quelque chose de son sac.

– J'ai pris ça chez l'autre folle aussi.

Je le regarde agiter devant lui l'objet de ma future torture. Ha !

On va s'amuser toi et moi, Mia.

CHAPITRE 10

In the arms of an angel

Mia

– Tu veux bien m'aider, Mia ?

Terry m'appelle derrière le bar.

Moi, au bar ? Euh…

– C'est pour essuyer les verres simplement, se croit-elle obligée de préciser.

Ah, oui.

Je me dépêche de nettoyer la dernière table encore vide avant d'aller donner un coup de main.

Il est 23 heures et toutes les places sont occupées. Sur la piste de danse, quelques personnes se déhanchent au rythme d'une batchata[18]. Le mercredi, c'est soirée salsa au Rubis, jusqu'à 22 heures. Après, c'est scène libre pour ceux qui veulent faire bénéficier les autres de leur talent.

Lidy me bouscule en passant près de moi pour aller apporter trois Bloody Mary[19] à une bande de

---

18 La batchata est un rythme dansant originaire de la République dominicaine.

19 Cocktail plus ou moins pimenté et épicé à base de jus de tomate, de vodka et de jus de citron.

filles déchaînées. Je la regarde froidement et elle me toise longuement en servant les cocktails.

Pourquoi tant de méchanceté gratuite ? Elle ne me connaît même pas.

Heureusement que face à Lidy et Ashton, j'ai Cora et Terry qui sont bienveillantes avec moi.

Finalement, j'aime bien travailler la nuit. Je suis insomniaque alors ça m'occupe.

Lors de ma pause, je mange deux barres de céréales et quelques fruits. Cora passe son temps plus à fumer qu'à se remplir l'estomac. Mais elle reste avec moi. J'apprends qu'elle est née en Italie d'un père sicilien et d'une mère américaine. Elle possède la double nationalité. Ses parents sont divorcés et elle s'en porte très bien. Elle a vingt ans, un an de plus que moi, et espère devenir pédopsychiatre un jour. Je comprends mieux son ton très doux et sa façon si naturelle de dire les choses.

Elle a une drôle de bonté, cette fille. Elle est calme et posée, mais j'ai l'impression qu'elle possède une force hors du commun. Il faut se méfier de l'eau qui dort.

Après notre pause, je retourne aider Terry au bar. Vince est absent aujourd'hui.

Mais je n'arrête pas de fixer la porte toute la soirée. S'il a fêté son anniversaire ici, c'est qu'il est un habitué.

– Attendrais-tu quelqu'un, Mia ? me demande pernicieusement Terry.

– Absolument pas.

Je me détourne et essaye de faire fi de tout ça. Je chantonne tout bas en finissant de ranger les verres sur les étagères.

À peine le temps de dire ouf.

– Bonsoir, Sweetheart.

Je repose le verre dans un bruit sourd.

– Zac, le salue Terry dans mon dos. Je te sers quelque chose ?

– Ouais. Macallan[20].

Je tends le verre à whisky à Terry.

– Moi aussi j'en veux, intervient M.J. en faisant son apparition.

Double punaise.

– Non. Une blonde pour lui, répond Isaac.

M.J. grogne un truc incompréhensible. S'ils sont tous ensemble, je vais faire un arrêt cardiaque, c'est sûr.

Je me retourne lentement. Il n'y a qu'Isaac et lui.

Ils ont décidé d'être encore plus beaux ce soir ? Pas de jeans, non, des bespokes[21] noirs très bien coupés et des tuxedo[22] Vera Wang.

Ils reviennent d'un mariage ou quoi ?

– Salut, me dit M.J. avec un sourire charmeur.

Mes jambes se décrocheraient presque face à ce sourire.

OK, bon… j'ai peut-être fait une connerie en sautant au cou d'Isaac cet après-midi, mais ce n'est

---

20 Whisky dont la plus célèbre bouteille, en cristal Lalique, s'est vendue à 460 000 $.

21 Signifie littéralement *fait sur mesure.*

22 Fait référence à un type de smoking.

pas une raison pour me regarder comme il le fait à l'instant.

– Salut, réponds-je, bougonne.

– Vous avez eu une dure soirée ? leur demande Terry.

M.J. s'épanche dessus. Ils reviennent de l'opéra, *Giselle*[23] était au programme.

Parce qu'ils vont à l'opéra ?!

Je me retiens de rire et Isaac ne me lâche pas des yeux.

– Tu t'es amusée cet après-midi ?

– Je suis vite sortie de l'amphithéâtre, si c'est ce que tu veux savoir.

C'est faux car j'y suis restée une heure, mais ne le lui dirai pas.

– Qu'est-ce que tu as fait de mon carnet à dessin ?

– Je l'ai gardé.

Il parle avec suffisance et autorité, comme un vrai tyran.

– Rends-le-moi.

– Viens le chercher.

Je m'attendais à une réponse du genre. Enfoiré.

On se défie du regard. L'air se charge d'électricité.

Ses cheveux sont coiffés en arrière et il porte une cravate, c'est tout, alors il faut que s'arrête ce tremblement qui me prend depuis la plante des pieds.

---

23 Ballet en deux temps de Jean Coralli et Jules Perrot, sur un livret de Théophile Gautier.

Sur la scène, un garçon finit de chanter *Just the way you are*[24]. Les clients l'applaudissent chaleureusement.

– Deal[25] ?

Il m'observe avec une lueur nouvelle dans le regard. Une lueur de défi.

Non, mais il se prend vraiment pour le centre de la Terre et pour quelqu'un d'incassable. Mais tout le monde a ses failles, bon Dieu.

Est-ce que je suis folle ?

– Deal, je réponds.

– Tu montes sur scène et si tu chantes, je te devrai un service. Si tu n'en as pas le courage, c'est toi qui me le devras.

Il sourit carrément. Des petites fossettes se creusent dans ses joues.

Détourne les yeux, bordel !

Il ne m'en croit pas capable ?

Je n'ai pas vraiment l'esprit de compétition en général ; les défis, ce n'est pas trop mon truc. Mais là, il m'énerve tellement que je serais prête à faire n'importe quoi pour lui faire ravaler sa langue trop bien pendue.

Et puis il m'a enfermée dans cette salle cet après-midi, alors s'il pense que je vais me démonter face à lui, il fait fausse route. Il mérite une leçon. À moi l'avantage et après ça, je pourrai lui demander tout ce que je veux.

– Tu vas le faire ? interroge M.J.

---

24 Morceau du chanteur Bruno Mars.

25 Signifie littéralement *faire un marché*.

Isaac a un sourire affreusement condescendant. Quel idiot. Il va voir.

Je jette tout de même un regard à Terry et cette dernière me fait un clin d'œil.

– Vince n'est pas là. Vas-y. Ça ne fait de mal à personne.

– Sauf si elle chante aussi faux que je pense, raille Isaac.

Espèce d'imbécile. Je ne suis pas douée pour grand-chose, certes, mais le chant est un de mes talents. Bien que je fredonne seulement sous la douche ou alors pour ma mère et Arizona. Ces deux-là ne tarissent jamais d'éloges sur ma voix. Bon, même si en théorie, elles ne sont pas très objectives. J'adore la musique et j'aime chanter, mais je suis trop pudique pour le faire devant des inconnus. Les karaokés sont ma hantise.

– Tu as peur, Gilmore ?

Isaac s'est penché en avant, les deux coudes sur le bar pour murmurer doucement. Sa voix hachée me fait frissonner. La question ressemble plus à une moquerie qu'à une interrogation.

– Ça te ferait trop plaisir.

Il rit et ça m'énerve.

Une fille, sur un tabouret pas loin de lui, en oublie sa paille et ouvre la bouche, émerveillée, en le regardant. OK, il est sexy. Elle n'a jamais vu de mec sexy avant, ou quoi ?! Ferme-la, tu vas gober les mouches.

Avec plus d'agacement qu'autre chose, je sors de derrière le bar pour me diriger vers la scène alors que la lumière de la salle faiblit doucement.

Des sueurs froides me parcourent le dos.

Matt, le DJ du Ruby, me demande d'approcher. Quel genre de mélodie me ferait plaisir ? Aucune : *a cappella*. Il hausse les sourcils de surprise. Oui, je sais aussi produire ma propre musique.

Depuis tout à l'heure, j'ai zieuté la guitare posée derrière ses platines.

– Je peux ?

Il hoche la tête et me la tend.

Sceptique, il place néanmoins un micro sur pied devant le tabouret sur lequel je grimpe.

Plus les gens se taisent pour m'écouter, plus mon cœur bat. Quelqu'un a orienté une poursuite sur moi et je deviens le centre d'attention de la salle.

Zut. Moi qui déteste ça, je trouve encore le moyen de me mettre en avant.

Dommage que je n'aie pas droit à un verre, moi aussi, car je m'enfilerais bien un triple sec avant de me lancer.

Nerveusement, je joue avec ma bague en scrutant mes chaussures. Est-ce que j'ai carrément perdu l'esprit ? Si ma petite sœur me voyait, elle ne s'en remettrait pas.

Le silence est presque lourd, tinté seulement du bruit des glaçons dans les verres et des rires de quelques-uns. Mais je suis toute moite et frissonnante.

– Alors Gilmore ! Tu te dégonfles ! crie Ashton en provoquant des hurlements de rires chez les uns et les autres.

Je croise les jambes l'une sur l'autre et place l'instrument en appui.

Respire. Inspire. Expire. Recommence. Ça va aller.

Mes doigts tremblants titillent les cordes de la guitare.

Abandon et plénitude. Voilà ce que je ressens quand je joue, quand je fais ça.

Qu'est-ce que je pourrais chanter ?

Quand j'ouvre la bouche, une idée me vient instantanément.

Ma voix cristalline s'élève, doucement d'abord, comme pour les préparer à la suite.

Spend all your time waiting / Passer tout ton temps à attendre

For that second chance / Cette deuxième chance

For a break that would make it okay / Cette pause qui arrangerait tout

There's always some reason to feel not good enough / Il y a toujours une raison de ne pas se sentir complètement bien

And it's hard at the end of the day / Et c'est dur à la fin de la journée.

Pourquoi ? Pourquoi est-ce que je me suis mis *In the arms of the Angel*[26] dans la tête ?! Il va croire que cette chanson est pour lui. Mais en quelque sorte, c'est le cas. Une dédicace pour lui prouver

---

26 Chanson de Sarah McLachlan tirée de l'album *Surfacing* sorti en 1997, produit par le studio Wild Sky Studio.

que je sais relever les défis et que je ne suis pas faible. En plus, c'est la musique d'un de nos films préférés à Arizona et moi, *La Cité des anges*. Et on peut dire que ça tombe bien.

Je n'ai pas la voix de Sarah McLachlan, ni de Dolores O'Riordan, mais je sais que j'ai un timbre qui ressemble aux leurs quand je chante.

I need some distraction, or a beautiful release / J'ai besoin de distraction, ou d'un beau soulagement

Mcmories seep from my veins / Les souvenirs suintent de mes veines

Let me be empty, oh, and weightless and maybe / Laisse-moi être vide, oh, et sans poids et peut-être

I'll find some peace tonight / Que je trouverai le repos ce soir.

Je lève la tête vers Isaac en chantant ces paroles. C'est un message, une prière. Laisse-moi tranquille. Il y a plein de choses horribles dans ma vie que je voudrais laisser derrière moi et j'ai besoin de souffler. Laisse-moi être libre.

Il me regarde avec une drôle d'expression. Les autres aussi.

Je reprends, plus en voix.

In the arms of the Angel / Dans les bras de l'Ange

Fly away from here / S'envoler loin d'ici

From this dark cold hotel room / De cette chambre d'hôtel sombre et froide

And the endlessness that you fear / Et de cette éternité que tu crains

You are pulled from the wreckage of your silent reverie / Tu as été tiré des ruines de ton rêve silencieux

You're in the arms of the Angel / Tu es dans les bras de l'Ange

May you find some comfort here / Puisses-tu y trouver du réconfort.

Je n'arrive plus à soutenir son regard sans rougir. Alors je ferme les yeux et chante les dernières paroles dans un souffle. Cette musique me transporte toujours autant. L'instant est magique, comme suspendu dans le vide. Quand je m'arrête, ils me fixent tous avec les yeux brillants et un air si solennel que j'ai envie que la terre s'ouvre sous mes pieds et m'engloutisse tout entière.

Il faut quelques secondes avant que je recommence à respirer. Mon cœur bat si fort que je peux l'entendre clairement, comme si on me l'avait sorti de la poitrine pour le mettre devant moi.

Horrible. Ce sentiment d'être jugée par tous.

Les acclamations fusent de partout, me ramenant brusquement à la réalité. Quelqu'un crie bravo. On me félicite. Le DJ me montre son pouce levé.

M.J. me surprend. Il porte ses doigts à sa bouche et siffle d'admiration pour moi. Le rouge me monte aux joues. Mais je souris et, un peu tremblante, la guitare à bout de bras, je salue sous une salve d'applaudissements.

Quand je retourne au bar, Terry secoue la tête comme si elle n'en revenait pas. Mais ce qui m'intéresse moi, c'est la réaction d'Isaac.

Il est concentré sur le bois du plan de travail et sur son whisky pur malt.

On fait moins le fier, hein ?

Mia 1 – Isaac 0.

Je ne peux m'empêcher de fanfaronner.

– Alors Isaac, comment as-tu trouvé ma prestation ?

Il relève vivement la tête. Une forêt tropicale sombre et brillante, voilà ce que sont ses yeux.

– Pourquoi tu ne te contentes pas de m'appeler Zac comme tout le monde ? Tu le fais exprès ?

Je hausse les sourcils, surprise.

– Parce que ça t'irrite qu'on t'appelle par ton prénom ?

Il avale une gorgée de son Macallan sans un mot de plus. Comment peut-on boire de l'alcool aussi cher ? Il roule sur l'or ou quoi ? De toute façon, il porte du Vera Wang, alors…

M.J. ébouriffe ses cheveux en s'adressant à moi.

– Moi, je t'ai trouvée plutôt douée dans le genre « je me la joue à la Alanis Morissette[27] ». Tu as pris des cours de chant ?

Alanis qui ?

Je vais pour répondre, sans savoir si c'est un compliment, quand je me rends compte de ma bêtise.

---

27 Chanteuse de rock canadienne.

– Oui, quand j'étais plus jeune.

Isaac relève les yeux, intéressé.

– Où ça ?

Je me mords la lèvre. Gourde. Dire où j'ai pris mes cours serait avouer d'où je viens. Personne n'a besoin de le savoir. On ferait le lien trop facilement.

Je biaise.

– Qu'est-ce que ça peut te faire ? Et puis d'abord tu n'as pas répondu à ma question, toi. Ma prestation ?

Il grogne.

– Pourrie.

Je souris. Il ne veut pas le reconnaître, tant pis. Mais j'y suis allée quand même.

– Oui, mais j'ai du courage.

À son tour de me renvoyer un sourire carnassier.

– Il faut bien plus que du courage pour m'affronter, Gilmore. Il faut des griffes et des dents. Tu as les dents, tu crois ? Attention, moi aussi je mords.

Menace ? Encore ? Je ne réponds pas et Terry pose gentiment sa main sur mon épaule.

– Ne t'en fais pas, Mia, Zac aboie plus qu'il ne mord.

Ledit Zac a l'air de très mal prendre cette remarque. Cependant, il ne dit rien. Entre Terry et lui règne comme une espèce de respect mutuel. Alors il la laisse parler. Si un autre avait dit ça, je suis sûre qu'il l'aurait pourri.

Je me remets à couper les citrons en rondelles tandis que lui termine son verre avant de sauter de son siège et de sortir en réajustant sa veste au col, comme les voyous des années 60, même s'il porte un classique et pas son cuir. Ce geste si viril, sa démarche assurée et son charisme, tout simplement, me laissent béate d'admiration.

– Tu me dois un service ! hurlé-je avant qu'il ne passe les portes sans un mot.

Je n'ai jamais connu aucun garçon ayant une telle prestance. Pas même mon ancien et salaud de petit ami. Peut-être parce que Zac est plus vieux ? Vingt-trois ans quand même. Il y a mille questions sur lui qui fourmillent dans mon crâne. Mais ce n'est certainement pas avec lui que j'aurai les réponses.

– Tu baves, là, Gilmore.

La voix retentissante de M.J. me fait sursauter. J'en lâche le couteau. Il m'observe en plissant les yeux et je me mets encore à rougir.

M.J. ! Voilà ma source d'information ! Il a l'air plus… agréable que les autres, tout de même.

Ashton, en tablier noir, un plateau à la main, passe derrière lui en me lançant un regard mauvais. Quoi ? Il est jaloux que je discute avec ses potes ou quoi ? Ou peut-être de ma prestation.

– C'est quoi le J de M.J. ? demandé-je pour commencer en terrain neutre.

– Junior.

– Pourquoi ? Ton père s'appelle également Mickael ?

Il baisse les yeux et boit une autre gorgée de sa bière.

– S'appelait.

Malgré l'apparente froideur de sa voix tout à coup, il y a de la tristesse dans ses yeux sombres. Une profonde amertume aussi. Je connais bien ça.

M.J. m'apparaît soudainement bien plus sympathique.

À son plus grand étonnement et au mien aussi, je pose ma main sur la sienne.

– Je sais ce que ça fait. Mon père est décédé.

Mais un quart de seconde lui suffit pour réagir. Il retire sa main et se lève.

– Tu ignores tout de nous, de Zac, les autres et moi. Alors, ferme-la et mêle-toi de ton cul.

Et il est reparti aussi sec lui aussi, les yeux lançant des éclairs. Me laissant plantée là, hébétée.

OK. Mon plan d'en savoir plus sur eux vient de foutre le camp.

Bien joué, Mia.

Je finis la soirée en aidant Ashton, Lidy et Cora à débarrasser et nettoyer.

À 2 heures, quand le service se termine, je récupère mon sac au vestiaire et sors pour prendre mon vélo. Heureusement que je n'habite pas loin parce que la nuit, à vélo, sur des routes comme ça… Et vivement que j'aie une voiture surtout.

Mais quelle n'est pas ma surprise quand je sors.

– Ah !!!

De mon vélo, il ne reste plus que le cadre et le guidon. Plus de roues avant ni arrière, ni de panier, ni de phare. Plus rien, quoi.

Ce n'est pas vrai !

– Quel merdier ! Mais quel…

Si ma mère était là, elle me laverait la bouche au savon.

Un type, qui était à l'intérieur du Rubis tout à l'heure, fume sa clope, appuyé nonchalamment aux grilles. Je lui désigne mon vélo.

– Vous n'auriez pas vu le reste par hasard ?

Je ne veux pas être désagréable, mais mon ton est clairement acerbe. Il hausse les épaules.

– J'ai cru voir un gars tatoué partir avec un peu plus tôt. Mais j'avais la flemme de l'arrêter.

Je ferme les yeux, serre les poings et prends une grande inspiration.

Tatoué ? Soit Isaac, soit M.J. Et je pourrais jurer que je sais lequel c'est.

Je sors mon portable de mon sac usé et tape en vitesse. Oui, j'ai gardé son numéro depuis le coup de l'aéroport. Ce jour où je l'ai trouvé divinement beau, j'ignorais qu'il était le dernier des enfoirés.

Classe, Miles, vraiment très classe de ta part. Je te renverrai l'ascenseur.

Voilà. C'est dit. Je me vengerai. Il ne croit quand même pas que je vais me laisser faire, non ? Il va être servi.

Aussitôt, il mord.

Sois pas fâchée, Gilmore. La marche c'est bien aussi. Ça fait maigrir, paraît-il.

Tout mon visage se vide de son sang. J'entends une autre voix dans ma tête. Une voix d'il y a longtemps.

« Tu as intérêt à te lever et courir. Je ne vais pas sortir avec toi comme ça. Cette robe, elle te moule comme un saucisson... »

– Mia ?

La main de Cora sur mon bras me fait sursauter si violemment que mon téléphone manque de s'échapper de mes mains. Je redescends sur terre. Les vieux démons sont tenaces. Je range mon portable sans plus répondre.

Cora observe mon vélo avec une moue désolée.

– Tu veux que je te dépose ?

– Oh oui, s'il te plaît. Je suis à pied maintenant. Et si je compte sur Luke… Mais bon… ça te fait peut-être faire un détour, non ?

– Oh, ce n'est pas grave. Je ne vais pas te laisser sur le trottoir comme… Enfin bref. Où vis-tu ?

– À Hélène Grove, sur le lac Kaloa.

Elle a un hoquet de surprise si violent que je recule un instant, me demandant si elle ne va pas me vomir dessus. Elle porte ensuite la main à sa bouche.

Pourquoi la mention de cette maison choque-t-elle toujours autant ?

– Excuse-moi, reprend-elle de sa voix très douce. Je te dépose. On y va ? Ma voiture est par-là.

Sur un parking tout près, Cora ouvre une voiture qui me fait sortir les yeux de la tête.

Seigneur, Marie, Joseph !

– Tu roules là-dedans ?!

Je ne sais même pas ce que c'est.

Jamais vu un engin pareil.

C'est un cabriolet de luxe, ça c'est sûr. Avec une calandre ovale striée et ornée d'un trident aux liserés rouges. Sa ligne est galbée et sa silhouette harmonieuse coupée pour se prendre au vent. Sa capote est rabattue.

Sous la lumière d'un réverbère, le blanc de la carrosserie chatoie en nuances variées, jouant avec des reflets bleutés.

Cora hausse les épaules et fait le tour, passant devant la gueule du monstre pour monter. J'ouvre la portière pour m'installer. Wouah…

L'intérieur m'estomaque ; le même trident orne la tête des quatre sièges, ça sent le cuir et le sent-bon. Un petit sapin vert est accroché au rétroviseur intérieur. Je me sens comme Cendrillon dans son carrosse. La souillon vient de se transformer en princesse. Tout l'intérieur est en cuir d'Alcantara et en fibre de carbone. Le tableau de bord ressemble à un véritable ordinateur central.

Cora me montre comment m'attacher dans mon siège baquet. Je crois que c'est bien la première fois de ma vie que je monte dans une voiture comme ça.

– Qu'est-ce que c'est ? je souffle.

– Maserati GranCabrio MC. Mon beau-père a tenu absolument à m'offrir ma première voiture. Celle-ci est très agréable sur la route. On ne sent presque rien. Et puis la boîte de vitesse est auto-adaptative. C'est une voiture intelligente. Elle s'adapte à ma conduite. J'aime bien.

Je jette un œil à la boîte de vitesse : six rapports.

– Combien de chevaux ?

– Quatre cent soixante. C'est un V8.

OK. Donc une voiture à six chiffres.

– Tu es riche.

C'est sorti tout seul. Pas que j'aie quoi que ce soit contre les riches, non, mais je ne comprends pas qu'une fille roulant en Maserati puisse faire la plonge avec moi dans les cuisines du Rubis.

Heureusement, Cora ne le prend pas mal. Elle rit et démarre. Le rugissement du moteur me fait bondir dans mon siège. Merde. C'est énorme.

– Mon beau-père est friqué. Moi, j'essaye de m'émanciper, tu vois, mais ce n'est pas facile.

Je ne réponds pas. Après tout, je ne la connais pas suffisamment pour juger de sa situation personnelle.

La voiture est agréable et on ne sent rien des aspérités de la route. La voix apaisante de Norah Jones se diffuse dans l'habitacle et m'aide à me détendre.

– La tutrice de Zac aussi a une Maserati, mais une GranCabrio Sport, par contre. Rouge rubis.

La tutrice ?

– Il n’a pas de mère ?!

Cora se mord la lèvre supérieure et semble regretter d’avoir parlé.

– Je… Non, il n’a pas de mère, mais une tutrice. Et une très, très belle maison, aussi.

– Oh.

Je ne sais pas trop comment prendre cette information. Pour éviter d’y penser maintenant, je détourne la conversation.

– Pourquoi es-tu si surprise que j’habite la maison sur le lac ?

Ma collègue secoue ses cheveux bruns mi-longs.

– Oh, ne le prends pas mal. J’étais juste étonnée.

– Pourquoi ?

– Parce que personne n’aurait l’idée de vivre là-bas. Tu sais, après la mort de Lara…

Un frisson me parcourt. Nous sommes déjà dans la rue qui descend vers chez moi, vers le lac.

– Lara ? Qui c’est ?

Cora se tourne vers moi, clairement choquée que je ne sois pas au courant.

– Bah… tu… enfin… tu ne sais pas ?

– Non. Raconte-moi.

Elle hésite un long moment puis finit par lâcher le morceau.

– Lara était la meilleure amie des garçons. Tu sais, les Anges.

– Elle est décédée ?

– Oui, il y a trois ans. Elle s’est noyée.

Je regarde le lac Kaloa dont les ombres se dessinent derrière la maison, sous la lune éclatante.

– Noyée…

Mon cœur s'est brusquement mis à battre plus vite.

– Oui, dans le lac. Ça, c'était sa maison.

CHAPITRE 11

Le chant des sirènes

Mia

Impossible de fermer l'œil, pas tant qu'il ne fera pas jour en tout cas. Je ne suis pas très craintive concernant ce genre de choses en général, même si je suis persuadée que notre âme demeure après notre mort. Mais là, il faut dire que la situation est très particulière. Comment dormir, sachant que je suis dans la maison d'une fille décédée, noyée ? Je n'aime pas trop les âmes torturées. Vraiment pas.

Je passe bien deux heures à fixer les étoiles par la fenêtre de toit que j'ai laissée ouverte. Le ciel est dégagé et il fait doux sous les toits. À mon réveil digital, il est presque 4 heures et demie et je sais que je ne vais pas réussir à fermer l'œil.

Dehors une chouette hulule, des claquements d'ailes me parviennent, je crois même entendre aboyer. Tous ces bruits ne me dérangent pas, d'habitude, mais ce soir je suis un peu stressée.

En soupirant, j'attrape Peggy et la pose sur mon ventre en jouant avec ses pattes.

– Où est-ce que je suis tombée, Peg ?

J'ai l'impression que si elle pouvait me répondre, elle le ferait. Mais très vite, mon esprit n'en peut plus de ces tergiversations stériles. Alors je me lève et descends. D'abord à la cuisine où je mets ma bouilloire vintage sur le gaz, tout en prenant ma boule à thé et une tasse pour y mettre un mélange de thé vert au citron. Puis je retourne à mon bureau, où je m'assieds et ouvre mon Apple. Dans la barre de recherche, je tape les premiers mots qui me passent par la tête.

Lac Kaloa – noyade – Lara

Même si j'ignore si je vais obtenir une réponse avec ça. Il faut trier les faits divers de noyades qui n'ont rien à voir et les informations sur la région de Kaloa.

Mais sur un site de contes et légendes, je tombe sur une référence au Lac Kaloa.

> « [...] tout comme le Lac Kaloa qui fut au cours du siècle dernier spectateur du changement climatique. La sécheresse sévère de l'année soixante-dix-huit amena aux riverains d'Helene Grove et d'Eponac une bien étrange merveille. Les neuf hectares du lac étant petit à petit asséchés, les bordiers eurent l'heureuse surprise de découvrir une ville fantôme sous-marine jusque-là inconnue des chercheurs. Datant du XVIIIe siècle, selon les études scientifiques de grande ampleur qui ont été réalisées, les curieux ont pu admirer un village entier presque totalement intact, seulement

recouvert de limon. L'architecture de ces maisons posséderait une forte ressemblance avec l'architecture ancienne hawaïenne, taillée dans la pierre, la roche et les récifs coralliens qui semblent provenir de la Baie aux Singes. Mais selon le professeur Zelistky, grand chercheur russe, les périodes ne correspondraient pas. Tout le mystère est gardé sur cette ville engloutie, qui a été placée sous tutelle du Muséum d'Histoire naturelle de Kaloa. La baignade y reste interdite. Une ouverture du barrage d'Eponac, après les pluies abondantes de soixante-dix-neuf mettant fin à la sécheresse, permit de remplir de nouveau le bassin, sur les conseils des scientifiques, afin de préserver en l'état l'étrange et insondable ville engloutie. Une chose est sûre, lors de son assèchement, les riverains purent constater l'absence de la légendaire sirène aux cheveux d'or qui aurait fait du lac sa maison. Néanmoins, des années plus tard, après quelques malheureux accidents et noyades, malgré le fait que la région soit protégée, la légende demeure toujours dans le cœur des enfants qui ont grandi près de l'étrange lac. »

Ah !!!

Un sifflement assourdissant me fait bondir et presque tomber de ma chaise. Je me rattrape de justesse. Ma bouilloire sur le feu. Plongée dans l'article, je l'avais oubliée. Je retourne à la cuisine pour fermer le gaz et verser l'eau bouillante sur le thé.

OK, Mia, respire…

Ma mère a vraiment le don de me mettre dans des situations inextricables ; comme si j'avais besoin d'habiter en plus dans une zone protégée qui attire le regard de tout le monde, juste pour faire de moi la nouvelle attraction du coin. Bien sûr, avec tout ça, personne n'aurait l'idée de venir habiter là.

Un bruit sourd à la vitre sur ma droite me fait encore bondir.

Mon Dieu ! Mais ça va s'arrêter, oui ?!

Le chat rayé de gris et de noir, que j'ai aperçu le jour de mon arrivée, est debout sur le rebord de la fenêtre, m'observant à travers la vitre, avec ses yeux jaunes aux pupilles dilatées.

Il miaule derrière la vitre. J'aime les chats, leur ronronnement apaisant et leur affection sans faille. Mais ce sont aussi des bêtes mystiques. Ils me font peur parfois. Comme si dans leurs yeux, on pouvait voir qu'ils en savent plus que nous n'en saurons jamais. Ce sont des animaux intelligents.

J'ouvre quand même la fenêtre.

– Bonsoir, toi.

Le félin me répond par un miaulement et s'étire en gonflant le dos. Il a un collier avec une cloche qui tinte quand il se gratte. J'essaye de regarder doucement sans lui faire peur, sur le cuir rouge vieilli il est écrit *Minuit*.

– Bonsoir, Minuit.

Il miaule à nouveau. Ce doit être son nom. Je le caresse avec réserve, d'abord, mais il se laisse faire avant de sauter prestement et de fuir vers le salon en faisant tinter sa clochette.

Génial. Il a décidé de squatter ici.

Je reprends ma tasse et retourne à l'ordinateur, alors que le chat s'est installé confortablement sur le canapé. Il me regarde faire. C'est assez bizarre. Je n'ai pas eu de chat depuis mes dix ans, depuis que le mien a disparu, un jour, sans qu'on sache pourquoi. Je cherche à nouveau quelque chose sur la maison et sur la famille qui y a habité avant moi. Après des pages et des pages infructueuses, je tombe sur un article du journal local datant bien d'il y a trois ans.

Bingo !

> « Ce samedi 25 novembre, aux abords du lac Kaloa, un des géologues agréés par le Museum d'Histoire naturelle, faisant des recherches dans le coin, a fait une macabre découverte. Le corps sans vie d'une jeune fille flottant parmi les herbes hautes du côté d'Helene Grove.
>
> Il aurait donné l'alerte dès sa découverte. La jeune fille identifiée comme étant Lara Larson, habitant à proximité, serait morte noyée depuis la veille au soir. L'autopsie ne révèle aucune agression. La thèse de l'accident a été validée par les autorités de Kaloa.
>
> L'adolescente de dix-sept ans aurait passé le week-end seule, chez elle, en l'absence de ses parents voyageant sur le continent.

Le père de l'adolescente se serait exprimé sur le fait : « Ma fille a grandi près de ce lac, cela fait dix ans que nous vivons là, elle ne s'y est jamais baignée, elle ne savait pas très bien nager. Lara connaissait les dangers d'une baignade en solitaire, je ne comprends pas. »

L'effarement des parents a rapidement laissé place à de multiples questions.

Que s'est-il passé ce soir-là pour que l'adolescente décide de s'aventurer seule près du lac ?

Aucune présence extérieure n'a été mentionnée. L'enquête se poursuit avec l'équipe de plongeurs et l'équipe cynophile de la police municipale de Kaloa. »

Il y a une photo d'elle. Brune, avec un air espiègle, elle est jolie. *Était* jolie, du moins.

Je me sens bizarre de savoir que je vis dans la maison où elle a grandi. Une partie en tout cas, puisque l'autre n'est pas habitable.

Ainsi donc, c'était elle la meilleure amie des Anges et elle est décédée ?

Comment ? Qu'est-ce qu'il lui est arrivé ?

Je me demande juste si sa mort a quelque chose à voir avec eux. Est-ce qu'ils étaient là ? Est-ce qu'ils y sont pour quelque chose ? Pour ne pas poser la question fatale.

Non, quand même, je doute qu'ils soient capables de tuer quelqu'un. Et puis s'ils n'ont pas été mêlés à l'enquête, c'est qu'ils n'ont sans doute rien à voir dans l'histoire, hein ?

Ils m'ont dans leur ligne de mire, alors je l'espère bien.

Je frissonne alors qu'il fait chaud, mon sentiment de malaise s'accentue. Et pour la troisième fois ce soir, je sursaute. Mon téléphone vibre sur le bois laqué et affiche l'arrivée d'un nouveau SMS.

À cette heure-ci ?

Je déverrouille. Message de celui que j'ai enregistré comme étant « la calamité ». Non mais qu'est-ce qu'il me veut, encore ? Surtout à 5 heures du matin.

On a des insomnies, Gilmore ? Tu devrais dormir et ne pas laisser Minuit entrer. Il va te réveiller pour sortir demain. Je t'ai réservé une surprise, vendredi.

J'en renverse mon thé et hoquette de stupeur.

Que… quoi ?!

Je lis une nouvelle fois le texto et me lève brusquement, le cœur battant, en regardant autour de moi. Le seul volet extérieur que je n'ai pas fermé est celui de la cuisine.

Est-ce qu'il m'observe ? Je me dirige presque à reculons vers la fenêtre. Mon cœur s'est mis à battre dans mon dos, cette fois. Non seulement c'est un connard, mais doublé d'un voyeur ! Et s'il était plus que ça ?…

J'ai envie de hurler, d'appeler ma mère au secours. Il fait nuit noire, je suis toute seule et sans personne pour me venir en aide s'il m'arrive quelque chose.

Dans la cuisine, je scrute avec une appréhension nouvelle la fenêtre restée ouverte après l'entrée de Minuit. Je dois vraiment prendre mon courage à deux mains pour sortir le poing et fermer le volet. Je me demande même si je ne vais pas mourir de peur en le faisant.

Mon Dieu…

Une fois enfermée, je verrouille le tout et fais le tour des pièces pour vérifier que tout est bien clos. Parano, je m'assure aussi qu'il n'y a rien dans la salle de bains. Ou personne.

Un nouveau message me fait palpiter le cœur.

Peureuse !

Je tape très vite pour répondre.

Espèce de malade ! Ça t'amuse ? Tu es un voyeur en plus d'être un connard ingérable ?! Je te préviens, si tu m'observes encore, je porterai plainte. Et je peux appeler mon oncle aussi. Il vit à côté. En moins de deux, il va te mettre la tête au carré !

Je m'assieds sur mon canapé, fébrile, lorsque l'idée d'aller me coucher avec un couteau caché sous le matelas me frôle l'esprit. Oui, c'est extrême, mais je deviens vraiment parano. Tous les bruits dehors me paraissent suspects. Il me renvoie des smileys qui pleurent de rire. L'enfoiré.

Le chat vient s'installer sur mes genoux. Il faudra que je recherche son propriétaire. Sûrement un voisin par là.

Nouveau message.

Luke et moi sommes de très bons potes au cas où tu l'ignorerais. T'inquiète pas Gilmore, j'ai autre chose à faire que te mater, moi. Bonne nuit. Rêve de moi.

Je pourrais le frapper s'il était en face de moi, cette espèce d'imbécile. La façon dont il dit « moi », en insinuant que je passe mon temps à le regarder, me laisse vraiment très énervée.

Je ne sais pas comment, mais je finis par m'endormir, sans doute à cause de la fatigue.

***

En effet, j'ai été réveillée par le moelleux d'une patte sur mon visage et une langue râpeuse et chaude, celle de Minuit, comme Isaac avait dit.

Je l'ai laissé sortir, mais il a miaulé en continu, alors j'ai mis de l'eau dans un récipient et ai ouvert une boîte de thon, qu'il ne s'est pas gêné pour dévorer.

Après avoir regardé son derrière, je suis maintenant sûre que c'est un mâle. Ce qui reste flou, c'est l'identité de son propriétaire. Étant donné qu'Isaac le connaît, d'après son message de cette nuit, je pourrais lui poser la question. Mais rien qu'à l'idée de lui demander quelque chose, mes poils se hérissent. J'en parlerai à Luke, il saura peut-être, lui.

Après ma séance de yoga, un peu moins matinale que d'habitude, je décide de faire le tour du domaine. C'est vraiment très grand ici.

Dans la remise, je n'ai rien trouvé d'intéressant à part quelques outils et ce vélo dont Isaac m'a dérobé la moitié. Et l'avant de la fantasque maison est inaccessible : les portes sont fermées, bloquées. J'imagine que les propriétaires ne tiennent pas à ce qu'on y entre sauf pour les futurs travaux de rénovation. Ce qui est compréhensible. Minuit me suit partout, s'arrêtant quand je m'arrête, repartant lorsque je repars.

Un peu plus loin dans le domaine, je découvre un vieux puits, mais il a l'air asséché. Derrière ce dernier, au bord de la forêt d'Eponac, se trouve un chemin bordé de ronces que je me promets d'aller explorer plus tard. Décidément, ce lieu est plein de secrets et de mystères. Une ancienne plaque indique « Chute de Barbane à pied ». Il me semble avoir entendu Ashton et Lidy parler de cet endroit. Il faudra que je me renseigne.

Je me balade ensuite, avec méfiance, sur le ponton qui s'avance un peu sur le lac. Mais il ne bouge pas d'un poil et a l'air parfaitement solide.

Je regarde au-dessous de moi, sans oser trop m'approcher. Rien ne transparaît dans l'eau à part les reflets des nuages et du ciel couvert, et aucune trace d'une quelconque ville sous-marine.

J'écoute le bruissement du vent dans les herbes hautes et folles, le frémissement de la brise sur l'eau calme du lac, le clapotement des poissons qui sautent à la surface. Mais aucun bruit qui indiquerait la présence d'une « sirène ». Je ris de moi-même et de mes bêtises, car ce sont des histoires qu'on raconte aux enfants pour les effrayer et pour qu'ils évitent d'aller se baigner dans le lac.

Le reste de la journée passe très vite. Deux heures au téléphone avec ma mère qui n'a toujours pas trouvé de boulot. Après avoir été une artiste peintre reconnue dans son domaine, sa cote en a pris un sacré coup avec mes conneries. À cette allure, elles ne pourront pas venir me voir à Noël et cela m'attriste un peu.

***

Ce soir-là, au bar, aucun signe d'Isaac ou de M.J., et tant mieux.

Cora s'est proposée pour me raccompagner à la fermeture, jusqu'à la semaine prochaine. Jusqu'à ce que j'aie ma voiture. Ce qui, je le reconnais, m'arrange un peu. Je tente donc de revenir sur la conversation « Les Anges & Lara Larson », mais Cora est catégorique et refuse d'en reparler, allez savoir pourquoi. Dans le coin, ça a l'air d'être un sujet très sensible alors pour l'instant, j'abandonne.

***

Ce vendredi, exactement comme la veille, je n'ai pas beaucoup dormi, réveillée par Minuit pour qui j'ai même pris la peine d'acheter des croquettes.

Il est 11 heures et je ne suis pas retournée au centre pour jeunes comme je l'aurais dû ce matin. Luke va me détester et cette femme aussi, la mère de Gabriel. Mais ce n'est pas grave car ils m'énervent tous avec leurs histoires. J'hésite même à aller au cours d'art cet après-midi. Apparemment, Isaac m'a réservé une « surprise ». C'est ce qu'il a dit dans son message en tout cas. Aurait-ce un rapport avec mon bloc à dessin ? Et le connaissant un minimum, je doute que ce soit une bonne surprise.

Finalement, à force d'hésiter, je finis par prendre mon courage à deux mains et décide d'y aller, malgré le retard que j'ai pris. Et je compte ne pas me laisser intimider. Je sais maintenant que je vis là où vivait leur meilleure amie. Ils ont dû passer de bons moments ici, avec elle, et voir que quelqu'un d'autre vient dans son ancienne maison trois ans à peine après son décès doit raviver de douloureux souvenirs.

Sauf que moi, je n'y suis pour rien dans tout ça.

***

Arrivée à Constance, je cours dans les couloirs et grimpe en quatrième vitesse les escaliers du bâtiment des arts, plus communément appelé « l'œuf », en tentant de rattraper mes quelques minutes de retard. Je déteste être le centre de l'attention et ne veux pas me retrouver à débarquer devant les autres.

Quand je passe la porte de la salle de classe, je m'arrête net. Madame Diaz n'est pas encore là, les élèves discutent entre eux dans un joyeux brouhaha.

Cependant Miguel, Isaac et Anthea ne sont pas les seuls Anges du jour à suivre ce cours car ils sont tous là. Les cinq garçons qui ont décidé de me prendre en grippe.

Gabriel fait les beaux yeux à Anthea, Ashton se dispute avec M.J., Isaac parle avec Miguel qui n'a pas l'air content. Ils se tournent tous vers moi quand je passe la porte.

Envie de me cacher sous terre.

Ils me fixent tous alors que je rejoins une place libre et presque aussitôt, le professeur entre.

Je ne les observe pas, même si je sens leur regard sournois braqué sur moi. Celui d'Isaac me brûle la peau.

– Voyons, voyons, s'exclame madame Diaz. Il y a bien plus de monde à ce cours que d'ordinaire. Les fameux Anges au complet. Que me vaut cet honneur ?

Alors même les profs les appellent les Anges ?!

– Vous nous avez manqué, répond Gabriel.

– J'en suis flattée, monsieur Fitzgerald. Mais je ne vous connais que trop bien et préfère vous dire que si vous perturbez mon cours, je vous mettrai à la porte. Vous êtes prévenus.

Les garçons grognent en cœur.

– Mais… qu'est-ce que ceci ? interroge-t-elle en se tournant vers l'immense tableau blanc derrière son bureau.

Elle retire sa veste et observe tous les dessins accrochés avec des pinces sur la corde pendant au-dessus du plan de travail.

Les Anges commencent à rire doucement.

Alors seulement, je relève la tête.

C'est quoi, ça ?

Jenny, une élève du cours, se penche pour murmurer à mon oreille.

– Je n'aurais pas pensé que tu étais si ronde dans ton enfance. Tu es tellement maigre maintenant… Oh, mais ce n'est pas un reproche, au contraire.

Et elle me tapote la main avec bienveillance.

Moi, je suis plus pâle qu'un linge ayant été essoré mille fois. Des dizaines et dizaines de dessins en format A3 sont accrochés et représentent tous une petite fille de neuf ans en maillot de bain, avec des brassières, au bord d'une plage. Elle est ronde, presque obèse pour son âge. Mais elle a le sourire innocent de l'enfance.

Mes mains tremblent maintenant.

Sur ces croquis, c'est moi. Je reconnais parfaitement la photo, le maillot rose et vert à pois immonde et toute cette graisse qui pendouille. Ça me donne la gerbe.

J'étais boulimique. Un des souvenirs que je ne souhaite pas garder, même si j'en conserve des séquelles encore aujourd'hui.

Amanda daigne enfin répondre à madame Diaz qui semble perplexe.

– Mais professeur, c'est l'exercice que vous nous avez envoyé par mail ! La reproduction d'un cliché, en technique libre – elle se tourne vers moi : Mais, Gilmore, si ça avait été moi qui m'étais proposée pour donner une de mes photos de jeunesse, j'en aurais pris une meilleure que celle-là. Elle ne te flatte pas vraiment.

Mon enfance est étalée sous le regard de tous mes camarades. On peut voir, sur les croquis, la plage de Carmel ainsi que mes rondeurs d'ancienne boulimique. Ils ont tous mis des heures à me représenter comme ça.

Après avoir pâli, mon visage est devenu rouge pivoine, puis vert limace.

Je jure que je vais gerber.

Madame Diaz tente de comprendre et explique qu'elle n'a jamais envoyé de mail. Elle me regarde, complètement interdite, comme si j'avais la réponse.

Les poings serrés sur mon jeans, je ne sais plus quoi faire. Je me lève, les arrache et les leur balance à la gueule, ou je me casse ?

Mais quand je relève la tête, Isaac me fait un clin d'œil en murmurant tout bas :

– Surprise.

Salaud.

Je le tue maintenant, ou j'attends un peu ?

Ma colère surpasse mon sentiment de honte et mon envie de mourir. J'ai connu nombre d'humiliations publiques dans ma vie, oh oui, et ce, dès l'enfance. Mais là, c'est la goutte d'eau qui fait déborder le vase.

Je fais passer toute la rage que je peux dans le regard que je lui lance, mais ravale mes larmes pour ne pas paraître faible.

Hors de question de pleurer devant lui.

Il m'envoie un baiser volé. Le traître. L'immonde vipère. Le salopard.

– Mademoiselle Gilmore ? interroge la prof.

Je rassemble le peu d'affaires que j'avais sorties sur la table.

Envie de mourir, de les tuer. Une vraie envie, celle que l'on ne ressent que rarement et qui prouve que l'être humain a ses failles.

Est-ce que je suis devenue un monstre ?

Je me lève sous les regards médusés de mes camarades et sous les hurlements de rire des Anges, et d'autres encore, qui ont compris.

Je ne supporterai pas ça.

– Mademoiselle Gilmore, qu'est-ce que…

En bousculant madame Diaz, je quitte précipitamment la salle. Il faut que je respire et que je sorte.

Dans les escaliers qui mènent à la sortie, je m'arrête brusquement, saisie d'un terrible vertige.

Comment a-t-il eu cette photo ?!

Merde…

Elle était dans mon tiroir à culottes et il est entré chez moi.

CHAPITRE 12

The sound of silence

Mia

Le pire en moi, je le connais et l'ai déjà affronté. Je sais de quoi je suis capable et me le suis prouvé.

Le pire chez les autres aussi. Le pire de l'être humain : entre les humiliations publiques, les insultes, l'affichage aux yeux des autres, la torture psychologique, morale et surtout physique.

Alors je ravale mes larmes car il est inutile que je pleure. Ça ne servirait strictement à rien. Le harcèlement à l'école, je connais et suis capable de l'encaisser. Si je ne me suis pas pendue ou ouvert les veines ces trois dernières années, ce n'est pas aujourd'hui que ça va me traverser l'esprit. Rien que pour Arizona et ma mère, je ne peux pas faire ça. Elles ont sacrifié tellement pour moi, que ça ne leur rendrait pas justice.

Mais c'est mal me connaître, Isaac Miles, si tu penses que je suis du genre à m'écraser. Je me suis battue contre plus fort par le passé.

La guerre est déclarée.

***

Une heure que je suis assise là, sur le ponton, avec Minuit, à fixer le lac brillant sous le soleil de ce début d'après-midi. Ce chat a décidé de rester ici, peut-être que je devrais le garder ?

Au-delà de ça, je suis à la recherche d'une idée brillante pour montrer à Zac que ça ne m'atteint pas.

Cet idiot est venu fouiller chez moi et a fouillé dans mon tiroir à culottes. Parce que c'est là que j'avais rangé le fameux cliché. Le seul de cette longue période que je me suis juré de ne plus jamais revivre. Il a juste suffi de cette photo pour me rappeler ce que ça fait d'être humiliée et jugée. Mais je me suis également souvenue de tout ce que j'ai accompli pour m'en sortir.

Isaac est entré chez moi et il s'est servi.

Je m'étais juré que plus jamais aucun homme n'entrerait dans ma vie sans que je le veuille, et je ne veux pas d'Isaac Miles. Vraiment pas.

Réfléchis, Mia...

Je caresse Minuit et lui fais des papouilles sur le ventre. Minuit ?

Eurêka ! J'ai trouvé.

Enfin, si ça fonctionne – après tout, qui ne tente rien n'a rien. Mais qu'est-ce que je risque à part être foudroyée une fois de plus par l'éclair vengeur d'Isaac Miles. Peu importe de toute façon, la guerre est déclarée et apparemment, tous les coups sont permis.

Je jette un coup d'œil à ma montre : si madame Diaz ne les a pas mis dehors, ils sont partis pour encore une heure de cours. Il me reste donc du temps. Timing parfait.

De retour à la maison, je file sur mon PC et entre sur le site de Constance. Il y a un espace pour les étudiants, contenant des listes, les consignes des devoirs maison, les horaires des leçons, les échanges de dossiers et j'en passe.

Dans la barre de recherche, j'inscris le nom de Miles. Aucun mal à trouver sa sale tête dc beau gosse infâme ainsi que son adresse. Je suis un génie.

J'ouvre mon frigo et prends l'objet du délit avant de le fourrer dans mon sac, bien enroulé dans un sac en plastique.

Adresse en main, je file pour prendre le bus. Si j'en crois ce qui est écrit, je devrais être arrivée en moins de cinq minutes. Il habite à Eponac, c'est-à-dire de l'autre côté de la colline.

Le nom est bizarre, quand même.

« 1486, Domaine des Paons bleus, Eponac KT, Kaloa. »

Je regarde sans cesse ma montre. Il me faut du temps. Du temps et de la chance.

***

Quand le chauffeur du bus me dépose à proximité de ma destination, j'ai les mêmes réactions que devant la voiture de Cora.

Mon Dieu…

Autant dire que ma langue traîne par terre tellement je suis abasourdie.

Il vit là ? Cet immonde traître… Il est plus riche que je ne le serai jamais. Normal qu'il se permette de boire du Macallan au bar du Rubis !

C'est bon. Je le déteste officiellement. Moi, la fille complètement fauchée, sans un sou de côté.

Je n'ai évidemment rien contre les riches, comme je l'ai déjà dit, mais quand ils sont riches, cons et cruels, alors là, c'est autre chose.

De grands murs de pierres vieillies séparent le domaine de la route. J'hésite un instant à passer l'immense portail de fer forgé grand ouvert, sur le haut duquel on peut lire, en lettres incurvées, les mots *Domaine des Paons bleus*.

Au-delà, je ne vois que de splendides arbres, fruitiers pour beaucoup d'entre eux, et un incroyable parc naturel d'un vert mousseux, baigné par la tiédeur du soleil.

Mes bonnes intentions, ou plutôt mauvaises, en prennent un coup. Est-ce que je suis sûre de moi ? De ce que je veux faire ? Non, évidemment que non.

Et si tout ça tournait mal pour moi ? Tout tourne déjà mal de toute façon, alors…

L'allée bordée de pins et de grands thuyas du Pacifique m'impressionne déjà et annonce la couleur.

J'entends le bruit d'une tondeuse au loin.

Et s'il était rentré chez lui ? Non, il est encore trop tôt pour ça.

Au détour d'un séquoia, je l'aperçois, la fameuse maison où il vit. J'en ai le souffle coupé et m'arrête pour la contempler, au milieu des arbres, avec une immense cour gravillonnée où sont garées deux magnifiques voitures de sport. La demeure est démesurée, dans un style colonial, très Nouvelle-Angleterre, avec des bardeaux de cèdre délavé, des pentes de toits très, très abruptes, un *bow-window* au-dessus d'un perron bordé de colonnades et des ouvertures immenses pour laisser la lumière pénétrer. Je me croirais dans *Autant en emporte le vent.* C'est magnifique.

Sur la gauche, une habitation plus petite se dresse également, avec la plaque *Rose Cottage*. Elle semble fermée.

Entourée de roses bleues du Pacifique, appelées Blue Moon, d'oiseaux du Paradis, et à proximité d'un magnifique arbre du voyageur, l'image me semble irréelle.

Je sursaute quand quelque chose passe dans mon champ de vision. Un paon.

Attends… quoi ?!

Après la langue, ce sont les bras qui m'en tombent. Un paon se balade en liberté dans le jardin !

Un paon comme je n'en ai vu qu'au zoo ou dans les livres. Un paon bleu avec sa longue queue chatoyante aux reflets vert d'eau. Je le regarde se dandiner et filer vers l'arrière de la maison.

Nous, les humains lambda, avons des chiens et des chats comme animaux de compagnie. Lui, il a un paon. Génial.

Je contourne la Maserati GranCabrio Sport rouge rubis et l'Aston Martin Vantage noir carbone. On dirait une Batmobile, cette voiture, avec ses roues quatre fois trop grosses et sa ligne basse et musclée.

Mon stress grimpe d'un cran quand je me plante devant la porte.

Respire, Mia. Rappelle-toi pourquoi tu es là.

Le porche est envahi par une nuée d'orchidées sauvages.

Je frappe sur l'immense porte en bois. Elle s'ouvre moins de dix secondes plus tard sur une femme plutôt âgée. Elle porte un tailleur gris souris, de la même couleur que ses cheveux tirés en arrière, jurant totalement avec ses yeux d'un bleu profond.

– Oui ? Je peux vous aider ?

– Bonjour, je suis Mia Gilmore, une élève de Constance. Je partage un cours d'art avec votre fils et il se trouve qu'il a gardé mon carnet à dessin. Alors je me demandais s'il était possible que je le récupère.

La femme sourit et ouvre un peu plus la porte.

– Oh, monsieur Isaac n'est pas mon fils, mademoiselle. Je suis Maggy, la gouvernante. Si vous voulez bien vous donner la peine d'entrer. Je vais prévenir Madame Saint-Clair de votre présence.

J'entre alors et elle referme la porte derrière moi. L'intérieur est encore plus impressionnant que ne le laisse penser l'extérieur de la bâtisse. Avec du lambris clair partout, du blanc à foison, des meubles très contemporains, mais un charme romantique à l'ancienne. Des rideaux de lin aux immenses fenêtres, des coussins de soie, des miroirs à ne plus savoir qu'en faire, des bouquets de Blue Moon et d'arums blancs démesurés, posés sur chaque console, chaque table, et un parfum de fleur ambiant couronne le tout.

Maggy présente des excuses et s'éloigne pour aller chercher la propriétaire. Pourvu que ça se passe comme je l'espère.

J'en profite pour observer, tout autour de moi, les tableaux accrochés à presque tous les murs.

Parmi eux se trouve, et c'est sans doute une reproduction – parce que ça ne peut pas être un vrai, hein – un tableau de Tamara de Lempicka. Il y a aussi un *Balloon dog* de Jeff Koons posé sur la table basse. Bon, OK, ils sont riches, le doute n'est plus permis.

– Vous vous intéressez à l'art, mademoiselle ?

Je sursaute et me retourne pour trouver face à moi une femme, la cinquantaine, les cheveux blonds frisés et une allure bohème chic. Une tunique en broderie anglaise et un pantalon de lin blanc, elle se fond parfaitement dans le décor. Ses traits sont doux, mais contrastent avec la tonne de bijoux en topaze, ambre et lapis-lazuli qu'elle porte. Elle est très belle et je jurerais qu'elle a un accent étranger.

– Euh… oui… je… j’aime beaucoup Tamara de Lempicka.

La femme sourit et désigne le tableau de la main en faisant cliquer ses bracelets.

– Mon mari me l’a offert il y a bien longtemps. Comme si cela pouvait racheter tous ses péchés…

Je détourne le regard, gênée. Est-ce que c’est un vrai ?

Mais elle me tend une main chaleureuse.

– Mademoiselle Gilmore, c’est ça ? Je suis Louise Saint-Clair. La tutrice d’Isaac.

En effet, elle a un accent français et un nom bien français aussi.

– Enchantée. Excusez-moi de vous déranger… je bredouille, plus du tout sûre de mon coup.

– Il n’y a pas de mal. Les amis d’Isaac sont toujours les bienvenus dans cette maison. Mais dites-moi, quelle est la raison de votre venue ? Zac est en cours en ce moment.

– Je… Il m’a emprunté un carnet que je souhaiterais récupérer. Il a dit que je pouvais le prendre. Il doit être dans sa chambre normalement, sur le bureau.

Faites qu’il ait un bureau dans sa chambre. Sinon, mon mensonge tombe complètement à l’eau.

– Il ne m’avait pas dit que…

La sonnerie stridente d’un téléphone nous interrompt. Madame Saint-Clair décroche rapidement le téléphone posé sur un secrétaire en bois dans un coin et discute quelques secondes.

– Oui, Josyane, je le sais. La vente devra se faire lors du vernissage sinon il sera perdu. Mais j'ai des acheteurs potentiels… attends une minute, s'il te plaît.

La dame aux longs cheveux blonds fait un signe dans ma direction, puis met la main sur le combiné en s'adressant à moi.

– Je vais en avoir pour un petit moment. Montez donc chercher votre carnet ! La chambre d'Isaac est au premier, la deuxième porte à gauche, sur la mezzanine.

J'ai une chance de malade et m'en rends compte.

En hochant la tête, je file vers les immenses escaliers sur ma droite, le plus vite possible sans paraître mal élevée, alors qu'elle reprend sa conversation.

Les murs sont couverts de photographies en noir et blanc : des paysages, des visages, des bouts d'étoffes, des angles morts, des détails très subtils qui rendent les images saisissantes. Mais je ne connais pas l'artiste.

Cette maison est vraiment belle et surtout immense.

Deuxième porte à gauche, qu'elle a dit ? Je la trouve facilement car il y a une grande plaque rouge, *STOP Do Not Enter,* clouée dessus.

Quelle ironie.

J'ouvre la porte sans état d'âme et la referme derrière moi. Il ne s'est pas gêné, lui, pour pénétrer dans ma maison sans invitation.

Mes yeux s'écarquillent face à cette immense pièce, mais surtout parce que c'est un bordel sans nom. Jamais vu un cochon pareil. Il y a des vêtements partout, des livres à même le sol, des dizaines de feuilles qui traînent dans tous les sens…

On dirait que sa bibliothèque et son bureau vont s'écrouler sous le désordre qui règne. Le lit est défait et…

Il y a cette odeur, la sienne, qui emplit la pièce et mes narines pour me faire tourner la tête.

Fahrenheit, chèvrefeuille, musc, cuir et tabac.

Merde ! Faut que je me ressaisisse, là.

Je m'assieds sur le lit et lève la tête. Ce gars doit vraiment être cinglé car le plafond est recouvert d'une écriture filiforme : des phrases qui forment des vagues, des étoiles, des arbres, et qui s'enroulent et se déroulent. Il l'a entièrement noirci.

Je lis quelques mots.

« Avoir une idée d'ombre
et d'absolu pardon
comme l'Adolescent
qui voit la fin du monde
Errer dans l'océan du vide,
âme vagabonde
Devenir Ange noir
au dernier échelon
Avoir une idée d'ombre
et d'étreinte éternelle
au son du grand clocher,
au son d'un violon
Partir le soir venu,
et sans raison
Quand l'égout s'éclaircit,

au fond de la ruelle
Avoir une idée d'ombre,
s'évaporer au loin
comme une goutte acide
et devenir quelqu'un
d'autre »

Winston Perez, 1992

Waouh, de la poésie. Lui ? Il aime ça ? Il n'est pas normal ce mec.

C'est officiel, c'est un truc de malade mental la poésie. Surtout quand c'est aussi sombre et mélancolique. Il me semble y déceler des idées de mort.

J'observe le reste de la pièce autour de moi : des tas de photos des garçons et lui sont accrochées au-dessus du bureau et ils prennent tous la pose aux côtés de jolies demoiselles. Je me lève pour les parcourir du doigt. Sur certaines d'entre elles, ils sont bien plus jeunes, c'est flagrant et ils ont l'air de tous vraiment bien s'entendre. L'ensemble des clichés est en noir et blanc ou en sépia.

Le bureau est jonché de feuilles volantes où la même écriture filiforme apparaît. De la poésie, encore.

Il écrit. Ben voyons.

Comment quelqu'un, capable de tant de cruauté, peut-il aimer quelque chose d'aussi doux que la poésie ?

Et ça n'a pas l'air d'être sa seule passion ! À côté du lit, trône un carton rempli d'appareils photos neufs ou plus anciens, d'accessoires et de négatifs. Sur l'étagère traîne un vieil argentique Canon.

Ainsi donc, il aime la photographie également. Je me demande si toutes celles de l'escalier sont de lui ?

J'inspecte sa bibliothèque. Beaucoup de BD, de romans de science-fiction comme *Hypérion*, *Fahrenheit 451* ou *Fondation* d'Isaac Asimov, toute la série des *Chérub* et toute la collection des *Tomorrow* de John Marsden.

Détonnant avec tout ça, à l'étage en dessous, une compilation assez impressionnante d'œuvres d'auteurs classiques, tels Edgar Allan Poe, Keats, Wordsworth, ainsi que des auteurs anglais du XIXe siècle. Je comprends maintenant pourquoi il m'a cité Oscar Wilde la dernière fois, il doit être féru de littérature.

Un bruit, en provenance du couloir, me fait sursauter. Zut. Ma curiosité déplacée m'a fait oublier le pourquoi de ma présence ici.

Il y a un coffre devant son lit ; l'endroit idéal pour y cacher mon petit présent.

Je vire les coussins et l'ouvre. À l'intérieur, du linge de lit. Bon, comme il n'a pas l'air de faire son lit très souvent ça tombe bien. Je retire le sachet en plastique de mon sac et lâche l'aiglefin à l'intérieur : le poisson que j'avais prévu de cuisiner pour moi, mais qui va servir à un autre dessein, celui de pourrir Isaac.

Dent pour dent.

Des pas dans les escaliers me parviennent encore. Je referme et remets les cousins en place avant de chercher mon carnet des yeux.

Mais où est-il bon sang ?

Et c'est alors que j'aperçois le portrait de lui, que j'ai fait en classe, dépassant de dessous les feuilles volantes étalées sur le bureau. L'imbécile. Narcissique, en plus du reste.

Je l'attrape, l'épingle sur le tableau avec les photos de ses amis et plante le cutter, rangé dans son pot à crayons, au milieu de son visage. Déclaration de guerre officielle.

Je me retourne au moment où la porte s'ouvre en grand. Louise me fait un sourire.

– Avez-vous trouvé votre carnet ?

J'essaye de reprendre une attitude normale.

– Oh, non… je regarde, mais je ne le vois pas…

Elle parcourt la pièce des yeux avant de désigner le lit.

– Ce ne serait pas celui-là ? Zac est tellement bordélique et refuse qu'on range sa chambre.

Le carnet, grand ouvert, dépasse de l'amas de draps et d'oreillers. Je rougis jusqu'à la pointe des cheveux. Il a dormi avec ou quoi ? Ce malade…

En plus, il est plein de dessins de moi, de parties de moi. Mains, pieds, avant-bras, épaules, même mes seins, je les ai dessinés au crayon, pour m'entraîner. Et il a tout vu. Même s'il ne se doute probablement pas qu'il s'agit de moi.

J'attrape le carnet et le referme aussitôt.

– Si, tout à fait. Merci.

Elle s'efface pour me laisser passer et me suit en redescendant.

– Souhaitez-vous rester pour le thé, mademoiselle Gilmore ? Sloan vient de rentrer et j'ai fait de l'Earl Grey.

Je regarde l'heure à ma montre. Une demi-heure avant la fin du cours.

C'est le moment où jamais d'en apprendre plus sur lui. Il faut bien connaître ses amis et encore mieux ses ennemis, je joue alors à la petite fille polie.

– C'est très gentil de votre part, mais je ne voudrais pas vous déranger plus longtemps.

– Allons, allons ! Que de sottises. Venez avec moi.

Elle m'entraîne avec elle vers l'arrière de la maison. Nous sortons sur une immense terrasse en bois très clair où une multitude de fauteuils, tables, chaises de détente, transats format large et lits d'extérieur attendent près d'une piscine dont le fond d'ardoise réfléchit des lueurs absolument éblouissantes à la surface. Comme c'est beau !

Une musique s'échappe de la maison. Je reconnais l'Allegro vivace de l'Acte II du *Lac des cygnes*, de Tchaïkovski, la fameuse scène du Pas de deux du cygne noir. Quelqu'un aime la musique classique, ici.

– Venez.

Elle me guide vers une table où un assortiment de pâtisseries européennes est disposé à côté d'une théière chinoise fumante : gâteaux chocolat-Amaretti, macarons français, baklavas, traditionnels Pão de Ló portugais et j'en passe, il y en a pour tous les goûts.

Elle compte manger tout ça ?

– Aujourd'hui, c'est l'anniversaire de Sloan, dix-huit ans, m'informe-t-elle. Elle adore la pâtisserie européenne, alors j'ai commandé tout ça auprès des meilleures boulangeries d'Europe.

Mais qui est Sloan, bon sang !

Comme pour répondre à ma question silencieuse, elle me désigne une immense baie vitrée sur ma droite. Je jette un coup d'œil à l'intérieur ; c'est de là que s'échappe la musique.

Une jeune fille évolue lentement et avec grâce sur le parquet lustré de la pièce. Elle essaye de réaliser ses pas de deux toute seule, ou alors elle danse, tout simplement. Je n'y connais pas grand-chose. Elle est un peu plus grande que moi, me semble-t-il. Elle porte des collants blancs, un juste-au-corps noir et une tunique rose fluide par-dessus. Ses chaussons de danse abîmés sont de couleur rose pâle, également, et ses cheveux relevés en un chignon très bien fait. Elle est élégante, chic et classe. Son port de tête, incroyable, et elle a cette manière de bouger qui capte immédiatement l'attention.

Madame Saint-Clair se lève pour aller ouvrir la baie. Je me bouche instantanément les oreilles : la musique est assourdissante ! Elle doit s'exploser les tympans, enfermée là-dedans !

La propriétaire de la maison lui fait de grands signes et elle s'arrête et coupe le son avec une télécommande. Cette pièce semble insonorisée, heureusement parce que les autres doivent en baver, sinon.

La jeune fille s'approche de moi, à la suite de madame Saint-Clair, une serviette dans les mains.

– *Sloan, je te présente Mia Gilmore, une amie de Zac.*

Elle a signé les mots dans le langage des signes et parlé en même temps pour que je comprenne. J'en reste coite. Cette fille est sourde.

Elle sourit et se penche pour me faire la bise. Je me laisse faire, totalement déconcertée. Elle signe quelque chose à mon intention, mais je ne comprends rien.

Madame Saint-Clair traduit pour moi.

– Elle est heureuse de vous rencontrer. Sloan et Zac sont mes deux protégés, je m'occupe d'eux depuis un moment déjà.

La question qui me brûle les lèvres depuis tout à l'heure s'échappe toute seule :

– C'est la sœur d'Isaac ?

La jeune femme esquisse un large sourire.

– Oh non, m'indique madame Saint-Clair. Sloan et Zac n'ont aucun lien de parenté. Ils sont juste tous les deux sous ma tutelle.

Le rouge me monte aux joues. Voilà ce que c'est que d'être curieuse.

Nous nous installons à table. Je suis totalement intimidée et il y a de quoi.

Je suis là, à me faire servir du thé par sa tutrice et l'autre fille qui vit sous le même toit que lui, alors que je viens de lui déclarer la guerre et de lâcher un poisson dans sa chambre, qui va bien avoir le temps de fermenter.

Sloan signe et madame Saint-Clair me traduit.

– Elle dit qu'elle arrive à lire sur les lèvres si vous articulez bien.

J'acquiesce.

Ce doit être horrible. Ne rien entendre. Rien du tout. Ni le bruit du vent dans les arbres ni les pas des gens qui viennent vers vous ni le cri de détresse de quelqu'un ni la voix de vos parents ni la musique qui s'échappe du piano… Que le silence. Le son du silence. C'est comme vivre dans le noir pour moi.

Je me demande même comment elle fait pour danser, elle ne doit rien entendre des compositions de Tchaïkovski.

– Alors mademoiselle Gilmore…

– Appelez-moi Mia, s'il vous plaît.

– Mia, que faites-vous comme études ?

La question classique. À moi les dures réponses.

– Oh, je suis juste élève indépendante en arts à Constance. Mais je ne suis pas de cursus particulier. Je… je travaille.

– Oh. Très bien, s'exclame-t-elle le plus poliment du monde. Où vivez-vous ? Je ne vous ai jamais vue dans le coin. Il est d'ailleurs rare que les amies de Zac soient… simples. Je veux dire, pas tatouées ni extravagantes.

– À Helene Grove.

Autant ne pas préciser si c'est pour recevoir de nouveau des regards curieux ou des commentaires qui vont me mettre dans tous mes états.

Sloan signe encore et fait des sons assez bizarres en ouvrant la bouche.

Le malheur des autres n'arrange pas le vôtre, mais parfois, je me dis que je ne suis pas la plus malheureuse au monde.

Madame Saint-Clair traduit en riant.

– Sloan demande si vous êtes la petite amie de Zac.

Je baisse les yeux et pique un fard. J'espère qu'elles ne vont pas croire ça. Moi, la copine de cet imbécile ? Certainement pas.

– Non, non, nous euh… nous partageons le même cours à Constance, c'est tout.

– Aimez-vous l'opéra, Mia ?

Je hausse les épaules.

– Je n'en sais rien. Je n'y suis jamais allée.

J'avale mon thé et croque comme elle dans une part de gâteau Amaretti italien.

– Eh bien, Sloan joue *Giselle* trois fois par semaine à l'opéra de St. Raphael. Alors si vous souhaitez y aller…

Elle se lève et disparaît dans une des pièces à côté avant de revenir en moins de dix secondes et me tendre deux places.

Je bredouille des remerciements alors que Sloan me regarde, toujours un sourire en coin aux lèvres, et les yeux plissés. Dommage que je ne la comprenne pas. Elle a l'air pensive et j'aimerais bien savoir si ça me concerne.

Un coup d'œil à ma montre me fait presque bondir de ma chaise. Le cours est fini depuis dix minutes. S'il débarque alors que je suis encore là, ça va barder.

Je ne vais pas me laisser humilier par Isaac Miles, je ne suis pas folle non plus. Alors il vaut mieux que je ne sois pas dans les parages quand il apprendra que j'ai mis les pieds chez lui pour fouiller sa chambre.

Ça va être la guerre entre nous, maintenant. Mais une guerre froide, à distance. Je ne le laisserai pas me faire du mal physiquement.

– Excusez-moi, je suis en retard. Je n'avais pas vu l'heure.

– Oh, déjà ? Très bien. Vous êtes la bienvenue quand vous le désirez.

– Merci, encore bon anniversaire, Sloan.

La jeune fille me rend mon sourire et je m'éclipse vers la sortie. Dans mon dos, j'entends madame Saint-Clair.

– Charmante, cette jeune fille.

Charmante, moi ? Si elle savait ce que je suis venue faire ici, elle changerait d'avis.

En tout cas, il y en a un qui ne va pas trouver ça charmant du tout.

CHAPITRE 13

Collision

Mia

Je jette un regard, encore une fois, à mon téléphone. Pas de message, d'attaque ou de menace.

Pourtant, il est presque minuit.

Je m'étais préparée à une avalanche d'insultes, mais rien. Il doit forcément être au courant.

Cette absence de réaction immédiate me prend au dépourvu, je m'attendais à ce que la foudre m'atteigne de plein fouet après la fin des cours, et non à ce silence. Le calme avant la tempête peut-être ? Sans doute. Je vois mal Isaac Miles baisser la queue devant moi. OK, mauvaise métaphore.

Je secoue la tête et essaye de me le sortir de l'esprit. Cela fait à peine une semaine que je le connais et ma vie tourne déjà autour de lui ? Sûrement pas.

– Ça ne te dit pas de monter sur scène ce soir, Gilmore ? me lance Vince derrière le comptoir. Il paraît que tu as été plutôt pas mal, la dernière fois.

– Ha ha, très drôle, je marmonne en nettoyant le bar entre les coudes et les bras des clients déjà bien allumés.

Il rit et Terry lui donne un coup gentillet, mais je sais qu'il plaisante. Il est juste taquin et de bonne humeur.

Ce soir, le Rubis est plein à craquer. Comme tous les vendredis apparemment.

Les gens ont presque tous fini de manger et la piste de danse est déjà envahie. L'ambiance est bonne aujourd'hui, même Lidy semble être de bonne humeur. Ashton est en congé aujourd'hui, ce qui tombe très bien. Pas envie d'essuyer ses remarques cinglantes et ses critiques constantes.

Vince sert des bières à des clients en me jaugeant de la tête aux pieds.

– Tu as changé de style, Mia ? Sexy… On ne croirait pas que tu as dix-neuf ans avec ça sur le dos.

Je refais moi-même le geste de balayer mon propre corps des yeux.

Un short noir en jacquard brodé de fils dorés qu'Arizona m'a offert et un chemisier en plumetis noir également, qu'est-ce qu'il y a de sexy là-dedans ? J'ai juste voulu ne pas être en reste, par rapport à Lidy, très féminine et attirant les regards, et Cora, très classe et toujours chic.

Demain, c'est samedi. Je vais enfin pouvoir faire les boutiques, en essayant de ne pas claquer tout mon budget. Mais étant donné que je n'ai pas vraiment eu à dépenser pour la maison, ça devrait le faire. Surtout que je ne me rappelle pas quand j'ai fait du shopping pour la dernière fois.

– Ah. Tu trouves que j'en ai trop fait ?

– Pas du tout, me rassure l'ours. Je me disais juste qu'avec tes cheveux relevés comme ça, tes yeux maquillés et tout, on pourrait croire que tu as l'âge de boire de l'alcool. Tâche de ne pas trop te faire draguer ce soir, je ne voudrais pas avoir à mettre mes clients fidèles dehors.

Il rit et Terry me fait un clin d'œil. Un homme, assis au bar et me reluquant avec insistance depuis déjà dix minutes, fait de même.

Mes joues s'empourprent.

– Il faut aller faire la mezzanine, m'indique Cora en posant son plateau sur le bar devant moi. Tu y vas ? Il n'y a plus que des tables vides. Ils sont pratiquement tous sur la piste de danse.

J'acquiesce. J'aime bien monter à l'étage en alu de style industriel. On peut regarder les gens danser en contrebas sans se faire voir. Quand on est là, au bord, appuyé à la rambarde, et qu'on les observe, on dirait une bande de fourmis en train de se déhancher.

Il fait sombre dans le bar qui s'est transformé en boîte, et la musique est assourdissante.

Les filles sont sexy et les garçons consomment beaucoup. En théorie, je déteste ce genre d'endroit où on peut croiser n'importe qui et où il peut t'arriver n'importe quoi sans que personne ne s'en aperçoive. Puis trop de monde sur la piste me gêne toujours, je ne supporte pas qu'en dansant, des gens qui transpirent me frôlent de partout. Ce qui me contraint à me laver plusieurs fois en rentrant chez moi.

Sauf que ce soir, c'est différent. J'aime bien l'ambiance du Rubis avec ses tentures de velours et son esprit cosy très sympa. Et en plus, je suis sous la protection du patron, ici personne ne peut me toucher. En théorie.

Même le boulot me va parfaitement. Nettoyer c'est mon truc. J'aime que tout soit rangé et en ordre, que chaque chose soit à sa place. Parce que dans la vie, chaque chose a un emplacement qui lui est destiné. Ma sœur me traite de cinglée et ma mère s'inquiète à ce sujet, mais elles ne devraient pas. Je ne suis ni folle ni inconsciente, non, juste ordonnée.

Je prends mon plateau et mon torchon.

Pour une raison inconnue, mes yeux sont rivés sur l'entrée où Jun, un des cuisiniers, se transforme en videur après 23 heures. Et là, tout se déroule très vite. La musique est assourdissante. L'instrumental de *Turn the Page* du groupe The Streets résonne autour de moi au moment où il passe la porte, sa veste en cuir sur le dos, les mains dans ses cheveux. Il repousse ses mèches en arrière et son regard sonde le bar. Frais, rasé de près, la chevelure plus noire parce qu'elle a été mouillée, il est plus sexy que jamais. OK, ça ne va pas le faire.

Ses yeux rencontrent les miens et je sais d'avance que je suis cuite.

Fuis, Mia !

Je sors de derrière le bar, me fonds dans la masse quand il se rapproche, et tente de disparaître. Mais plus le rythme de la musique accélère, plus il arrive à me rattraper. Je cours presque à travers la salle et grimpe les marches de la mezzanine quatre à quatre sous le débit intense du rappeur. En haut, il y a la porte de service qui redescend aux cuisines par-derrière. Il faut que je l'atteigne. Mon cœur s'est mis à battre plus vite. Il tambourine carrément, maintenant. Il va exploser.

Lorsque j'atteins le dernier palier, c'est trop tard.

Une main se referme derrière mon crâne, m'arrachant presque les cheveux, et je suis poussée en avant brusquement. Isaac me colle carrément contre un des murs du haut. Ou plutôt, il m'écrase le visage tout entier contre la plaque de métal qui représente la carte des États-Unis. Je tente de me débattre, mais il coince mes mains et s'appuie contre moi de toutes ses forces, un de ses poings me martyrise le bas du dos. Je ravale les larmes de douleur qui sont en train de monter. Je voudrais crier que ça ne servirait à rien, tant la musique est forte.

Quand il murmure à mon oreille, j'ai envie de hurler.

– Si je pouvais, je te baiserais là, contre ce mur, pour te punir de ton insolence.

Je ferme les yeux, essayant d'ignorer les sensations contradictoires que ses paroles semblent produire en moi. Face à mon silence, il continue.

– Tu as du cran, plus que je ne le pensais. T'as osé mettre les pieds chez moi, Gilmore ? Personne ne vient chez moi sans y être invité.

Le métal froid sous ma joue me coupe les sens et son poing dans mon dos aussi. Je réussis quand même à articuler, malgré la raideur dans ma nuque.

– Arrête, tu me fais mal…

Est-ce qu'il va vraiment me faire du mal ? Il pourrait me frapper, facilement.

– C'était le but. T'avais pas compris ?

Ses mots me font trembler. Oui, j'avais compris. C'est ce que tout le monde a toujours essayé de me faire : mal.

Et j'en ai ma claque d'être une victime. J'en ai ma claque de toujours, toujours, être polie et plaire aux autres.

Allez tous vous faire foutre !

Tout à coup, il me retourne contre lui et referme ses doigts sur ma gorge en s'appuyant de toutes ses forces contre moi. J'ai de plus en plus de mal à respirer. Mes mains s'agrippent aux siennes pour essayer de lui faire lâcher prise. Les larmes commencent à monter, mais seulement car mon souffle est coupé.

– Lâche-moi… j'ahane.

– Je vais te détruire.

De ses yeux de fou, il cherche à me clouer sur place, mais je ne me laisse pas faire et le lui rends bien. Nous nous toisons comme ça. J'ai l'impression qu'un millier de sentiments contradictoires l'assaillent. Mais c'est la haine qui l'emporte.

Hey mon gars, tu ne sais pas combien j'en ai à revendre moi aussi de la colère, surtout après l'humiliation que j'ai encore subie aujourd'hui.

Il fulmine, mais relâche imperceptiblement sa prise.

Je parle d'une voix que j'espère assez forte et sûre de moi.

– Tu te souviens de ce que tu m'as dit la dernière fois pour mon carnet ? Tu m'as dit de venir le chercher. C'est exactement ce que j'ai fait. Je suis allée le chercher. Tu ne m'en croyais pas capable, Miles ?

Inutile de mentionner le poisson de la vengeance. Il le découvrira bien assez tôt.

Il fulmine carrément et ses doigts se referment un peu plus sur ma gorge alors qu'il colle son front au mien et parle à moins de quelques millimètres de moi. Heureusement qu'il est plus grand, parce que sinon nos bouches se toucheraient déjà.

Je bloque ma respiration pour ne pas humer son odeur. Il me faut faire appel à toute ma volonté pour ne pas le sentir. Ce parfum qui me rappelle mon père est la pire des tortures.

– Capable ? T'es cap, Mia, de me tenir tête ? T'as aucune idée de ce que je peux faire pour te pourrir la vie. Aujourd'hui n'était qu'une mise en bouche.

On joue à quoi, là ? Quand je m'adresse à lui par son prénom, il s'adresse à moi par mon nom de famille et lorsque c'est moi qui l'appelle par son patronyme, c'est lui qui m'appelle par mon prénom.

Quel imbécile… Si seulement il savait.

Je ris doucement, un peu démente.

Ses paroles me font l'effet d'une averse, mais j'ai vécu bien pire – alors passe ton chemin.

– Cap, Miles. C'est toi qui ne me connais pas. Tu crois que tu peux m'atteindre, mais tu n'y arriveras pas. Tu sais pourquoi ? Parce que d'autres ont essayé. Les humiliations publiques, le harcèlement, les injures et les menaces, les coups bas et dans le dos, même les attaques physiques, je les ai tous encaissés. Tu n'as aucune idée de ce que j'ai déjà pris avant de te rencontrer. Alors, ne crois pas que tu me fais peur car rien ne m'effraye. Dis-toi une chose, je te rendrai tout, coup pour coup, chaque fois que tu chercheras à m'atteindre. Sans états d'âme. Tu es cruel, mais je peux l'être aussi.

Dans ses yeux, une lueur étrange vient de naître. Comme s'il avait pris mon discours en pleine face. Il m'a déjà menacée et je pensais qu'il s'agissait d'une carapace. Je ne voyais pas ou ne voulais pas voir la lueur mauvaise en lui. Mais celle que j'aperçois là est différente. J'ignore de quoi il s'agit exactement et j'ai peur de me tromper une nouvelle fois. C'est comme ça, en ignorant ce que révélait le regard d'une personne, qu'il y a longtemps je me suis laissé détruire. J'ai déjà été brisée et malmenée par tous les moyens possibles et imaginables, et il est hors de question que je me laisse impressionner aujourd'hui. Il peut aller se rhabiller.

Il me fait peur, c'est certain, mais cette terreur-là, je peux la contrôler et la retourner contre lui.

Mon corps tremble. Il doit croire que c'est d'effroi, mais c'est plus de rage qu'autre chose. Et lui aussi est bouillonnant. Ses narines frémissent et sa mâchoire se serre.

Sûr que les filles ne doivent pas souvent lui tenir tête et que ça le perturbe un peu.

Mais tu ne sais pas à qui tu as affaire.

J'insiste encore, pour en remettre une couche.

– Tu n'as aucune idée de ce dont je suis capable pour me protéger, moi et ceux que j'aime. Tente ce que tu veux, affiche-moi, torture-moi, je m'en fous. Tu ne m'auras jamais.

Il m'enserre le menton dans ses mains et je ferme les yeux.

Cependant, au lieu du ton énervé qu'il a employé il y a à peine quelques secondes, il prend une voix doucereuse à faire peur, parce qu'elle est basse et sexy, mais qu'il me menace encore.

– Petite Mia, tu n'as aucune idée, TOI, de ce que JE suis prêt à faire pour protéger les miens. Je te conseille de bien fermer ta porte quand tu dormiras, maintenant. Si elle est ouverte, je considérerai cela comme une invitation à entrer. Les filles ont toujours un point faible.

Protéger les siens ? De quoi, de moi ?

– Comme si tu avais besoin d'une invitation pour…

Il écrase ses lèvres, durement et avec hargne, sur les miennes pour m'empêcher de parler. Un baiser qui n'a rien de doux, quelque chose de brutal et de violent, laissant supposer ses intentions malveillantes.

Salaud.

Je me débats comme je peux, mais il m'enserre toujours les poignets et me force à ne pas bouger. Je cherche à détourner la tête et serre les lèvres, mais il m'en empêche. Quand il me lâche enfin, c'est pour partir, tout en lâchant un rire monstrueusement sadique.

– Tu es fragile. Je vais te faire mal.

Fragile. Ce mot sonne comme une insulte dans sa bouche. Tout le peu de compassion que j'aurais pu éprouver pour lui un jour, si nos rapports avaient été moins tendus, vient de me quitter.

Mes yeux lancent des flammes et son sourire satisfait disparaît de son visage.

– Je vais te faire plus mal encore, je rétorque méchamment.

Nous nous toisons du regard. Je sais que je pourrais le faire, c'est déjà arrivé par le passé. Mais alors, je n'aurais plus de vie. Cette fois-ci, je me retrouverais vraiment en taule et ne pourrais pas m'en sortir.

Une lueur de défi brille dans les siens.

– Cap ?

En effet, c'est un défi. Ça va être à celui qui torturera l'autre avec le plus d'adresse.

– Cap, je réponds sur le même ton.

– On va voir ça.

Il me tourne le dos pour redescendre alors que je reprends mon souffle et me masse les poignets.

Il me faut plusieurs secondes avant de réaliser ce que j'ai fait, en laissant sous-entendre que je pourrais tout supporter. C'était carrément une invitation à me faire plus de mal. Et je suis sûre qu'il va la prendre au pied de la lettre.

– Putain !!!

Je crie toute seule et mon juron se perd dans la musique assourdissante.

En refoulant les larmes qui montent, j'essuie rageusement ma bouche où son goût s'est imprégné.

Est-ce que ça valait vraiment la peine que je vienne m'installer ici, si c'est pour avoir tous ces problèmes ?

Isaac

– Macallan !

Je tape du plat de la main sur l'acajou. Terry plisse les yeux. Quoi ? Elle aussi elle a décidé de me faire chier, aujourd'hui ?

– Tu pourrais être plus poli, me rétorque-t-elle en me servant mon whisky.

Je ne réponds plus. Cette idiote serait capable de ne plus me servir si je disais autre chose.

Et là, putain, j'ai vraiment besoin d'un verre.

– Dure journée ? me demande-t-elle en essuyant le bar devant moi.

Je ferme les yeux et me pince l'arête du nez en soupirant.

– Ouais.

Non, en fait. Avant de rentrer chez moi, tout se déroulait parfaitement bien, du moins presque. Mais c'était avant que je trouve ce portrait de moi épinglé au mur, un cutter planté au centre.

J'avais tout prévu : l'humilier une bonne fois pour toutes et lui faire comprendre que j'étais aussi capable d'aller chez elle. Ça aurait dû suffire à lui mettre une trouille bleue. Elle n'aurait plus voulu habiter toute seule et aurait déménagé. Mon plan était de me foutre encore et encore de sa gueule pour qu'elle chiale comme une gamine devant tout le monde. Mais rien, pas même l'ombre d'une larme. Elle s'est levée et est partie, et pour aller où ? Chez moi ! Dans ma chambre ! Pour me prouver qu'elle en est capable aussi et qu'elle ne se laissera pas impressionner. Aucune meuf n'a jamais mis les pieds dans ma chambre. Aucune, sauf Louise et Sloan.

C'est bon, j'ai envie de foutre mon poing dans la tête de quelqu'un. De me défouler.

Elle ne se soumet pas. Tout le monde est secoué, apeuré ou totalement terrifié par moi d'habitude, mais pas Mia. Elle est agressive et constamment sur la défensive, prête à sortir les crocs dès qu'on l'attaque. Elle recule, ferme les yeux quand je la menace et tremble même, mais lorsque je tourne le dos, elle me fusille du regard. Personne ne me fait ça ! À cause d'elle, je me suis fait virer du cours et me retrouve convoqué chez le doyen. Si elle était partie dès le premier jour, je n'aurais pas eu à faire ça. Cependant, ça m'a amusé de la mettre mal à l'aise, mais je préférerais quand même qu'elle déménage, afin de pouvoir passer à autre chose.

À quelle autre chose, Zac ?

J'avale une gorgée du single malt pendant que les gars virent du monde sur les tabourets autour de moi pour s'y asseoir.

– Alors ? m'interroge Miguel.

Terry leur sert des bières. Il n'y a que Gabriel qui boit du whisky comme moi.

– Elle ne partira pas.

Je me repasse ses paroles en boucles.

« ... même les coups physiques, je les ai tous encaissés. Tu n'as aucune idée de ce que j'ai déjà pris avant de te connaître. »

Qu'est-ce que tu as pris, Mia ? Comment ça, même les coups physiques ? Qu'est-ce que tu as encaissé ?

Cette fille est un mystère ambulant que je veux percer. Ça me stresse de ne pas être au courant. Si je ne sais pas, je ne peux pas ne pas la juger. C'est une snob. Cette fille est si agaçante !

– Je te l'avais dit. En plus, tu t'es fait griller avec la photo. Si elle porte plainte, tu es dans la merde. Si tu te fais renvoyer de Constance aussi. Elle a un sacré caractère la petite, un peu comme ma sœur…

Je me tourne vivement vers Miguel.

C'était quoi ce ton doux mêlé d'admiration ?

Il ne me regarde pas et a le visage tourné vers la partie restaurant de la salle.

Nous sommes quatre à nous retourner pour voir ce qu'il observe.

Mia. Elle nettoie les tables et ramasse les verres comme si de rien n'était, comme si je ne venais pas carrément de la menacer de la tuer. Cette fille a un sang-froid extraordinaire, je dois le reconnaître.

– Ta sœur ? Sérieux, mec ? Tu ne parles jamais de ta famille.

C'est vrai. Miguel ne parle jamais de sa famille. Jamais.

– Bah, elle et son caractère de valkyrie, je te jure qu'elle ressemble à ma frangine.

– C'est quoi, une valaukry ? demande M.J. en se penchant de son tabouret.

Gabriel lui donne un coup dans le pied.

– Valkyrie, idiot. Dans la mythologie nordique, c'étaient des vierges guerrières.

Miguel reste pensif.

– Tu crois qu'elle est pucelle ?

Je ris doucement.

– Sûrement. Elle est trop coincée du cul.

Ashton abonde dans mon sens.

– Faut être mal baisée, de toute façon, pour être aussi snob.

À présent mes yeux sont rivés sur elle. Elle ne laisse pas la moindre trace sur les tables et y retourne si elle en voit une. Putain, mais elle est d'un maniaque ! Cinglée, juste cinglée…

Quand je la vois ranger les verres sales dans son plateau par ordre de grandeur, je soupire et secoue la tête. Ashton fait une moue dégoûtée.

– Elle a des TOC ou quoi ?

Peut-être. De toute façon, elle est folle, alors…

– Faut qu'on trouve autre chose, si elle ne veut pas partir.

Les yeux plissés, j'observe les mèches de cheveux bruns frôlant la chair de son cou, bougeant lorsqu'elle s'active. Sa peau est parsemée de grains de beauté de toutes tailles. Je n'ai jamais aimé les filles avec des grains de beauté. On dirait qu'elle est tombée dans une marmite de lentilles en étant petite.

– Elle est grave sexy comme ça, déclare M.J.

Non mais d'abord, c'est quoi ce short ras les fesses, qu'elle porte ? Et puis ce chemisier noir presque transparent qui laisse voir son soutien-gorge ?

Elle a décidé de me narguer, ce soir ?

Je ferme les yeux de nouveau et laisse la brûlure du whisky me prendre à la gorge.

Cerise. Sa bouche aussi avait un goût de cerise. Je suis sûr que sa langue a le même goût. Et son entrejambe aussi…

Attends, quoi ?! Sérieusement, Isaac ?

Faut que je me reprenne, là. Cerise ? Mon cul, ouais.

– Il me faut une fille.

Gabriel rigole. C'est toujours lui le premier partant pour trouver des nanas.

– T'as le choix, me fait-il en ouvrant grand les bras. Ou alors tu appelles ta petite chérie. Elle ne devait pas être par-là, ce soir ?

Il rit, l'enfoiré.

Mais dans le champ de ses bras, je ne vois que Mia qui essuie une table pour la énième fois. Il ne doit pas y avoir le moindre grain de poussière chez elle. Je n'en sais rien car contrairement à ce qu'elle croit, je n'y ai pas mis les pieds. Je n'ai jamais été m'asseoir sur son putain de lit ni respirer sa saloperie d'oreiller qui doit être imprégné de son odeur.

Je me mets debout.

C'est vendredi et j'ai envie de m'amuser un peu. Et pour ça, il me faut des gonzesses, des vraies, qui poussent des cris de filles quand je m'introduis en elles.

– Où est-ce que tu vas ?

– Baiser.

Je remonte ma veste au col et sors du Rubis en deux secondes. L'air frais me redonne le moral. Il faisait trop chaud à l'intérieur. Beaucoup trop.

Je prends mon portable dans ma poche et compose le numéro de Colline. Elle répond dès la deuxième sonnerie.

– Ouais ?

– T'es libre ?

– Chez moi.

Et elle raccroche.

Colline est toujours partante pour un plan cul. Pas besoin de grand discours avec elle. Je récupère mon casque sur ma Triumph. Ici, personne n'aurait l'idée de me voler. Personne. Tout le monde reconnaît ma moto. Tout le monde ME connaît.

En moins de deux, je me suis équipé et file sur Paradise Valley, direction Grand Bay.

Ma bécane slalome entre les voitures qui s'amassent le vendredi soir sur la route longeant la plage. Ici, les bars et les cabanes à frites sont ouverts toute la nuit. J'adore cet endroit et les lieux pleins de monde ; ils me permettent de me fondre dans la foule et de devenir transparent.

Colline habite à l'autre bout de Grand Bay. De notre bande, il n'y a qu'Ashton, Miguel et Anthea qui vivent sur le campus. Je ne sais pas comment ils font pour partager leur minuscule chambre avec une bande de préados boutonneux qui passent leur temps la tête dans leurs bouquins de sciences débiles ou à écrire des thèses qui ne les mèneront jamais plus loin que dans des conférences ennuyeuses à mourir ; très peu pour moi, je préfère ma liberté. Chez Louise j'ai mon espace personnel et personne n'y entre, en théorie. Personne, à part cette garce aux yeux translucides.

Je me gare devant l'immeuble où vit Colline et compose le code pour pénétrer dans le bâtiment.

C'est au troisième et j'entre sans frapper.

Sa coloc', du genre *tomboy*[28], est affalée devant la télé, dans un peignoir informe, les cheveux en bataille et un bol de pop-corn à la main. Anti-sexy à mort.

Elle me regarde en fronçant les sourcils.

---

28 Garçon manqué.

– Dans sa chambre, me lance-t-elle en désignant la porte du fond de la pièce.

Je m'y dirige sans répondre. Cette fille m'écœure. Je ne comprends pas comment on peut être aussi peu féminine.

Quand j'ouvre la porte, Colline est allongée sur son lit, les jambes pliées et grandes ouvertes. Elle ne porte qu'un T-shirt moulant blanc et une culotte en dentelle noire. Ses cheveux blonds s'éparpillent sur l'oreiller. Elle tient son portable en l'air, devant elle, dans sa main aux longs ongles manucurés.

Fausse blonde, faux cils, faux ongles, il n'y a rien qui soit vrai chez elle, même pas les conneries qu'elle nous raconte sur ses parents richissimes qui ne sont jamais là pour elle. C'est une véritable mythomane. Mais comme elle est bonne et toujours prête à rendre service, elle a fini par rejoindre le groupe. Je l'aime bien, elle ne pose jamais de questions et arrive à me faire bander comme personne.

– T'en as mis du temps.

La voix grave de Colline me prend toujours au dépourvu. J'ai beau la connaître depuis un moment déjà, ça m'étonne encore. Elle a le timbre rauque et grave de la chanteuse Cher. Celui d'une femme fatale mûre qui a passé sa vie à fumer dans les bars. Alors qu'elle ne fume pas et, contrairement à ce qu'on pourrait croire vu son look sulfureux, ne traîne pas non plus dans les bars.

Je ne réponds pas et retire ma veste ainsi que mes bottes alors qu'elle lance sa playlist sur sa mini-chaîne. Le volume est assez fort pour que sa colocataire ne nous entende pas.

La pièce est minuscule, mais très cosy. Du rose pastel et du blanc recouvrent les murs et certains meubles. On trouve des peluches ainsi que des livres un peu partout. Personne ne sait qu'elle lit autant, sauf moi.

On dirait une chambre de petite fille.

Elle lâche son portable et fait glisser sa culotte sur ses cuisses et le long de ses jambes, chargées de cicatrices. Elle a ses problèmes elle aussi, j'ai les miens et aucun de nous ne pose de questions. C'est très bien comme ça.

En moins de temps qu'il n'en faut pour le dire, j'ai descendu mon jeans et mon boxer pour m'allonger sur elle.

Pas besoin de mots, pas besoin de long discours. Elle en a envie et j'essaye de me convaincre que c'est également mon cas. J'ai envie de me perdre dans une chatte chaude et humide pour ne plus penser à…

Je ferme les yeux alors qu'elle me prend entièrement dans sa bouche et me mouille généreusement avec sa langue pour ensuite venir dérouler le préservatif sur mon membre dressé.

Pas de préliminaires donc. C'est ce que j'aime avec Colline. Pas besoin de lui lécher le sexe pour qu'elle me laisse la prendre. Elle est franche et directe, pas une chichiteuse maniérée.

Elle m'attire en agrippant mes bras pour m'étendre sur elle. Un seul coup de reins et je la pénètre brutalement. Elle gémit et pose sa bouche sur mon épaule en passant ses longs doigts sur les étoiles qui constellent mon dos. Toutes celles qui cachent mes minuscules cicatrices, presque invisibles à l'œil nu maintenant.

Je m'enfonce en elle en soulevant ses fesses pleines dans mes mains, pendant qu'une diva de la pop chante à la radio.

« **Oh there daddy, d-daddy now you ripped my fur** / Oh, chéri, ch-chéri, maintenant tu as déchiré ma fourrure

Oh baby, b-baby be sweatin' on my hair / Oh bébé, b-bébé transpire sur mes cheveux

Took 45 minutes to get all dressed up / J'ai mis 45 minutes pour m'habiller

We ain't even gonna make it to this club / On ne va même pas le faire dans le club

Take all of me / Prends tout de moi

I just wanna be the girl you like, girl you like… / Je veux juste être la fille que tu aimes, la fille que tu aimes… »

J'enroule mon poing dans ses cheveux bruns… blonds, ses cheveux blonds, et tire dessus. Elle gémit plus intensément.

Le lit grince sous la puissance de mes coups.

Mon visage enfoui dans son cou, ma langue glisse sur sa peau, mes dents mordent sa chair, mes poumons se remplissent de son parfum, mais je m'arrête net.

– Quoi ? souffle Colline, hébétée.
– Tu… tu sens la cerise…
– Oh ça. C'est le gel douche de Carla. Il est aux fruits rouges. Tu n'aimes pas ?
Je secoue la tête et reprends mon mouvement.
Mais au lieu de ses yeux verts, pareils aux miens, ce sont de superbes joyaux bleus qui ont pris leur place. Et il y a toujours cette odeur qui me tourmente…
Putain ! Ça sent trop fort.
Je la relâche brutalement et me retire. Colline me regarde, surprise, les pupilles grandes ouvertes.
– Quoi ? Qu'est-ce qu'il y a ?
– Je ne peux pas.
Comment lui expliquer ce que moi-même je ne comprends pas ? J'ai plus envie, c'est retombé tout simplement.
Les bites doivent avoir leur propre cerveau. Pas la peine d'essayer de négocier.
– Tu veux que je te taille une pipe ?
– Non.
Je retire le préservatif et remonte mon caleçon et mon froc.
Il m'arrive quoi, là ?
Quand je remets mes chaussures, Colline m'attrape le bras.
– Ça arrive tu sais, t'es pas une machine. Ne t'en fais pas.
Je me dégage brutalement.
C'est quoi ça ? De la pitié ? J'ai pas besoin d'être réconforté, putain. Mais c'est bien de la compassion

que je lis dans son regard. Je refuse d'être consolé et surtout pas par une cinglée qui a encore plus de cicatrices sur le corps que moi.

– J'suis pas impuissant. Ferme-la. Tu comprends que dalle.

Et je repars sans un mot, sans me retourner.

***

Rouler, encore et toujours, à plein régime, pour me sortir ces conneries de la tête. C'est la première fois qu'un truc aussi dingue m'arrive. Même quand Louise m'avait presque surpris à me branler devant un *Play-Boy* à l'âge de quatorze ans, dans la salle de bains, ça ne m'avait pas empêché de jouir. Alors quoi ?

Le paysage défile à une vitesse folle autour de moi. Le grondement assourdissant de ma Speed Triple n'est pas atténué par mon casque, mais j'adore entendre son rugissement, sa rage quand je fais grincer mes gants sur l'accélérateur. Les sons fracassants qu'elle émet se répercutent en moi et me procurent un sentiment de puissance grandiose.

Je longe la côte ouest jusqu'à l'entrée de St. Raphael, puis fais demi-tour.

Vivement que je me casse d'ici, putain. C'est trop petit Mary Island et je rêve de parcourir les États-Unis, d'un bout à l'autre, à moto, avec juste mon vieil argentique Canon, mon baladeur et du whisky dans mon sac.

Mon téléphone a vibré au moins cinq fois dans ma poche alors je finis par m'arrêter sur le port de Grand Bay et m'assieds sur un des bancs de bois qui longent la plage. Ça sent le sel, la mer, les cocotiers.

Ce soir, le bruit des vagues houleuses qui s'écrasent contre les dunes me rendrait presque mélancolique.

Ce sont des conneries, tout ça. Mélancolique ? Moi ? Est-ce que je suis en train de péter les plombs ?

Je sors mon portable et fais défiler les messages : tous sont de Miguel.

T'es où ?

Ramène ta fraise. On va boire un verre sur le campus. Il y a une fête dans une fraternité.

Putain, tu ne veux pas la lâcher deux secondes ta salope, là ?

Changement de plan. Il y a un genre de feu de camp vers le vieux phare. On n'est pas invités, mais on va y aller quand même. Et devine qui y sera ?

Ta Valkyrie.

Je soupire à nouveau et me penche pour me passer la main dans les cheveux. Hors de question de la voir maintenant, ni elle, ni personne d'autre d'ailleurs.

Mais mon téléphone vibre encore. Cette fois, Miguel m'appelle carrément. Je décroche en grognant.

– Quoi !

– T'es où putain ?! On t'attend…

– J'ai pas envie de venir… Je vais rentrer chez moi.

– T'aurais tort. Elle en est à son troisième verre de vodka-cherry et ça a l'air de lui délier la langue. On va en apprendre plus sur elle ce soir, j'en suis sûr. Elle n'est plus au bar, ici on peut la faire boire comme un trou.

Je hausse les sourcils, surpris.

– Comment vous avez atterri là-bas avec elle ?

– On te racontera. Ramène ta fraise. En plus c'est cool, l'ambiance est sympa.

Miguel trouve toujours tout cool de toute façon, un peu comme M.J., quand il est dans ses bons jours.

Je suis sur le point de refuser encore quand il dit la seule chose capable de me faire changer d'avis.

– Ramène-toi, mec, j'ai eu un message de Killian. Ton frère va se pointer dans pas longtemps et il ne sera pas tout seul.

Bordel. Je peux déjà entendre le tonnerre gronder au loin et l'orage se profiler à l'horizon.

CHAPITRE 14

Madness

Mia

« **I, I can't get these memories out of my mind** /
Je ne peux pas sortir ces souvenirs de mon esprit
And some kind of madness is starting to evolve /
Et une sorte de folie commence à évoluer
And I, I tried so hard to let you go / Et j'ai…,
j'ai tellement essayé de te laisser partir
But some kind of madness is swallowing me whole,
yeah / Mais une sorte de folie est en train
de me dévorer, yeah
I have finally seen the light / J'ai finalement vu
la lumière
And I have finally realised what you mean /
Et j'ai enfin compris ce que tu veux dire
Now, I need to know, if it's real love / Maintenant,
j'ai besoin de savoir si c'est le véritable amour
Or is it just madness keeping us afloat ? / Ou s'agit-il
juste de folie qui nous maintient à flot ?
When I look back at all the crazy fights we had /
Quand je repense au passé, à toutes les folles disputes
qu'on a eues

It's like some kind of madness was takin control, yeah / C'est comme si une sorte de folie prenait le contrôle, yeah
Now, I have finally seen the light / Maintenant, j'ai finalement vu la lumière
And I have finally realised what you need / Et j'ai enfin réalisé ce dont tu as besoin
Now, I have finally seen the end / Maintenant j'ai finalement vu la fin
And I'm not expecting you to care / Et je ne m'attends pas à ce que tu t'en soucies, non
But I have finally seen the light / Mais j'ai finalement vu la lumière
And I have finally realized / Et j'ai finalement réalisé
I need your love / Que j'ai besoin d'aimer
I need your love / J'ai besoin d'aimer »

Madness, Muse

– Tu devrais y aller doucement, Mia, me dit Cora en fronçant les sourcils.

– Ne t'inquiète… pas.

Je voudrais dire autre chose, mais les mots ont du mal à sortir. Je n'ai bu que quatre verres pourtant et ils n'étaient même pas pleins. Ce n'est tellement pas une habitude chez moi d'ingurgiter autant d'alcool, que le premier verre de vodka, je l'ai presque rendu sur le sable. M.J. a ajouté du sirop de cerise dedans, parce que c'est ma saveur préférée, celle des sucettes que mon père m'achetait lorsque j'étais enfant.

Comment expliquer à Cora qu'il faut que je boive pour tenir face à eux, face aux Anges qui sont autour de moi ? Ils sont nombreux ce soir et ensemble, ils m'intimident. Heureusement qu'Isaac n'est pas là. Ce serait la goutte d'eau de trop.

Bien qu'il y ait d'autres personnes, des amis de Cora pour la plupart, impossible pour moi de faire abstraction d'eux. Surtout que M.J. ne me lâche pas, qu'Ashton me fusille du regard toutes les cinq minutes, que Miguel a bousculé un type pour s'asseoir à côté de moi et que Gabriel, avec son charme insolent, attire l'attention de toutes les filles présentes.

Comment ai-je fait pour en arriver là ? J'avais initialement prévu de rentrer chez moi, de m'enfermer à double tour pour dormir calmement en espérant que ce cinglé ne vienne pas dans ma maison, mais Cora a insisté pour me présenter à des copains à elle. Je ne connais personne ici, à part mes bourreaux, alors après avoir hésité longtemps j'ai accepté d'aller à ce feu de camp, sur cette plage inconnue. Pas une grande fête, non, juste un rassemblement d'une dizaine d'amis autour d'un feu, pour faire griller des marshmallows et boire de l'alcool.

Sauf que Gabriel a entendu notre conversation. Et qu'il s'en est mêlé, au grand dam de Cora qui s'est un peu énervée.

– Qu'est-ce que ça peut te foutre, là où on va ? lui a-t-elle rétorqué.

– On pourrait venir avec vous.

Cora s'est étranglée.

– Tu plaisantes ou quoi ? Depuis quand tu m'accompagnes quand je me rends quelque part ? En plus, tu détestes mes amis.

Gabriel a louché sur moi avant de répondre.

– Ça dépend. On vient.

Cora, qui me semble être d'une nature très calme, a pourtant failli lui hurler au visage.

Nous sommes sortis du Rubis pour rejoindre sa voiture alors que les Anges grimpaient déjà sur leurs motos pour nous suivre. Mon angoisse avait redoublé d'intensité.

En résumé, je passe une soirée avec eux sans qu'on m'ait réellement demandé mon avis. Génial.

De plus, j'ai cru comprendre que Cora connaît Gabriel bien plus qu'elle n'a voulu me le dire.

– Et donc ? Gabriel ? J'ai demandé dans la voiture.

Cora s'est mordu la lèvre inférieure.

– Gabriel est… mon demi-frère.

J'en suis restée coite.

– Pardon ?

– Ma mère a eu un enfant avec un homme il y a vingt-trois ans. Ils se sont séparés et elle s'est remariée avec un Italien, mon père, qu'elle a aussi quitté, pour revenir s'installer ici. Bien sûr, elle m'avait eue entre temps. Et depuis cinq ans, elle s'est remise avec son ex, le père de Gab. Ils sont de nouveau mariés et ont eu ma petite sœur. Bref, la vie de ma mère est un véritable feuilleton.

Le temps d'assimiler, je n'ai rien trouvé à répondre.

Ainsi donc, la directrice de ce centre pour jeunes que j'ai rencontré la dernière fois est la mère de Cora ?!

Elle aurait quand même pu être honnête dès le début et me dire qu'un de mes bourreaux était de sa famille ! Son frère tout de même, ce n'est pas rien.

Cora a tenté de se rattraper alors que nous approchions de la plage en question.

– Gabriel et moi… on ne s'entend pas très bien, tu sais. Il est proche de ma mère, pas moi. Nous nous évitons la plupart du temps. En plus, je n'aime pas trop les Anges. Je ne leur parle pas.

– Comment tu peux ne pas t'entendre avec lui, c'est ton frère ?

Moi qui suis très fusionnelle avec ma sœur, j'ai du mal à comprendre cet état d'esprit.

Elle a haussé les épaules, sans répondre.

Je n'ai pas posé plus de questions. Moi non plus je n'aimerais pas qu'on m'en pose sur ma famille.

– T'en reprends ?

M.J. me tend la bouteille de vodka, me ramenant à l'instant présent.

Je secoue la tête, refusant toujours de lui adresser la parole. Ils m'ont tous humiliée aujourd'hui, pas seulement Isaac. Pourtant, depuis presque deux heures que je suis là, ça se passe bien mieux que je ne le pensais. Peut-être parce que l'alcool m'aide à me détendre et à chasser la tension qui m'anime ? Ou parce qu'ils ont l'air moins méchants que d'habitude ?

Gabriel, si froid et implacable d'habitude, rit de bon cœur avec deux amies de Cora, qui elle, soit dit en passant, ne rit pas du tout. Mais bon, il a pas mal bu aussi.

Miguel m'a brusquement arraché ma brochette des mains pour y enfiler deux marshmallows.

– Tu ne sais même pas t'y prendre. Regarde.

Il les glisse sur le bâton en bois et me montre comment les griller au milieu des flammes qui s'élèvent au centre de notre *bande*. Je la lui enlève des mains et le fusille du regard. Il soupire.

Ashton allume une cigarette et s'appuie au tronc d'un des arbres morts qui ont été disposés autour du feu. Il me fixe et parle en secouant la tête. Pas une de ses mèches de cheveux ne bouge quand il fait ça. Je suis sûre qu'il met une tonne de gel ou de mousse coiffante pour les faire tenir.

– Arrête, Freckles… C'était une petite blague de rien du tout, au cours d'art. Juste pour te souhaiter la bienvenue, mais à notre manière. Tu ne vas pas nous faire la tête indéfiniment.

– Indéfiniment, peut-être pas, ça dépend si vous continuez vos conneries, mais un bon moment, c'est certain, je marmonne tout bas.

Mais il m'a entendue.

– Zac risque d'être renvoyé à cause de cette histoire, poursuit-il.

– Et c'est mon problème, ça ? je réponds, cette fois vertement.

Miguel prend ma main et la dirige vers le feu. Il fait tourner ma brochette un instant au-dessus des flammes et porte la guimauve à sa propre bouche en soufflant dessus.

– Te gêne pas, Ortiz.

Il me fait son sourire de tombeur latino et me tend ensuite la brochette. Mais je ne mords pas dedans et me retourne pour finir mon verre.

Bois, Mia. Ça te donnera du courage pour les affronter.

L.A., qui est là également, se lève tout à coup en criant, avec M.J. qui lui court après. Elle s'enfuit en riant, pieds nus, alors qu'il essaye de l'attraper.

Il y a un joyeux brouhaha autour du feu et les flammes dansent sur nos visages. Je ne sais pas si c'est vraiment comme ça ou si c'est l'alcool qui me fait voir tout en rouge, mais ils sont tous plus écarlates que la normale à mes yeux.

J'ai chaud et pourtant il fait bon. Une brise souffle sur la plage et la mer toute proche charge l'air de sel. Le paysage est magnifique de ce côté de l'île, on y a une vue incroyable sur le Pacifique Sud. Le ciel noir d'encre est dégagé et un millier d'étoiles brillent au-dessus de nos têtes. La surface de l'eau est tout aussi noire et l'horizon se confond à lui-même. C'est terriblement beau.

– Tu es mélancolique, Gilmore ?

Je ne réponds pas à Ashton qui, étonnamment, se montre bien plus gentil que d'habitude avec moi.

Il est 4 heures du matin et je n'ai plus envie de me disputer avec personne, avec Isaac ça m'a suffi.

– Tu as autant de grains de beauté qu'il y a d'étoiles ce soir, me dit l'autre nonchalamment.

Il tourne sa brochette au-dessus des flammes et ne me regarde pas. Je ne sais pas trop comment prendre ce qu'il dit. Serait-ce une flatterie ? Une simple remarque ? Une moquerie ?

Il se met à rire.

– Tu es tellement sur la défensive que même quand on te complimente, tu ne dis pas merci.

– Normal, vous ne savez pas du tout faire de compliments, je ronchonne.

– Tu préférerais qu'on te surnomme la grosse ?

Il me provoque, maintenant, son sourire narquois ne le montre que trop bien. Mon verre pourrait bien finir encastré dans la tête de cet idiot.

– Et toi, tu préférerais que je t'appelle p'tite bite ?

Les yeux d'Ashton sortent de leurs orbites. Il ne s'attendait pas à une réponse comme celle-là.

Miguel explose de rire et Gabriel aussi. Ce dernier rit tellement, qu'il finit par s'allonger dans le sable en posant sa tête sur une fille qui se nomme Joanna, complètement plié en deux.

Leurs réactions sont contagieuses et bientôt, ce sont toutes les personnes présentes qui se mettent à rire, même Cora. Un sourire malicieux se dessine sur mon visage.

– On s’amuse bien à ce que je vois.

Je m’étrangle presque en entendant ce timbre de voix, reconnaissable entre mille.

Et merde.

Isaac me contourne pour aller s’asseoir sur un des troncs de bois, en face. Mais qu’est-ce qu’il fait là ? Je croyais qu’il avait un truc de prévu ?

– Zac ! Génial, t’es là, lui dit Gabriel en lui tendant la bouteille de vodka. On t’attendait pour boire un coup.

Il rit et porte le goulot à sa bouche.

Je détourne le regard vers L.A. et M.J. qui courent dans les vaguelettes sur la plage en s’éclaboussant alors qu’Isaac me fixe sans un battement de cils en s’installant près d’Anthea.

Ne pas penser à ses yeux si perçants ni à son sourire dévastateur. Et encore moins à ses mains rugueuses qui ont essayé de m’étrangler ce soir.

Bois, Mia.

Une vodka, puis une deuxième et une troisième en plus de celles que j’ai déjà bues au cours de la soirée.

La nausée me monte et encore plus lorsque je le vois discuter, comme un vrai gentleman, avec une amie de Cora. Il ne cherche pas à l’étrangler, elle, ne la regarde pas de travers non plus et semble même l’apprécier.

Je tends mon verre à M.J., qui est revenu s’asseoir, et le laisse le remplir. Cora nous scrute d’un regard désapprobateur.

Oh ça va, on est jeunes, pas la peine d'en faire toute une histoire. Je sais que je n'ai pas le droit, mais elle non plus n'a pas l'âge et elle en est à son deuxième. En plus, je me sens alanguie et à l'aise.

– Alors comme ça, tu es douée en dessin ? me demande M.J. en portant la bouteille à sa bouche pour boire une gorgée.

Je hausse un sourcil, un peu surprise qu'il essaye de me faire la conversation, à moi.

– Ton copain a dû te montrer mon carnet. Pourquoi tu poses la question ?

– J'sais pas, j'essaye de me montrer gentil, c'est tout.

Il hausse les épaules et moi l'autre sourcil. Parfois, il est tellement franc que c'en est déstabilisant.

Je me radoucis, fatiguée d'être constamment sur la défensive. Il faudrait que je me lâche un peu, même si je ne dois pas faire de faux pas pour ne pas me faire remarquer. Une nouvelle vie passe d'abord par l'anonymat le plus complet et c'est ce dont j'ai envie : une existence neuve, sans histoires, normale, quoi.

– J'ai toujours aimé griffonner. Ça vient de ma mère. Elle était peintre.

– Était ? Pourquoi, elle a arrêté ?

Je me mords immédiatement la lèvre en comprenant ma bêtise. Mais M.J. ne relève pas et reprend comme si de rien n'était.

– Je sais pas dessiner, moi. J'ai jamais su. Mon dada c'est les sciences.

– Et le cinéma, j'ajoute pour lui faire oublier ma mère. N'est-ce pas, Dark Maul ?

– Sérieusement, Mia, tu me vois vraiment comme un apprenti du mal absolu ?

Je ris et finis ma vodka-cherry. La tête m'en tourne.

– Bah, t'as autant de marques que lui alors…

– Non, j'ai des tatouages, moi. Lui, il a des marques. Et en plus, si je suis Dark Maul, ça fait d'Isaac, Dark Sidious, mon maître incontesté.

Il rit et je ne sais pas pourquoi, moi aussi.

De l'autre côté du feu, Isaac, qui vient de refuser un verre, me regarde en plissant les yeux. Il me fatigue, lui.

Je décide de l'ignorer et me retourne vers M.J. qui enlève sa veste.

– J'ai chaud.

– Pareil…

Ma voix est traînante, j'en ai conscience. Peut-être que je devrais m'arrêter là ?

– Je te fais de l'effet ?

Il hausse plusieurs fois les sourcils en me lançant un sourire carnassier.

– Absolument pas.

C'est vrai qu'il est craquant. Bon, plus que craquant, mais je suis en colère contre lui alors je n'admettrai rien du tout.

– T'es sûre ?

– Tu m'énerves de t'façon. Vous êtes… de t'façon, je suis en colère.

Je fais la moue.

Miguel rit et se mêle à notre intermède. Il m'attrape le menton alors que je fais ma mauvaise tête.

– Tu perds déjà tes mots, Gilmore. On dirait une gamine. Pourquoi tu es fâchée, là ?

Je me débats pour qu'il me lâche. Mauvaise idée, tout se met à tourner autour de moi. Les flammes dansent et se mélangent au paysage devant mes yeux. J'en perds l'équilibre et glisse du rondin de bois pour me retrouver les fesses dans le sable.

Miguel part dans un rire moqueur, Ashton le suit.

– C'est bon, tu es officiellement saoule.

– N'importe quoi…

Je cherche mon verre des mains, mais tout à coup, du sable glisse dans mon haut.

– Hé !!!

M.J. est en train de m'en mettre partout. Je saute sur mes pieds, en me dandinant dans tous les sens, pour me remettre debout, mais il me tire vers lui par mon chemisier et le monde bascule soudain devant mes yeux.

– Attention, tu vas finir dans le feu !

Je tombe en arrière, presque au ralenti, l'entraînant avec moi et me retrouve en tête à tête avec les astres au-dessus de nous. Il a amorti ma chute et je reste étalée là, en étoile de mer.

Il s'époumone.

– Eh ! Tu m'écrases !

Je ne sais pas si je suis folle, mais je suis prise d'un fou rire incontrôlable.

– Eh ! J'ai une idée ! s'exclame Gabriel. Allons nous baigner !

Il a déjà enlevé son T-shirt. Miguel s'approche de moi, mais alors que je crois qu'il va m'aider, il attrape mes mains et me balance sur son épaule comme un vulgaire sac. Mon rire s'étouffe dans ma bouche et se transforme en une succession de couinements.

– Mais… Eh !!

Je suis ballottée dans tous les sens alors qu'il sprinte vers les vagues en m'emportant.

– Mig…

Pas le temps de protester davantage que je me retrouve violemment projetée en arrière. L'eau froide me saisit et annihile mes sens, mon corps se raidit. Je commets l'erreur d'ouvrir la bouche et frôle la noyade de peu. Il m'en rentre de partout : par le nez, les oreilles. Je me débats et remonte à la surface en inspirant profondément.

– Espèce de… !

– Ta gueule, Gilmore ! Elle est bonne.

On m'éclabousse encore et tout autour de moi, des cris et des rires s'élèvent alors que je m'essuie le visage de la main et tousse après avoir bu la tasse. J'ai l'estomac à l'envers et suis à deux doigts de vomir.

Je me traîne jusqu'au rivage à quatre pattes et pose mes fesses dans le sable mouillé pour reprendre mon souffle.

Ils se sont tous jetés à la mer. Ils poussent des cris assourdissants en s'éclaboussant les uns les autres. Il n'y a que Cora et un ami à elle qui soient restés autour du feu.

Isaac et M.J. sont en train de se battre gentiment dans l'eau. Ils rient et se chamaillent comme des gosses. Et bien sûr, ils sont tous torse nu et les filles sont en sous-vêtements. Je suis la seule à avoir trempé mes habits.

M.J. a bien plus de tatouages qu'Isaac, que n'importe qui d'autre d'ailleurs. Mais d'habitude, si Isaac est très habillé, là, torse nu et en boxer, je vois tout ce que je ne pouvais pas voir avant. Ma mâchoire s'en décroche. Il a des jambes musclées et fermes, un corps dessiné comme ceux des magazines, ce V qui se forme sur le bas de son ventre et le léger duvet qui y court ajoutent encore plus de charme et de masculinité à sa personne. Et cette bosse sous son caleçon… Mes joues s'empourprent face à cette vision quelque peu… érotique…

Il attrape M.J. par les pieds pour le faire tomber et rit à gorge déployée. Je ne l'ai jamais vu rire comme ça devant moi, jamais. Ça me paralyse ; il a l'air si franc et naturel avec ses amis, pas un poil agressif. Et c'est encore plus flagrant quand il fanfaronne avec M.J., la façon qu'il a de le regarder, comme un grand frère, de le couver des yeux.

Dans les brumes de mon cerveau, j'ai l'impression de distinguer des étoiles un peu partout dans son dos, mais je n'en suis pas certaine. En revanche, il y a bien ces petites ailes tatouées sur son torse.

Il fait sombre, j'ai trop bu et ne vois pas bien, mais il me semble qu'Anthea et L.A. en ont, elles aussi, dans le dos et sur les épaules. Des tatouages bien plus imposants que ceux des garçons.

– Tu fais quoi, Gilmore ?!

Ashton m'éclabousse en m'envoyant de grandes gerbes d'eau pour me faire revenir sur terre.

– Il fait trop froid ! je lui crie.

Une minute, quoi ?! Je viens de parler avec Ashton ? Celui qui m'assassine du regard depuis une semaine ?

– Fais pas ta chochotte !

Il replonge en entraînant L.A. avec lui.

Isaac se retourne alors pour m'observer.

– T'es même pas cap de venir te baigner avec nous, Gilmore ?

Et il se rejette à l'eau sans attendre ma réponse.

– Imbécile ! je hurle.

Mais je reste là une minute à les contempler qui s'amusent, avant de me relever, d'enlever mes vêtements à la va-vite et de les jeter sur le sable pour m'engouffrer dans la mer glaciale. Il fait nuit noire, il y a à peine un rayon de lune et personne ne me regarde vraiment. Alors je me lance et plonge la tête la première. Elle est très froide, mais je m'habitue vite. Charlène, une des amies de Cora, m'éclabousse, je fais de même et nous rions ensemble.

Qu'est-ce que c'est bon d'être insouciante parfois, j'ai l'impression de retrouver ma liberté de vivre, celle d'une jeune fille normale.

Lorsque, tout à coup, on me tire par les pieds. Mon corps s'enfonce dans l'eau salée, je me débats, mais les cris et rires des autres couvrent les miens. Je ferme les yeux et clos la bouche quand des mains me retournent par les chevilles avant de m'enserrer les poignets.

Sous l'eau, les bruits sont atténués, les sons à la surface ne m'atteignent plus et je suis comme dans une bulle, en apesanteur. C'est une pression sur ma peau qui me fait ouvrir les yeux. Ils me brûlent.

À cause du sel qui y pénètre ? Ou parce que je le fixe, lui ?

Je me retrouve en face de lui, à le fixer. Mon cœur s'emballe et un tourbillon d'émotions m'envahit. Un rayon de lune traverse l'eau et se reflète sur nous. Mes sentiments sont confus : de la peur, ou du plaisir ? Ce qui est sûr, c'est que la baignade m'a un peu dégrisée et que maintenant, je suis parfaitement consciente de ce que je fais.

Quand Isaac me tire vers lui, allez savoir pourquoi, je me laisse faire et enroule mes jambes autour de son bassin.

C'est officiel, j'ai un grain.

Le magnétisme qui se dégage de lui est très fort, c'est certain, mais ça ne peut pas être suffisant pour me faire perdre la tête, si ?

Impossible, même à travers l'eau, de ne pas sentir ses doigts qui remontent le long de mes cuisses nues jusqu'à mes hanches. Les brûlures qu'ils laissent sur ma peau me font trembler. Mes mains se posent sur son torse pour le faire reculer, recouvrant ses ailes par la même occasion. Je sais que je devrais le faire, le repousser, m'enfuir, mais pour une raison inconnue, je n'y arrive pas. Pourquoi devrais-je fuir ? Deux parties de mon cerveau ont, en quelques secondes, le temps de se battre en duel.

Il fait sombre, ses yeux sont plongés dans la noirceur, mais je distingue les contours de son visage quand il se rapproche.

À tambouriner comme ça, je suis sûre que mon cœur pourrait créer un gigantesque tsunami autour de nous.

Il m'est difficile d'ignorer ce sentiment qui embrase tout mon être à l'instant où ses lèvres touchent les miennes. Serait-ce du désir ?

Comme une automate, je referme les bras autour de son cou, alors qu'il me soulève pour me coller contre lui.

J'ouvre la bouche et des bulles s'échappent vers la surface avant qu'il ne vienne poser sa bouche contre la mienne, frémissante.

Mon ventre se tord dans une chaleur insupportable. Qu'est-ce que c'est que ça ?

Me tétons durcissent au moment où sa langue fiévreuse touche la mienne. Il souffle dans ma bouche, m'envoie de l'air que je prends et enfonce ses doigts dans ma chair.

Cet échange est mouillé, salé et légèrement piquant, mais l'intensité qui s'en dégage me donne le sentiment qu'il pourrait bien s'agir là de mon véritable premier baiser.

Personne ne m'a jamais embrassée comme lui le fait, en tout cas je n'ai jamais rien ressenti de semblable avant ça. Une myriade d'émotions me prend aux tripes. Un frisson me saisit depuis la plante des pieds et court jusqu'à la pointe de mes cheveux. Je me laisse porter par la vague, par l'onde de plaisir que ce baiser fait naître en moi, et en oublie presque qui m'embrasse, où je suis et pourquoi j'y suis. Quand les bras d'Isaac se referment autour de moi pour me presser contre lui, mes doigts glissent dans sa chevelure.

Ses lèvres sont salées, douces et chaudes. Complètement assourdie, je ne perçois rien de ce qu'il se passe autour de moi et n'entends plus un traître son, comme si mes tympans avaient éclaté. Hormis la chaleur qui bouillonne dans mon ventre, la seule sensation qui me parvient se trouve entre mes jambes : son boxer a doublé de volume et je le sens… mais c'est une vague énorme qui me sort de mon utopie.

Nous sommes poussés violemment et, sans le vouloir réellement, je me détache de lui, les bras et les pieds en avant, comme une poupée morte. Il tend les mains vers moi, les yeux grands ouverts, mais est emporté en sens inverse.

Le réveil est brutal.

Je bats des mains et des pieds pour remonter à la surface et flotter au milieu des vagues. À l'air libre, j'ouvre grand la bouche pour respirer à pleins poumons tout en regardant, affolée, autour de moi.

Les autres jouent toujours sans se douter de ce qu'il vient de se produire.

J'ai du mal à croire que je suis restée en apnée si peu de temps alors que cela m'a semblé durer une éternité.

M.J. s'approche et m'ébouriffe les cheveux, mais je suis encore trop choquée par ce que je viens de faire pour l'envoyer balader.

– Ça ne va pas ?

Je veux croire que si j'ai les yeux rougis c'est par le sel et l'eau de mer, pas par les larmes qui menacent brusquement de couler.

J'ai toujours le chic pour embrasser celui qu'il ne faut pas et pour me mettre dans ce genre de situation. Maintenant, il va penser qu'il peut m'avoir, que je l'ai allumé et qu'il m'intéresse. Je suis en train de revivre la même histoire, de refaire la même erreur, la même folie.

– Mia ?

M.J. pose une main sur mon bras, je me dégage brusquement pour sortir. Plus envie de baignade. Ni de rien. Je veux juste rentrer chez moi pour retrouver mon lit.

Je sors en trébuchant presque de l'eau et essuie rageusement les larmes qui coulent sur mes joues ; au milieu des gouttes qui ruissellent sur ma peau, elles passent inaperçues.

Il me rattrape.

– Eh, attends, moi aussi j'ai froid maintenant.

Je détourne les yeux de son corps pour ramasser mes vêtements. J'enfile mon short par-dessus ma culotte de coton trempée, tout en secouant mon chemisier en plumetis pour le débarrasser du sable qui y est collé. Une fois cela fait, je remonte vers le feu de camp sur la dune au milieu des oyats et autres plantes arénicoles.

Mais en approchant, je constate que Cora et son ami ne sont plus seuls. Il y a avec eux deux autres garçons, et trois filles aussi, qui n'étaient pas là tout à l'heure.

L'un d'eux est black, avec le crâne rasé, un look de baroudeur sexy, il rit avec Cora. Tiens donc, il doit lui plaire, celui-là. Le deuxième est plus grand, plus séduisant encore, avec un labret[29], un anneau à l'oreille et une multitude de tatouages. Il est torse nu et son T-shirt est jeté sur une de ses épaules ; ses chaussures sont défaites et traînent à côté de lui. Il roule du tabac, concentré sur sa tâche, quand j'arrive.

Cora se retourne vers moi.

– Ah, Mia, voici Amanda, Chelsy et…

Je n'écoute plus. Les filles qu'elle me présente sont inintéressantes. Lui, en revanche, est intimidant et captivant. Il a relevé les yeux vers moi et son regard de jade est aussi tétanisant que celui de Zac.

Je reluque sans m'en rendre compte chacun des muscles de son corps et les tatouages qui y sont dessinés.

– Killian.

– Mickael.

29 Piercing à la lèvre inférieure.

M.J. pose une main dans mon dos nu, ce qui me fait sursauter. L'attention des garçons est rivée sur ma poitrine offerte dans un soutien-gorge basique et noir, à balconnets.

Alors seulement, le rouge aux joues, je me retourne pour remettre mon chemisier.

– Killian est le frère de Zac, m'indique M.J. tout sourire.

J'ai un mouvement de surprise et en reste presque bouche bée.

– Quoi ?

Il n'était pas fils unique ?

Les autres ont rejoint le bord et Isaac passe les deux mains dans ses cheveux en se dirigeant vers nous. Je refoule les frissons qui me parcourent et me détourne pour essorer ma chevelure.

Tout le monde rit, blague, salue les nouveaux arrivants. Les garçons ont l'air imperceptiblement tendus.

Je m'assieds près de Cora et lorsqu'une des filles, Ambre je crois, se lève, mon regard s'attache à ses jambes vertigineuses. Elle file droit vers Isaac et l'enserre de ses bras.

– Bonsoir mon amour, minaude-t-elle.

Sans attendre davantage, elle se penche sur lui et l'embrasse fougueusement. Cependant, il ne se laisse pas aller à cette démonstration d'affection et garde les yeux grands ouverts tout en me fixant.

Mon cœur s'emballe et je détourne brusquement le regard pour observer les flammes, incapable de me réchauffer. J'entends leurs crépitements et le bois qui se fend au centre de ce brasier. Plus rien ne peut se briser à l'intérieur de moi, alors quel est ce sentiment ?

M.J. se penche vers moi et me murmure quelques mots au creux de l'oreille.

– Ambre, c'est la petite amie d'Isaac. Ça va faire presque un mois qu'ils sont ensemble.

Je ferme les yeux et serre les poings.

Espèce d'idiote. Tu te fais avoir encore et toujours, à chaque fois.

Ma main vient se poser sur celle de M.J.

– Ressers-moi à boire, s'il te plaît.

CHAPITRE 15

Les abîmes du plaisir

Mia

« Tout comme il y a deux versions à chaque histoire, il y a deux versions à chaque personne. Une version que nous révélons au monde et l'autre que nous gardons cachée… Une dualité gouvernée par l'équilibre de la lumière et de l'obscurité. Chacun de nous a la capacité d'accomplir le bien et le mal, mais ceux qui sont capables de brouiller la ligne de division morale détiennent le vrai pouvoir. »

Revenge[30]

– Mia ! Mia !

Mon oreiller plaqué sur la tête, je tente d'étouffer les cris de Luke derrière la porte d'entrée.

Un cumulonimbus géant doit avoir élu domicile dans la partie haute de mon crâne.

– Mia ! C'est Luke ! Tu es là ?

---

30 Série télévisée dramatique créée par Mike Kelley.

Je ne me lève pas et ne réponds pas non plus.

Plus tard, Luke. Aujourd'hui, j'ai juste envie de rejoindre le monde des rêves, parce que quand on dort, personne ne nous parle, il fait bon sous la couette, le monde entier nous laisse tranquille. Je ne veux pas me lever, car dès que je soulève mes paupières lourdes, je repense à la nuit d'hier et c'est horrible.

Ce baiser, bon sang ! Ce baiser…

Il était au-delà de tout ce que j'ai connu dans ma vie, au-dessus du possible, complètement hors de la réalité.

En plus, il me déteste, non ? J'ai probablement rêvé. Après avoir bu tout mon saoul pour ne plus voir Isaac bécoter cette blonde et ne plus entendre les blagues lourdes de M.J., j'ai vomi dans la Maserati de Cora.

Je ne sais plus comment j'ai atteint mon lit, mais ce qui est sûr, c'est que j'ai gerbé dans la voiture de la seule personne qui aurait pu être mon amie, ici.

Luke s'affaire derrière la porte, puis après quelques minutes, sa Jeep démarre dans un grondement assourdissant : il s'en va.

Je lui parlerai plus tard, sûrement ce soir avant d'aller au Rubis.

Un miaulement retentit soudain.

Minuit est à la maison. Il grimpe quatre à quatre les marches de l'escalier-bureau, pour venir s'installer confortablement sur moi. Je le chasse de la main et tire la couverture sur ma tête, mais il est tenace et revient aussitôt. J'abandonne.

C'est agréable d'avoir un chat, il faut le reconnaître, même si celui-ci n'est pas le mien et si je vais devoir le rendre un jour à son propriétaire.

Il a fait pipi dans le salon deux fois, je devrais acheter une litière, mais cela voudrait presque dire qu'il vit ici. Cependant, il semble si bien dans cet endroit, qu'il pourrait bien rester un moment sans que cela ne me dérange.

Mon mal de crâne se renforce ; il me faut un cachet pour faire passer la douleur. Avec paresse, je tire mon téléphone vers moi et y jette un coup d'œil : il est 11 heures. Il y a deux appels manqués de ma mère et je décide que je rappellerai plus tard.

Pour l'instant, il faut que je sorte du lit. J'avais prévu de faire les magasins, mon armoire crie à l'aide tellement elle est vide.

***

Douchée, changée et nourrie, mon vieux sac en toile sur le dos, je marche jusqu'en haut de ma rue sous un soleil éclatant, une de mes fameuses sucettes à la cerise dans la bouche. Quand j'arrive devant chez Luke, il est sous sa véranda, au téléphone, une bière à la main, et se balance sur son rocking-chair.

Je remonte mes lunettes de soleil et les cale dans mes cheveux.

– Salut !

Il raccroche.

– Salut, gamine. Pardon, M-i-a.

Houlà, il a l'air d'une humeur de chien et de quelqu'un qui ne s'est pas rasé depuis une semaine. Je remonte les marches de sa véranda en mâchouillant ma sucette nonchalamment.

– Je dormais quand tu es passé.

– Tu es sortie hier soir ?

– Oui, avec des amis.

Il fronce les sourcils.

– Tu sais que tu n'as pas l'âge de boire, Mia, et pas question de t'attirer des ennuis ici. Il faut que tu fasses profil bas. Si tu te fais arrêter par les flics…

Je soupire bruyamment, exaspérée d'être couvée de la sorte.

– Je ne vais pas me faire arrêter. Et puis c'est bon, personne ne me connaît dans cette ville.

– Je sais et il faut que les choses restent telles qu'elles sont.

Aucun de nous ne parle pendant quelques minutes, avant qu'il ne reprenne.

– Je vais retourner travailler, là. Tu veux qu'on mange ensemble, ce soir ?

– Je bosse, Luke.

– Demain, dans ce cas ? Tu pourrais passer la journée ici. Enfin, sauf si tu as des trucs prévus avec tes camarades.

Il y a tant d'espoir dans sa voix que je soupire doucement et finis par lui renvoyer un sourire chaleureux.

Je n'ai pas vraiment d'amis en fait, alors…

Il fait tant de choses pour moi et il est ma seule famille dans cet endroit.

– D'accord. Je ferai le repas. Je cuisinerai. Qu'est-ce que tu aimes ?

– Tout.

Je compte repartir quand il répète qu'il part travailler. Nous faisons alors le trajet dans sa Jeep et il me laisse au grand centre commercial en bord de la ville. Au moment où je vais pour sortir de la voiture, il me tend sa carte de crédit.

– Tiens, fais-toi plaisir.

– Pardon ? Mais tu es complètement cinglé ou quoi ? J'ai des sous.

– S'il te plaît. Je suis ton oncle, je ne t'ai pas vue grandir. J'ai envie de te faire plaisir. Ne le fais pas pour toi, fais-le pour moi. Considère ça comme mon cadeau pour tous les anniversaires et les Noëls que j'ai manqués. J'ai un plafond assez haut, vas-y.

Je secoue la tête, abasourdie.

– Mais Luke…

– S'il te plaît A… Mia. Pour moi ? Achète ce que tu veux. Je ne fais pas vraiment les magasins, moi.

Je soupire longuement avant de me pencher et lui effleurer rapidement la joue d'un baiser. Mon cœur s'est emballé, mais Luke fait comme si de rien n'était et me pousse presque dehors. Mes doigts attrapent la carte et je saute à terre.

Je ne me permettrai jamais de dépenser toutes ses économies dans des choses inutiles pour moi. En revanche, s'il ne fait jamais les boutiques, je peux lui prendre des trucs pour lui.

Une cinquantaine de magasins s'offrent à moi. Par où commencer ?

Je m'engouffre dans le premier qui m'attire : une enseigne J. Crew que je dévalise carrément, avec MON argent. Jeans, chemisiers, petits tops, shorts : de quoi vivre sous trente degrés en moyenne toute l'année. Non pas que je vienne du froid, j'ai grandi dans la Sun Belt au bord du Pacifique, quand même, mais je ne portais jamais d'habits courts ou décolletés, parce que je n'avais pas le droit, ou que ça ne plaisait pas.

Aujourd'hui, je fais ce que je veux et je sens monter en moi une bouffée de rébellion.

La vendeuse, qui me voit emportée par mon élan de sérial shoppeuse, se met entièrement à ma disposition.

Elle me conseille et me fait essayer toutes sortes d'articles : une chemise en jean et une jupe crayon. Je n'ai jamais porté ce genre de choses et encore moins la combinaison fluide à motifs géométriques noir et orange, très déstructurée, ni le smoking cintré pour femme accompagné de sa petite chemise blanche, qu'elle me propose. Très masculin-féminin, j'adore et ça me va. Elle réussit à me convaincre de prendre une robe bain de soleil et une autre en jersey gris, un perfecto en cuir et une jupe en jean, aussi.

En un seul magasin, j'ai claqué pratiquement tout mon budget. Mais bon sang, qu'est-ce que ça revigore de dépenser un peu d'argent dans des vêtements ! J'avais oublié l'effet push, jouissif et zen que ça engendre sur mes hormones féminines. Mieux que le yoga, mieux que tout. Rien de tel que le shopping pour me faire décompresser. Dommage qu'Arizona ne soit pas avec moi.

Je visite quelques boutiques de bijoux, accessoires, chaussures, mais à part des sandales, je n'achète rien d'autre. Si je peux, le mois prochain, j'investirai dans un nouveau sac. En revanche, j'ai besoin d'escarpins pour aller avec la petite robe noire que j'ai choisie pour me rendre à l'opéra. Une paire de chaussures écaille en soldes, noires, de Manolo Blahnik, me fait de l'œil, je ne résiste pas et saute sur l'occasion. Elles sont magnifiques et me coûtent une semaine de salaire, mais je les garderai longtemps. Pour faire plaisir à Luke, j'en paye la moitié avec sa carte.

Au milieu de ma tempête shopping, je prends une pause vers 15 heures pour déjeuner dans une cafétéria, avant de me remettre frénétiquement en quête d'une enseigne de fringues pour hommes à peu près correcte. Fini les boutiques du style « cow-boy moderne » ou « dandy en cardigan », qui ne lui iraient pas du tout, il faut que je lui déniche des vêtements masculins qui en jettent sans en faire trop. Je finis par mettre la main sur ce que je cherche ; entre T-shirts, jeans, vestes et chemises, je prends un peu de tout, ne sachant pas quoi choisir exactement, il mettra ce qu'il veut. La vendeuse arbore une expression attendrie quand je lui dis que je fais les magasins pour mon père. Pas envie d'étaler ma situation familiale. En même temps, elle pensait que c'était pour mon petit ami. Déjà, est-ce que j'ai l'air d'avoir quelqu'un dans ma vie ? Une pauvre fille paumée comme moi, habillée en noir, un jour de grand soleil. Puis, si je voulais faire plaisir à un quelconque petit ami, croit-elle vraiment que je viendrais dans une boutique comme celle-là ?

Non, j'irais dans une de celles qui vendent du jean à foison, du cuir et du…

Bon sang ! Mais est-ce qu'il va sortir de ma tête, oui ?!

Ma bonne humeur un peu retombée, je quitte le centre commercial avec tous mes sacs pour aller faire les courses au supermarché.

Mon caddie en main, déjà plein de mes sacs, je parcours les rayons à la recherche des ingrédients pour préparer un superbe repas à Luke, demain. Il dit qu'il aime tout, mais bon, c'est un homme de la quarantaine, qui vit tout seul et qui a l'habitude des steaks-frites au dinner du coin.

J'aime bien cuisiner. J'aimais bien tester de nouvelles recettes avec Arizona et ma mère. C'était notre moment et la cuisine était notre repaire. Toute notre vie se faisait dans cet endroit.

Après quelques minutes à tourner en rond, je me décide pour une recette de crevettes au lait de coco, accompagnées de riz et de petits légumes, que faisait ma mère. C'est bien, ça, c'est consistant.

Quand je tends la main pour prendre la boîte de riz, une autre l'attrape avant moi. Je m'apprête à fustiger l'inconnu, mais perds l'usage de la parole lorsque je vois Isaac devant moi. Il agite le paquet en l'air et me lance un sourire scandaleux.

Il porte un simple T-shirt blanc, col en V, aux manches courtes, qui laisse apparaître tous ses tatouages, un jeans stone, pas le genre de pantalon à mouler les bijoux de famille, mais un vrai bas de mec, tombant sur ses hanches, avec des éraflures ici et là, et des baskets en cuir noir. Pas de bottes de moto, pas de veste en cuir, pas de noir à part les chaussures : c'est troublant. Ça le rend moins… sombre. Ses cheveux forment des mèches pointues et éparses par-ci, par-là et il a une barbe naissante bien dessinée.

Il dégage une sensualité démesurément attractive et sent le propre, comme s'il sortait à peine de sa douche, ce qui me fait faire un pas en arrière. Les gens qui paraissent frais à toute heure de la journée, comme ça, m'ont toujours intriguée. Comment font-ils ?

De plus, il a ce rictus insolent qui creuse des fossettes dans ses joues ; ce sourire à faire mouiller les filles sans qu'il ait besoin de les toucher.

– Tu cuisines ce soir, Gilmore ?

Mon cœur se met à jouer du tambour et mes membres tremblent, comme d'habitude. Mais je me reprends très vite et lui arrache la boîte des mains.

– Rends-moi ça. Tu me suis ou quoi ?

Il rit en se mordant la lèvre. Je meurs.

– Peut-être. J'aime bien t'observer.

Je lève les sourcils, perplexe.

– Pourquoi ?

Et lui hausse les épaules.

– Honnêtement, je n'en sais rien. Tu es inintéressante au possible, mais je crois que c'est justement ça qui m'intrigue. Je n'ai jamais vu quelqu'un d'aussi insignifiant.

En disant ça, il me regarde avec tant de sérieux que j'en plisse les yeux.

– Ton baiser disait le contraire.

Mais au moment où ces mots sortent de ma bouche, je le regrette.

Oh mon dieu ! Faites que je n'aie pas dit ça…

Un sourire étire lentement le coin de ses lèvres et je détourne le regard. Il a fait exprès de me provoquer.

– C'est vrai. Je ne sais pas ce qu'il m'a pris. J'avais bu et je t'ai confondue avec L.A.

Quoi ?! Il se fiche de moi !

J'explose et agite la boîte de riz sous son nez en criant.

– Tu te fous de moi ! Je ne lui ressemble pas du tout ! C'était quoi ça, hein ?! Tu m'étrangles, tu me menaces et après tu m'embrasses ? Tu m'as prise pour qui ?! Je ne suis pas une de tes copines à la noix ! Et je ne m'appelle pas L.A., ni Ambre !

Il a un léger soupir d'exaspération et m'attrape vivement le poignet. Instinctivement, je recule.

– Si tu me frappes, je te jure que je porte plainte ! je hurle encore.

Mais plus je cherche à me replier, plus il se rapproche de moi. Il jette un œil derrière lui avant de…

– Sale malade ! Tu devrais te faire…

Sans que je le voie venir, il m'empoigne les hanches et me tire vers lui pour écraser sa bouche sur la mienne.

Espèce de…

Menthe et tabac. Les goûts se mélangent sur mes lèvres et sa peau a cette odeur si particulière qui me fait frissonner. Mes lèvres s'enflamment à ce simple contact, je suis électrisée. Et quand il me presse contre lui, ou lorsque je me serre contre son corps, les sentiments d'abandon et d'oubli surpassent le reste.

Les abîmes du plaisir.

Je m'agrippe à ses épaules alors qu'il me force presque à ouvrir la bouche. Il n'y a pas d'eau cette fois, pas d'alcool non plus ni de nuit noire. Rien qui justifierait tout ça ou qui empêcherait le geste d'être totalement réel.

Mes jambes sont en coton, mon cœur va sûrement exploser dans ma poitrine. Ma peau est en feu, et pas seulement elle…

Un petit gémissement incontrôlé m'échappe. Il caresse mes lèvres de sa langue, revient m'embrasser fiévreusement et imprime ses doigts dans mes hanches. Je ne suis plus qu'un millier de particules dissolues dans l'air et ne me sens plus vraiment moi-même.

– Mia…

C'est mon prénom soufflé contre ma bouche qui me fait réagir.

Un sursaut de lucidité et je me dégage vigoureusement.

– Lâche-moi, espèce de cinglé !

Je recule si vivement que je me prends les pieds dans mon caddie alors qu'Isaac se passe les mains dans les cheveux avec une expression d'effarement pareille à celle que je sens sur mon visage. Il est sérieux, là ? Il fait semblant d'être surpris lui aussi ? Comme si c'était moi qui l'avais embrassé. Encore.

– Zac… Qu'est-ce que tu fais ? Je t'attends.

Je sursaute et lui également quand la blonde d'hier soir s'approche de nous.

Oh non. Je ne l'avais pas vue venir. Ambre.

Elle me lance un regard inquisiteur et passe ses bras autour d'Isaac qui ferme un instant les yeux en serrant les poings comme s'il était exaspéré.

Ce mec est une vraie plaie. Il a une copine, me martyrise et me prend pour une fille facile de surcroît. J'hallucine.

Mais merde, pourquoi il embrasse aussi bien ? Et pourquoi ça me fait tant d'effet ? Et pourquoi je tombe toujours sur des garçons comme ça ?!

Ambre s'approche de moi. Non, mais elle ne veut pas me faire la causette en plus ?

– Salut, je suis…

Je me détourne immédiatement et tire mon caddie derrière moi. Alors là, tu peux courir si tu crois que je vais copiner avec toi. Je ne deviendrai déjà pas amie avec ton idiot de petit ami, alors avec toi, certainement pas.

Je ne sais plus comment j'ai fait pour finir mes courses.

***

Le lendemain

– Mia, qu'est-ce que tu veux boire ?

Luke est penché devant son frigo et d'après ce que je peux en juger, à part de la bière, il n'y a pas grand-chose là-dedans.

– Ce que tu as.

– Soda ?

Il agite une canette de Cola devant lui.

Bon, je ne suis pas très soda, mais ça ira.

– Oui, merci.

Je me remets à remuer les crevettes dans la poêle. J'aime toujours cuisiner pour les autres. En plus, je suis contente de ne pas passer mon premier dimanche ici toute seule.

Luke s'assied à table et se remet à émincer les oignons comme je le lui ai montré. C'est tellement bizarre de préparer à manger pour un homme. Mon père est mort quand j'étais bien trop petite pour connaître ça. Il n'y a jamais eu d'autre mec à la maison, à part Gauthier, le mari d'Emily, la meilleure amie de maman, ou Eddy, son agent gay. Mais sinon, jamais.

Megan n'a jamais eu de copains ou d'aventures après papa. Elle s'est un peu renfermée, je crois.

– Tu ne préférerais pas vivre ici ? m'interroge Luke sans relever les yeux de ce qu'il fait.

Un soupir s'échappe de ma bouche.

– Je tiens beaucoup à mon indépendance. Je ne pense pas rester dans cette maison au-delà des deux mois, mais si j'ai suffisamment d'argent, je me trouverai un petit studio en ville.

Il ne répond pas. Mais à mon tour de poser des questions.

– Pourquoi ne pas m'avoir dit qu'une fille était morte dans le lac ? Celle qui habitait cette maison avant ?

– Parce que c'était il y a longtemps. Ça n'a aucune importance. Quelqu'un t'embête avec ça ?

Son poing se serre sur le couteau qu'il tient.

– Non.

Je me retourne vers les crevettes afin qu'il ne voie pas mon malaise. Je ne veux pas lui raconter mes problèmes, parce qu'à coup sûr, il les rapporterait à ma mère et ça, c'est hors de question. Ça fait déjà trop longtemps qu'elle s'inquiète pour moi, inutile d'en rajouter.

– Si c'était le cas, Mia, je me ferais un plaisir de régler ça, indique-t-il dans mon dos.

– Ne t'inquiète pas. Il n'y a pas de problème.

Nous ne disons plus rien. Je finis de cuisiner.

Luke a une maison magnifique. Grande, bien trop grande pour lui seul. D'ailleurs, je me demande pourquoi, avec le charme qu'il a, il est toujours célibataire et sans enfant à quarante-huit ans. Je n'ose lui poser la question.

L'habitation est en bois, perdue au milieu des acacias, avec un jardin sauvage où les orchidées se mélangent aux fougères et à une multitude de plantes du Pacifique Sud. Sur deux étages, elle fait penser à un chalet montagnard avec une grande véranda ombragée qui donne du côté de la route. À l'intérieur, tout est rustique et masculin : bois, métal, têtes de faux animaux empaillés… Mais il y a des rideaux et des coussins rouges un peu partout. L'ensemble rend très bien. Est-ce que c'est lui qui a fait la décoration ?

Le couvert une fois dressé sur la table qui se trouve sous la véranda, mon téléphone vibre dans ma poche.

Je jette un coup d'œil : la calamité.

Quoi encore ?

Deux baisers en moins de quarante-huit heures, ça ne lui a pas suffi comme torture ?

Il n'est pas venu au Rubis hier soir. Aucun des Anges, en réalité, et j'ai pu respirer normalement pour une fois. Mais ça ne va pas durer, n'est-ce pas ?

On est convoqué ensemble chez le doyen demain matin, n'oublie pas. Et fais gaffe à ce que tu vas dire. Si je me fais renvoyer, je n'aurai plus rien à perdre. Tu sais ce que ça signifie.

Espèce d'enfoiré ! Je n'arrive pas à croire qu'il réagisse de la sorte. Me menacer encore, après m'avoir embrassée comme ça. Et surtout me parler de notre convocation que j'ai bien reçue par courrier, alors que toute cette histoire est entièrement sa faute. Mais quelle enflure !

Je réponds en tapant avec hargne sur mon clavier tactile.

Tu commencerais d'abord par t'excuser pour m'avoir embrassée DEUX fois, sachant que ta copine était dans les parages, alors seulement là, j'envisagerais de ne pas te faire vivre un cauchemar comme tu essayes, toi, de me faire vivre. Imagine si Ambre apprend ce qui s'est passé.

Luke m'interrompt dans ma dispute-texto.

– Nous sommes invités à dîner au Ortega, samedi prochain.

– Nous ?

– Oui, Laetitia Ortega est une amie à moi, elle aimerait te rencontrer. Elle possède un restaurant vers Grand Bay et il y a une fête là-bas pour son anniversaire. Nous sommes invités.

– Je travaille le samedi, Luke, et je viens de commencer alors…

– Je suis sûr que si tu demandes à Vince d'échanger un soir, il ne dira pas non. Oh allez, j'aimerais beaucoup te la présenter.

– Il s'agit de ta petite amie ?

Mon oncle écarquille les yeux.

– Petite amie ?! Laetitia a vingt ans de plus que moi ! Si j'avais besoin d'une femme dans ma vie, je crois que j'en prendrais une de vingt ans plus jeune.

Il part dans un grand éclat de rire et je le suis. Sa bonne humeur est contagieuse.

L'arrivée d'un autre texto me fait de nouveau froncer les sourcils.

Tu me menaces, Gilmore ? Ne joue pas à ça, chérie. Tu as aimé ça autant que moi, ce qui est assez étonnant. Je suis un véritable enfoiré et toi, tu es là, à soupirer, gémir et entrouvrir les lèvres quand je t'embrasse… Tu es faible et fragile et c'est tout bénef' pour moi. Tu peux l'ouvrir, personne ne te croira. Et même si c'est le cas, personne n'aura rien à redire. Ambre gobera tout ce que je lui raconterai et tu passeras pour une fille facile auprès de tout le monde.

Mes mains se mettent à trembler. Qu'est-ce que je disais ? Je tombe toujours sur les mêmes et véritables enfoirés. Mais on me l'a déjà faite, celle-là. La réputation que je me traîne là d'où je viens ressemble à ça, alors comment lui faire comprendre que je me fiche de ce qu'il peut dire ?

En fait, c'est faux. Je voudrais vivre une vie normale, sans m'inquiéter de ce genre de choses. Il y a une mauvaise étoile là-haut qui m'a prise en grippe et qui a décidé de ne pas me lâcher.

Je suis déjà en train de taper que je ne gémissais pas quand je me rends compte qu'il fait exprès de me provoquer.

Ne tombe pas dans son piège, Mia !

J'efface et réfléchis un instant alors que Luke s'installe en face de moi.

Il a aimé ça autant que moi ? Qu'est-ce que ça veut dire, ça ? Qu'il a aimé m'embrasser ? Mais ce mec est un vrai malade ma parole !

Je vais déménager, Isaac. Dans deux mois, quand j'aurai économisé suffisamment. Tu pourrais essayer de me foutre la paix d'ici là ? Parce que tes intimidations ne servent à rien ! Je sais que cette fille était votre meilleure amie. Mais je n'aurais jamais habité là, si j'avais su que ça vous affecterait autant.

J'appuie sur la touche « envoyer » tout en ayant conscience que ce que je viens de dire est inutile avec lui. Cette histoire d'amie décédée dans la maison de laquelle je suis venue vivre ne doit être qu'un prétexte pour pouvoir me martyriser. Il n'avait plus personne à qui faire de mal et je me retrouve là, à subir ses colères et sautes d'humeur.

– Ça ne va pas ? me demande Luke en se servant.

– Si, si, tout va bien.

Nous mangeons. Je zieute vers mon téléphone toutes les cinq minutes, mais n'ai aucune réponse. Rien.

Luke me parle de son boulot. J'essaye de m'y intéresser. Nous parlons également beaucoup de maman et d'Arizona, de ma maison qui me manque, sans en venir au sujet qui fâche : celui concernant mon départ. J'imagine que tant que je n'en parlerai pas, il n'en parlera pas non plus.

Loin de moi cette idée de toute façon, personne n'en entendra parler.

Nous finissons le repas, j'aide Luke à ranger et nous regardons ensemble un film avec Russel Crowe, un de ses acteurs préférés, sans que plus aucune réponse d'Isaac ne vienne.

Ce n'est qu'à la tombée de la nuit, quand je rentre chez moi, que je reçois encore un texto.

N'oublie pas de me ramener mon chat un jour. Minuit a rendez-vous chez le vétérinaire à la fin de la semaine.

J'en reste coite. Pardon ? Son chat ? SON chat ?!

Ce n'est qu'une fois le sujet sur la table que je me rappelle que je devais questionner Luke au sujet des propriétaires de l'animal, je suppose que c'est inutile désormais.

Et puis d'abord qu'est-ce qu'il fait chez moi, TON chat ?! C'est une blague !

Plus de réponse.

***

Je relis tous ses messages dans mon lit sous le toit ce soir-là, et reste des heures à fixer le plafond, en repensant à son plafond à lui, rempli de phrases et de vers sombres et mélancoliques.

Maman dit que la méchanceté a deux visages. Le premier, celui du mal profond, celui des gens qui sont nés sans amour et qui ne savent pas ce que c'est que de l'éprouver. Le deuxième, celui de l'âme esseulée, meurtrie et maltraitée tellement souvent, qu'il ne lui reste que l'agressivité comme défense. Blesser les autres est le meilleur moyen de les tenir éloignés, de ne pas les laisser entrer dans votre vie.

Je me demande dans quelle catégorie se situe Isaac. Parce que j'ai du mal, moi, à savoir.

CHAPITRE 16

Trop de bleu dans ton regard

Mia

> « L'âme a la couleur du regard. L'âme bleue seule porte en elle du rêve, elle a pris son azur aux flots et à l'espace. »
>
> Guy de Maupassant[31]

Je suis en retard. Je suis en retard. Je suis en retard...

Me répétant ça comme une litanie pour ne pas penser à autre chose, comme me retrouver devant un certain Miles Isaac, je me mets à courir dans les couloirs en bousculant les étudiants sur mon chemin.

Convoquée chez le doyen à 8 h 30 et je suis en retard. Autant dire déjà renvoyée, ou du moins, il n'aura pas une bonne image de moi. Je ne suis qu'élève indépendante de la fac et si Luke apprend que je me suis fait virer pour des conneries, il le

---

31 Citation extraite du recueil de nouvelles de Maupassant : *L'Inutile beauté ; Alexandre.*

dira à ma mère, qui s'inquiétera, perdra encore ses cheveux et stressera tellement Arizona qu'elle en saignera du nez. En plus, Luke a payé ces cours, il n'était pas obligé de faire ça pour moi alors je ne veux pas le décevoir ou paraître ingrate.

Quand je franchis le seuil du bureau d'administration, en nage, la secrétaire du doyen fronce les sourcils d'un air mauvais, par-dessus ses lunettes de vue papillons. Cette femme me fait penser à un personnage de film. Genre une assistante pète-sec, avec ses anglaises blondes très, très bien dessinées, son rouge à lèvres écarlate, son tailleur à carreaux jaune et noir et son maquillage trop ostentatoire. Je ne l'aime déjà pas.

– Oui ? C'est pour ?

Même sa voix à l'accent british m'insupporte.

– Je m'appelle Mia Gilmore. J'ai rendez-vous avec le d… avec Monsieur Coleman.

Elle pianote sur son clavier en me parlant en même temps.

– Vous êtes en retard, mademoiselle. Asseyez-vous, Monsieur le Doyen est encore en vidéoconférence. Il vous recevra dès qu'il aura fini.

Elle me désigne un banc de bois vernis, dans un coin, sur lequel un certain Isaac Miles est déjà affalé, son téléphone en main.

Merde, je ne l'avais pas vu.

Machinalement je me reprends, me passe les doigts dans les cheveux pour les discipliner et arrange mon chemisier en tirant dessus.

– Asseyez-vous ! m'ordonne de nouveau la secrétaire.

Je lui lance un regard courroucé avant de m'avancer vers lui, à deux à l'heure, pour prendre place tout au bout du banc. Il pianote sur son téléphone et ne lève même pas les yeux vers moi quand je m'assieds et croise les jambes.

Mon pantalon chino est un peu serré, mais je fais avec. En plus, c'était le seul qui allait avec mon chemisier blanc. Des sandales plates et une tresse sur le côté en guise de coiffure, j'ai joué la carte de l'étudiante modèle, en espérant ne pas m'être trompée. Devant le doyen, mieux vaut avoir l'air sérieuse et Isaac aussi l'a compris. Même si, là, il est affalé avec son téléphone à la main, il a quand même mis un jeans stone plus neuf que celui qu'il portait lorsqu'on s'est croisés au supermarché, et… une chemise.

Une chemise ?!

Oui, une chemise grise, rentrée dans son pantalon, les manches relevées, laissant les tatouages apparaître sur ses bras et ses mains.

Avec ses chaussures montantes, le tout rend vraiment bien. Plus mature, plus vieux. Il ne fait pas ses vingt-trois ans. Il fait un peu plus.

Quand il fait mine de lever la tête, je détourne le regard, avec ce frisson qui me court sous la peau.

Seigneur, pourquoi c'est si dur…

– Tu es stressée ?

Je cligne des yeux en me rendant compte qu'il s'adresse à moi.

– Quoi ?

– Je te demande si tu es stressée ?

– Non. Non… je… pourquoi tu me demandes ça ?

Il hausse les épaules et me détaille de la tête aux pieds.

Je me sens rougir. De l'air, il me faut de l'air.

– J'ai remarqué que quand tu es stressée, tu joues avec ta bague. Ou excitée aussi. Puisque tu joues avec à chaque fois que je suis à proximité, alors, je t'excite ou je te stresse ?

Automatiquement, j'arrête de tripoter mon anneau. C'est un geste machinal, je ne m'en rends même plus compte.

Je soupire rageusement et décroise les jambes en ouvrant mon sac pour trouver une de mes sucettes au parfum cerise.

– Un instant, j'ai cru que tu étais juste un mec normal, qui me demandait gentiment si ça allait, si je ne stressais pas trop d'être reçue chez le doyen. Merci, Isaac, merci de me rappeler quel genre de connard tu es. Et surtout, que c'est à cause de toi si je suis là.

Je fourre ma sucette dans ma bouche et cherche mes lunettes de correction dans mon bazar.

Il rit doucement et se redresse sur le banc.

– Ouais, tu es sur les dents. Mais je te rappelle que j'ai dix fois plus de risques de me faire renvoyer que toi.

Il glisse jusqu'à moi et je tressaille lorsque nos cuisses se touchent et qu'il se penche un peu trop près de moi. Cette odeur qui est la sienne est juste insoutenable pour mon pauvre odorat.

– D'ailleurs… tu pourrais te montrer gentille et…

– Ne compte pas sur moi. Tu m'as humiliée. Si tu te fais renvoyer, c'est tant mieux.

Non, mais j'hallucine ! Il m'humilie et en plus, il vient me demander de le défendre devant le doyen !

Isaac fronce les sourcils alors que je glisse mes lunettes sur mon nez.

– Si tu m'enfonces, je te le ferai payer. Tu le sais, ça ?

Il me regarde droit dans les yeux. Tu peux chercher à m'intimider encore, cela ne prend plus, pas cette fois du moins.

– Je sais, je lui réponds calmement en tirant sur ma sucette.

Il observe ce geste et ma bouche en se passant la langue sur les lèvres. Un frisson me parcourt de la tête aux pieds, me faisant fébrilement détourner le regard.

– Tu portes des lunettes ? me demande-t-il brusquement avec une expression d'intense perplexité.

Je soupire encore et retire la sucrerie de ma bouche pour parler.

– Oui, Isaac, je sais, plus anti-sexy tu meurs. Pas la peine de me faire ton discours à deux balles sur les filles à lunettes. Je vais m'en passer.

Autant lui couper l'herbe sous le pied.

Mais avant que j'aie le temps de réagir, il arrache la sucette de ma main et la fourre dans sa bouche.

– Hé !

Il se penche en arrière et quand je veux la lui reprendre, bloque ma main en m'attrapant le poignet.

Ce contact me fait l'effet d'une décharge électrique et je vois dans ses yeux qu'à lui aussi. Nous restons un instant comme ça, à nous fixer, avant qu'il ne me lâche et que je ne retire ma main doucement en me détournant de lui. Aucun de nous ne parle plus pendant quelques secondes, on entendrait presque les mouches voler. Puis, il se tourne vers moi de nouveau en agitant la sucette dans sa bouche.

– J'allais dire que ça te va bien. Les lunettes.

J'hésite à dire merci, mais il ne fait ça que parce qu'il veut être dans mes bonnes grâces devant le doyen. Je dois m'en souvenir. Alors je ne dis rien.

– Tu ne trouves pas qu'elle ressemble à cette femme détestable dans *Harry Potter* ?

Il me désigne la secrétaire.

Eh oui, il a trouvé ce que je cherchais depuis tout à l'heure.

– Qui ça ? La journaliste, Rita Skeeter ?

– C'est ça, la journaliste. Elle lui ressemble, non ?

Un sourire me vient, rapidement effacé par une soudaine perplexité.

– Oui. Tu as raison. Mais… tu connais la journaliste dans *Harry Potter*, toi ?

Moi je vois bien de qui il s'agit puisque ce sont les films préférés d'Arizona. Entre les classiques

Miyazaki et Sofia Coppola, Arizona a des goûts très éclectiques en matière de cinéma, mais lui…

– Sloan est fan de ces films. J'ai dû les voir au moins vingt fois avec elle.

J'ouvre la bouche pour lui poser des questions sur Sloan et aussi sur son frère, Killian, celui à qui il n'a pas adressé la parole une seule fois l'autre soir sur la plage, quand la porte du bureau s'ouvre, laissant place à un doyen bedonnant et chauve.

Je me lève immédiatement et Isaac retire la sucette de sa bouche et la balance dans la poubelle la plus proche.

– À nous, monsieur Miles et mademoiselle Gilmore ! Entrez ! nous enjoint-il d'un ton sévère.

Nous nous installons devant son bureau. Je me remets à jouer nerveusement avec ma bague, mon bras en dehors du fauteuil en velours, et Isaac referme sa main sur la mienne.

Je me retourne vivement vers lui, interdite, mais il ne me regarde pas et fixe l'homme qui prend place en face de nous.

Attends, attends… quoi ?!

Je retire vivement ma main qui maintenant me brûle. Il veut vraiment faire ça devant le doyen ?! Genre on est… on… quoi, d'ailleurs ?

Quand le doyen se met à parler, je fixe toujours Isaac. Il me rappelle à l'ordre et je sursaute.

– Mademoiselle Gilmore ! Vous m'écoutez ?

– Je… Oui, pardon…

– Pouvez-vous m'expliquer ce qu'il s'est passé ?

Je me racle la gorge nerveusement et émets un petit son de la bouche.

Isaac a penché la tête en fermant les yeux et en se pinçant l'arête du nez. Il sait qu'il va se faire renvoyer.

Mais s'il se fait renvoyer, ça va se savoir. Il va me mettre ça sur le dos. Luke sera au courant et voudra connaître le fin mot de l'histoire. Quand il l'apprendra, il pétera une durite et ma mère le saura à son tour. Et le cycle infernal recommencera. Tout le monde s'inquiétera pour moi et ils en seront malades. Et moi, je contemplerai le désastre de ma vie sur laquelle je n'ai aucun contrôle.

Est-ce que je suis totalement cinglée ?

– Ce n'était qu'un malentendu, je lâche avant même de m'en rendre compte moi-même.

Isaac se retourne vivement vers moi et le doyen retire ses lunettes en s'affalant dans son fauteuil.

– Que voulez-vous dire par là ?

– Je… j'avais parlé à Isaac d'un projet et… il n'a pas compris… Il a envoyé un mail aux autres élèves et ils ont travaillé dessus sans que je sois au courant et… euh…

Je bafouille, cherchant mes mots alors que monsieur Coleman m'observe en plissant les yeux, pas du tout convaincu par mon mensonge.

Isaac aussi me regarde, abasourdi, avant que le doyen ne s'adresse à lui.

– Monsieur Miles ?

Il sursaute et se reprend très vite. Si moi, je n'excelle pas dans le mensonge, lui, au contraire, ment parfaitement. Sans tiquer.

– C'est ça. Comme elle vous dit. Ce n'est qu'un simple malentendu. Il n'y a pas de problème, vous voyez. Madame Diaz n'a pas compris…

Monsieur Coleman croise ses mains sur son bureau massif et se penche vers moi, sans plus de considération pour Isaac.

– Mademoiselle Gilmore, vous ne devez pas être intimidée par ce jeune homme. S'il se passe quoi que ce soit dont vous souhaiteriez parler…

Je l'interromps avant qu'il n'ait fini.

– Isaac ne me fait pas peur, monsieur. Il ne se passe rien.

– Il n'y a rien, renchérit Isaac. Absolument rien.

Nous nous fixons tous les trois en chiens de faïence, un long moment, avant que le directeur ne décroise les mains et ne s'affale à nouveau dans son fauteuil.

J'ai gagné, je le sais.

– Bien. Alors, sortez d'ici. Et je ne veux plus entendre parler de vous. Par aucun professeur que ce soit, ni aucun élève. Suis-je assez clair, monsieur Miles ?

Ce dernier soupire et se lève.

– Oui.

Il lui tourne déjà le dos pour partir tandis que je remercie tout de même poliment le doyen de nous avoir reçus et lui promets que cela ne se reproduira pas.

Je l'ai échappé belle.

Dans le couloir, où les élèves se bousculent frénétiquement, Isaac m'attend, les bras croisés et la jambe droite repliée contre le mur.

Je remonte mon sac sur mon épaule et passe devant lui sans un regard, mais il me rattrape.

– C'était quoi, ça ?

– Rien.

– Comment ça, *rien* ? Tu aurais pu me faire renvoyer. Pourquoi tu ne l'as pas fait ? Tu veux quoi ?

En levant les yeux au ciel, je force l'allure.

– Fous-moi la paix, Miles.

Brusquement, il me tire par le coude pour que je me retourne vers lui et je recule instinctivement.

Pas de baiser incontrôlé ! Oh non, espèce de malade ! Pas ici, devant tout le monde. On ne parlerait plus que de moi.

– Tu crois que tu peux jouer comme ça avec moi, Gilmore ?

Nous nous défions du regard. C'est quelque chose que de fixer Isaac Miles, droit dans les yeux.

– Tout ne tourne pas autour de toi. J'ai fait ça pour moi, seulement et uniquement pour moi.

Il finit par me lâcher le bras et je chancelle, reprenant mon souffle en remarquant que je m'étais arrêtée de respirer l'espace d'un instant.

– Comment ça *pour toi* ?

Il va croire que je veux qu'il reste autour de moi, dans mes pattes.

– Contrairement à d'autres, je ne vis pas dans une maison de bourges avec des paons comme animaux domestiques, et je ne suis pas élève résidente de cette faculté. Il y a des gens qui comptent sur moi et que je ne veux pas décevoir ! Il est hors de question que je devienne le centre d'attention de tous ou que j'aie des problèmes ici par ta faute ! Luke a payé ces cours pour moi !

Étonnamment, il ne répond pas et continue de me fixer, sa lèvre supérieure tressautant d'énervement.

– C'est comme ça que tu me vois ? Un bourge qui vit dans une grande maison avec des animaux exotiques ?

Je ne peux m'empêcher de cracher toute ma hargne contenue.

– Et qui s'ennuie tellement qu'il passe son temps à vouloir faire peur aux autres, à les menacer et à les pourrir. C'est ça en fait, tu es pourri, gâté et…

– PUTAIN ! Ferme-la ! Je ne suis pas un putain de gosse pourri gâté ! Je ne l'ai jamais été, OK ?! Tu ne sais même pas de quoi tu parles ! Tu ne sais rien de ma vie alors ferme-la !

Je reste coite devant tant d'emportement.

Il s'est rapproché pour me hurler au visage, si près, que j'en ferme les yeux un instant. Quand je les rouvre, tout le monde autour de nous s'est arrêté de marcher et de discuter, pour nous observer.

Isaac fulmine tellement que ses dents se serrent. La veine de son cou palpite furieusement et ses narines sont frémissantes. Même en colère il reste beau, c'est fou, ça.

La tension entre nous est palpable. Électrique. Je dois me souvenir de respirer.

– On dirait que je t'ai vexé.

J'arrive tout de même à émettre un petit rire narquois en lui tournant le dos pour m'éloigner.

Bye bye, Isaac Miles.

Isaac

Agaçante. Péteuse. Arrogante. Hautaine.

Cette fille est tout ce que je déteste. Vraiment tout. Il y a ce truc indéfinissable chez elle qui m'attire comme un aimant, mais dès que je suis trop près, j'ai envie de l'étrangler. Et le fait qu'elle possède ce *truc* qui m'intrigue m'énerve encore plus. Elle sort de nulle part, débarque dans ma vie en foutant le souk et m'envoie même balader ! Non mais je rêve. Personne ne m'envoie balader. Personne !

Je la regarde partir en volant presque sur les dalles du couloir. Elle a cette façon de marcher, comme si elle était devenue un poids-plume et qu'elle flottait, son cul moulé dans un pantalon me faisant de l'œil.

Non, mais les tenues bon chic-bon genre qu'elle porte pour venir en cours me font toujours tiquer. C'est quoi, ça ? Elle fait dans le *je choisis mes fringues en fonction de l'endroit où je vais* ?

Femme fatale, au-dessus du sexy quand elle bosse chez Vince, casual quand elle sort et petite fille modèle à la fac : elle a vraiment un grain.

En même temps, ça ne m'étonne pas. Pour quelqu'un qui classe ses crayons par ordre chromatique…

Je suis sûr que chez elle, tout est rangé et ordonné de façon minutieuse. Chaque chose à sa place.

Elle est d'un chiant. Affligeant.

Sauf quand elle dort. Elle a la manie de dormir en étoile de mer et… en désordre. Avec les draps dans tous les sens et les cheveux emmêlés. Elle péterait un câble si elle savait que je l'observe la nuit à dormir, sauf quand elle se réveille en sursaut, certainement après un cauchemar. Ce qu'elle fait souvent d'ailleurs.

– Un problème ?

Je m'adresse durement au mec et à la nana qui me regardent depuis tout à l'heure parce que je viens de crier sur Mia.

Ils se détournent immédiatement et font semblant de parler.

Bande de crétins.

Ce n'est que quand elle tourne l'angle du couloir que je lâche un énorme soupir de frustration et passe mes mains dans mes cheveux pour essayer de discipliner mes idées chaotiques.

Quand je suis face à cette gonzesse, mes sensations sont si contradictoires. Je ne me suis jamais autant senti connard que lorsqu'elle est près de moi.

Si elle savait toutes les pensées qui ont traversé mon cerveau quand elle a fourré cette sucette dans sa bouche tout à l'heure, à la cerise en plus, elle aurait halluciné et sa main aurait déjà trouvé le chemin vers ma figure. J'ai cru que j'allais me désintégrer sur place.

Je perds pied, là.

Reprends-toi, Zac…

Je soupire et fais demi-tour pour me rendre au premier cours inutile de cette semaine. Heureusement qu'aucun des gars ne suit la leçon de littérature anglaise avec moi, parce qu'il faudrait, sinon, que j'explique la tension qui m'habite. Même si je sais que je ne vais pas leur échapper dans la journée. Journée qui passe à une lenteur aberrante. Est-ce que quelqu'un a appuyé sur le bouton « ralentissement », aujourd'hui ?

Entendre M.J., ce midi, dire à tout le monde qu'il allait inviter Mia à sortir pour en apprendre plus sur elle m'a agacé plus que cela n'aurait dû.

***

Je finis par quitter les cours en amphi avant 19 heures.

Trop de bleu dans ce regard.

Ça me tue d'y penser. Mais je n'arrête pas.

Merde ! Mais c'est quoi mon problème ?!

Malou et Sloan ne sont pas là quand je rentre. Il n'y a que Maggy, notre gouvernante.

Je m'enferme dans ma chambre et me laisse tomber sur le lit en retirant ma veste, j'entends quelque chose craquer sous moi. Je me redresse pour le retirer, il s'agit de mon portrait fait par cette chieuse.

Sacré coup de crayon. Sacrée meuf.

Rageusement, j'envoie le croquis tailladé voler à travers la pièce, mais ma porte s'ouvre et Sloan le rattrape au vol.

Merde. Elle est rentrée juste derrière moi. D'habitude elle fait un boucan d'enfer en arrivant, j'aurais dû l'entendre.

Le plus gros défaut des gens atteints de surdité : ne pas se rendre compte du bruit qu'ils imposent aux autres – et c'est le cas de Sloan. Comme maintenant, quand elle claque violemment la porte de ma chambre, achevant de faire trembler mes tympans déjà un peu douloureux à cause d'un mal de crâne qui plane par là.

Celle que je considère comme ma petite sœur fait aller et venir son regard du portrait, qu'elle tient à la main, à moi, allongé sur mon lit. Je fais mine de ne pas la voir et cherche mes clopes dans mon tiroir.

Fait chier. J'ai l'impression de fumer deux fois plus depuis une semaine.

Ma petite sœur m'observe avec une tendresse qui m'agace. Elle vient s'asseoir sur mon lit et y pose le dessin.

Je signe en m'énervant un peu.

– *Quoi ?*

Elle me force à la regarder en agitant les mains dans ma direction.

– *Tu as rencontré quelqu'un ?*

Sa façon de me percer à jour si facilement me met en rogne. Mais je n'aime pas piquer de colère contre elle, alors je me calme et hausse simplement les épaules en allumant une clope. La nicotine me détend et je m'appuie contre la tête de lit en inhalant la fumée âcre de la cigarette. Mais Sloan est tenace et revient à la charge.

– Dis-moi. Ça fait une semaine que tu ne dors plus, tu ne manges pas beaucoup non plus.

C'est normal que je ne dorme pas, je la regarde, *elle*, dormir. Quand elle ne donne pas de coups de pieds dans sa peluche et ne me bouche pas la vue, bien entendu.

Je soupire avant de signer.

– Oui. Il y a une fille. Mais on n'est pas ensemble.

Elle sourit et se rapproche en tapant dans ses mains.

– Tu es amoureux ?

Je tire nerveusement sur ma cigarette.

– Non. N'importe quoi. Elle est juste... je ne sais pas... Elle m'agace tout le temps.–

Elle m'interrompt.

– Comment s'appelle-t-elle ?

– Mia, tu l'as déjà vue. Elle est venue ici.

– Elle est très belle. Qu'est-ce que tu ressens ?

Qu'est-ce que je ressens…

Je mets un temps infini à trouver mes mots.

– Quand je suis avec elle, je suis constamment sur les dents, mais des fois... je me sens bien. Rien qu'à dire son nom, je suis relaxé. Mia.

Cela me détend de penser à elle, de dire son prénom, d'être avec elle. Un peu comme une drogue douce. Cela m'entraîne au ralenti sur des pentes, ça m'apaise avant de me réveiller brutalement. Parce qu'on se fait la guerre, nous deux, c'est vrai et c'est complètement fou. Absurde.

Depuis la première fois où je l'ai croisée, elle n'a pas quitté mes pensées. J'ai pensé à elle de toutes les façons possibles : comment je pourrais la faire souffrir, la pousser à déménager et la contraindre à se barrer. L'attirer dans mes bras, aussi.

Trop déconnant, Zac, trop déconnant.

Je grogne et jette ma clope dans le cendrier avant de mordre rageusement dans un oreiller.

Sloan m'attrape les poignets et retire le coussin. Nous nous regardons, elle avec compassion, moi avec dépit et elle signe encore.

– *Je suis contente pour toi.*

– *Je ne sais pas quoi faire. Elle n'est pas comme les autres et ne m'aime pas beaucoup. J'ai rien fait pour, en fait.*

Sloan se secoue légèrement, je crois qu'elle rit.

– *C'est bien, ça veut dire qu'elle est honnête. Elle te poussera à bout. C'est le genre de fille qu'il te faut.*

Je grimace et crie cette fois.

– T'es sérieuse, là ?!

Ma petite sœur lit sur mes lèvres.

– *Oui, oui, je suis sérieuse. Va lui parler.*

– *On ne parle pas, on se dispute.*

– *Va te disputer avec elle alors.*

Elle se lève et sort de ma chambre, non sans m'envoyer un clin d'œil. Et moi, je croise les bras derrière ma tête en fixant mon plafond lettré.

Je n'ai pas vraiment envie de me quereller avec Mia, mais je ne sais pas lui parler. En plus elle est toujours, constamment, sur la défensive. Elle me déteste et c'est normal. Le seul moyen dont je dispose pour l'approcher est la dispute, sinon cela paraîtra trop louche. À elle, aux autres et à moi-même. Alors je n'ai plus qu'à trouver une nouvelle raison de batailler contre elle et la coincer pour la sentir sous moi, encore. Si seulement cela n'avait pas commencé comme ça. Si seulement elle n'était pas venue habiter là, peut-être que cela se serait déroulé autrement entre nous.

Je l'aurais invitée au ciné ou au resto, elle serait tombée dans mes bras et je l'aurais baisée une nuit entière avant de passer à autre chose.

Je secoue la tête pour chasser mes pensées débiles.

Quelque chose me dit qu'elle ne serait quand même pas du genre à me tomber dans les bras comme ça.

Une lionne, cette fille, avec un sacré caractère.

Il me faut une idée. Quelque chose pour l'approcher sans éveiller les soupçons, ni des autres ni de M.J. qui la regarde avec les yeux brillants, ni de Miguel qui me connaît par cœur, ni d'elle-même, complètement parano et sur la défensive à mon égard, ni d'Ambre, bien qu'elle soit totalement conne. Je n'ai pas le choix pour cette dernière.

Il est hors de question que je perde ce pari. Ça fait déjà un mois, je peux bien tenir un mois de plus.

Une idée brillante vient illuminer mon cerveau.

Voilà, j'ai trouvé !

Je sais comment tenir Mia à ma merci si jamais elle découvre le journal. Et je sais aussi comment la faire tomber dans mes bras sans que ça ne paraisse bizarre. Une pierre, deux coups.

Prépare-toi, Mia Gilmore.

À suivre…

Composition et mise en pages
Nord Compo à Villeneuve-d'Ascq